Manege frei

Sylvia Schwarz

Manege frei

Bibliografische Information der Deutschen Nationalbibliothek: Die
Deutsche Nationalbibliothek verzeichnet diese Publikation in der
Deutschen Nationalbibliografie; detaillierte bibliografische Daten sind
im Internet unter dnb.dnb.de abrufbar.

© 2020 Sylvia Schwarz

Cover-Design: Jasmin Schwarz

Herstellung und Verlag:

BoD – Books on Demand, Norderstedt

ISBN: 9-783750-4243-95

Kapitel 1

Die Dame hinter der zerkratzten Glasscheibe trug eine dicke Daunenjacke, Fingerhandschuhe mit ausgefransten Kuppen und eine selbstgestrickte Wollmütze in verblichenen Neonfarben über dem struppigen grauen Haar. Durch ihre Hornbrille schaute sie mit kleinen Augen und versteckte dabei mühsam ein Gähnen in dem dicken Wollschal. „Wir sind ausverkauft." Ihre behäbige Stimme zog sich wie die schmierige Schleimspur einer Schnecke. „Bis auf einen Platz in der ersten Kategorie. Einen Hunni, die Karte."

Ein schneidend kalter Wind fuhr Helen unter den kurzen Mantel und überwand den Wollpulli spielend. Ihre Bauchdecke fror ein und der Kaffee, den sie vorhin zur Hälfte getrunken hatte, verwandelte sich in ein Kaltgetränk. „Gesalzener Preis." Helen Jäger schaute hinter sich. Niemand außer ihr stand vor den Kassen. Nicht einmal hartgesottene Raucher harrten in der schneidenden Kälte aus. In der Parkbucht stand ein Leichenwagen, dessen Fahrer mit dem Handy telefonierte. „Gibt es Rabatt, weil ich die letzte bin?" Sie lauschte ins Innere des Zirkusbaus. Musik war zu hören, Stimmen und Klatschen, fröhliche Ausgelassenheit. „Offenbar kommt niemand mehr."

„Sieht so aus." Die alte Dame begann das halb zerfetzte Rollo in die andere Richtung zu drehen. Der Saum bewegte sich nach unten. „Wollen Sie nun oder wollen Sie nicht? Wenn gnädige Frau sich entschieden haben, bin ich drinnen nämlich mit dem Bauchladen voller Konfekt dran."

Eine weitere eiskalte Windbö machte Helen die Entscheidung leicht. „Nehmen Sie Kreditkarte?"

„Selbstverständlich." Die Dame unterbrach das Kurbeln am Rollo und klebte ein verblichenes Ausverkauft-Schild vorne an die Scheibe. Sie schlüpfte aus dem rechten Handschuh, holte mit ihren faltigen Fingern die Kreditkarte durch den schmalen Spalt unterm Glas, hielt die Karte ans Lesegerät und schob Karte und Beleg zurück.

Helen machte eine wenig deutliche Unterschrift, nahm ihre Sachen und betrat das Gebäude durch die einzige Tür, die einen Spalt weit geöffnet war. In der angenehmen Wärme des Vorbaus nestelte sie ihre Kreditkarte zurück ins Portmonee. Um ihre Füße pfiff die eisige Luft durch die Tür, die sich nur langsam schloss. Ein Grüppchen junger Männer stand am Rand, die Hände tief in den Taschen. Einer drehte sich eine Zigarette.

Einem Kontrolleur in roter Uniform hielt sie ihre Eintrittskarte hin. Er nahm sie zwischen seine langen Finger und blickte darauf. „Für einen Moment fürchtete ich, die letzte Karte bliebe übrig." Er zeigte auf eine halb im Dunkeln liegende Treppe. „Gehen Sie hier hoch. Ihr Platz ist auf der linken Seite. Sie haben die beste Sicht auf die allerbeste Show."

„Danke."

„Wenn Sie Popcorn wollen", fuhr er fort, „jetzt steht grad keiner an."

Helen knöpfte ihren Mantel oben herum ein wenig auf. Der dunkelgrüne Wollmantel war für trockene Herbsttage geeignet oder einen leichten Frühling, der gestern in den Startlöchern gestanden hatte, sich heute aber nicht blicken ließ. Es war ihr Lieblingsmantel, nach dem sie griff, als sie überstürzt das Haus verließ. Er war dem stürmischen Tief aus dem Osten, das arktische Temperaturen mit sich brachte, nicht annähernd gewachsen.

Sie las das handgeschriebene Schild neben dem Verkaufsfenster. Die Preise fürs Popcorn und anderen Süßkram waren ebenso saftig wie der für die Eintrittskarte. Auch die Getränke waren deutlich teurer als in einem üblichen Restaurant. Sie warf einen langen Blick auf ihre Eintrittskarte und schob sie in die Manteltasche. Wahrscheinlich würde sie sie später ein zweites Mal herzeigen müssen. „Bei Mindestlohn", murmelte sie, „muss man dafür ganz schön buckeln."

Seine dunklen Augen blieben völlig ernst. „Leider sind nur wenige Karten teure Karten. Die meisten Leute sitzen auf billigen Plätzen und mit deren Eintrittsgeld lässt sich gerade mal der Betrieb am Laufen halten. Da ist für den Elefanten keine Banane extra drin."

Helen stutzte. „Laut Ihrer Infotafel haben Sie keine Elefanten."

„Das ist Ihnen aufgefallen? Den wenigsten Besuchern fällt das auf." Er streckte den Arm und sie erkannte an den goldenen Knöpfen seiner Uniform matte Stellen. „Wenn Sie Ihren Mantel abgeben wollen... Im Untergeschoss ist die Garderobe. Absolut zuverlässig, absolut vertrauenswürdig. Versuchen Sie es, lassen Sie Geld in der Tasche. Es wird nachher noch drin sein."

„Danke." Helen öffnete alle Knöpfe. „Habe ich Zeit dafür oder komme ich zur Vorstellung zu spät? Ich platze nicht gern in die Eröffnungsrede."

Diesmal huschte ein Lächeln über sein Gesicht. „Sie haben sieben Minuten. Das dürfte reichen."

„Sieben Minuten?" Helen erwiderte sein Lächeln. „In sieben Minuten wirke ich Wunder."

„Das wäre schön", sagte er und sie wusste nicht recht, worauf er sich bezog. Auf sie? Nun, Helen hatte nicht übertrieben. In sieben Minuten richtete sie ein Pausenbrot her, zwang ihre verschlafene Tochter in Alltagskleidung, sammelte die Schulsachen zusammen und prüfte, ob das Wetter nach Winterjacke oder Sommersandalen ausschaute. Nebenher machte sie sich einen Cappuccino, biss zweimal von einer Banane ab und fand heraus, ob während der Nacht wichtige E-Mails gekommen waren, die sie gleich nach ihrer Ankunft im Büro bearbeiten musste. Mantel abgeben und Popcorn besorgen – das war ein Kinderspiel in sieben Minuten, besonders, da die Garderobenfrau völlig allein hinter ihrem Tisch stand und an den Haken nur wenige Jacken hingen.

„Da wird die andere Garderobe überfüllt sein", mutmaßte Helen.

Die pummelige Garderobenfrau hielt bereits einen Kleiderbügel in der Hand. „Es gibt nur diese eine Garderobe." Sie nahm den Mantel, legte ihn über den Bügel und klemmte oben am Griff eine Wäscheklammer fest.

„Tatsächlich?" Helen öffnete ihre Handtasche und holte das Portmonee hervor. „Es wird ja nicht jeder im leichten Mäntelchen wie ich ankomme. Was machen die Leute mit ihren dicken Wintersachen? Hocken die darauf?"

„Ja."

„Meine Güte."

Die Garderobenfrau reichte Helen einen Papierabschnitt mit Nummer darauf. „Garderobe kostet vier Euro, die sich prima sparen lassen."

Helen nahm den Abschnitt an sich. „Die Reinigung, die die Knitterfalten meines Hinterns aus dem Mantel dämpft, kostet neun Euro."

Die Frau holte ein sichtbar mehrmals benutztes Stofftaschentuch aus ihrem Ärmel und wischte sich die Nase. „Dabei ist Ihr Hintern nicht mal für einen Seidenschal eine Gefahr. Glauben Sie mir, von den viertausendachtundfünfzig Leuten, die in den Bau passen, geben nur wenige ihre Anziehsachen ab. Ihr Mantel ist heute das hundertste Teil."

Helen schaute auf das Stück Papier in ihrer Hand. Eins-null-null stand auf dem Abriss. „Macht vierhundert Euro für Sie."

Das Stofftaschentuch verschwand wieder im Ärmel. „Wenn ich dem Boss das Geld hinlege, packt er es in die Kaffeekasse. Für besonders schlechte Zeiten. Oder er bezahlt damit den Klopapiereinkauf für den nächsten Monat. Je nachdem."

Helen schaute auf ihre Armbanduhr. Fünf Minuten. „Ich muss los", lächelte sie. „Popcorn kaufen, bevor die Vorstellung beginnt."

„Die kleine Packung reicht", meinte die Garderobenfrau. „Es schmeckt nicht besonders gut."

„Popcorn?", runzelte die blondlockige Verkäuferin mit dem bisher breit gehaltenen Lächeln hinter dem Süßigkeitenstand die Stirn. Sie hatte eine Narbe an der Wange, die zu breit war, um sie mit Make-up zu überdecken. „Sie sehen eher nach Eiskonfekt aus."

„Draußen hat es fast zwanzig Grad unter null", gab Helen zu bedenken. „Im Moment ist mir das eisig genug."

„Wie wäre es mit Schokofrüchten?", schlug die Verkäuferin vor und dabei fand sie ihr breites Lächeln wieder. Makellose Zähne blitzten, am vorderen linken Eckzahn trug sie ein Glitzersteinchen. „Popcorn passt nicht zu Ihnen."

Helen suchte in den stahlgrauen Augen, woran die Verkäuferin die Vorliebe für Naschwerk ablas. An der Nase? An den Hüften? „Im Grunde", sagte Helen, „mag ich Schokolade sehr viel lieber. Eiskonfekt auch." Sie hatte die Hände mit den beiden Münzen auf dem Tresen liegen und klapperte mit dem Geld. „Meine Tochter isst viel lieber Popcorn."

„Verstehe", lächelte die Verkäuferin unverwandt. „Wartet Ihre Tochter am Platz?"

„Sie ist daheim." Helen drückte den flachen Rand der Münze unter ihren Daumennagel, bis es wehtat. „Daheim bei ihrem Vater." In Gedanken sah sie die beiden am Tisch sitzen. Pheme fluchte und murrte angesichts der Vokabeln, die sie lernen sollte, Bernhard knirschte mit den Zähnen. Wenn er seine Finger nach den Karteikarten streckte, zischte Pheme die schlimmeren Flüche und schickte hinterher: „Bring mich nicht durcheinander!"

„Ich will nur schauen." Bernhards Hand schwebte über den gestapelten

Kärtchen. „Ich hatte nie Latein."

„Ja!", giftete Pheme. „Deshalb mache ich das alleine. Nimm die Finger weg."

Bernhard zog die Hand langsam zurück. „Mich interessiert, was du machst."

In diesem Moment rollte Pheme immer die Augen. „Ich gehe in mein Zimmer und lerne dort weiter. Das ist hier echt nicht gemütlich."

Wenn die Tür ins Schloss gedrückt wurde, ließ Bernhard ein tiefes Seufzen hören. „Im Sommer habe ich sie jeden Tag mit den Kärtchen abgefragt, jetzt scheint es das schlimmste Verbrechen aller Zeiten zu sein."

Der pubertierende Teenager war genauso weit weg wie der ratlose Ehemann. „Sie haben recht. Die Schokofrüchte, bitte."

„Banane-Erdbeere oder Weintraube-Ananas?"

„Beides." Sie schmulte auf die Uhr. Drei Minuten. Hinter sich hörte sie Leute gehen, reden, lachen. Sie warf einen Blick über die Schulter. Einige kamen oder gingen Richtung Toilette.

„Bewahren Sie die Ruhe, von denen hat es schließlich auch keiner eilig." Die Verkäuferin packte mit einer Zange Schokofrüchte in Papiertüten. „Jeden Moment klingelt von irgendwem das Smartphone und er brüllt, er könne nicht telefonieren, weil die Vorstellung gleich losgehe. Oder ein Geschäftsmann schreit seinen nächsten Businessplan ins Gerät. Ach, das wird mir fehlen."

Helen hatte die Münzen weggepackt und legte einen Schein auf den Tresen. „Warum fehlen? Hören Sie hier auf?"

Ein Schrecken huschte über ihr Gesicht, bevor das höfliche Lächeln die Oberhand gewann. „Na, die Anrufe werden von den Kurznachrichten abgelöst, die sich alle schreiben. Nur kurz antworten, schnell ein Selfie schicken, rasch ein Update posten. Die Gespräche am Telefon werden deutlich weniger. Wenn überhaupt, bekomme ich Sprachnachrichten zu hören. Einbahnstraße. Nur Absender, Sie verstehen?"

In ihrem Hinterkopf begann die Uhr zu ticken. Sie kam wirklich sehr ungern zu spät und schon gar nicht aus banalen Gründen wie Schokofrüchten. Helen nahm die Papiertüten hoch und schob das Geld zu der Verkäuferin. „Behalten Sie den Rest."

Sie erreichte ihren Platz wenig später. Wenn sie gedacht hatte, sie wäre die letzte und alle würden auf sie gucken, war sie deutlich auf dem Holzweg. Es herrschte stetes Kommen und Gehen, Tumult, Geplapper, laute Stimmen. In der Manege zerrten Requisiteure an einem großen roten Teppich, das Orchester hatte Platz genommen und die Instrumente gaben ziemlich schräge Töne von sich. Eine Trompete spielte die Tonleiter rauf und runter. Immer wieder.

Sie hatte ihren Platz ganz links außen, also umrundete sie den Sitzblock und kam von der anderen Seite. Leise setzte sie sich und stellte ihre Handtasche zwischen die Füße, wie sie es immer tat. Der Frau neben sich lächelte sie einen Gruß zu.

Diese Frau überschlug die Beine, strich sich das schwarze schulterlange Haar aus der Stirn und steckte eine Strähne hinterm Ohr fest. „Hey", wisperte sie, „warum sind Sie von hinten gekommen, anstatt die ganze Sitzreihe aufzuscheuchen?"

„Na", flüsterte Helen zurück, „es gehört sich so."

Die junge Frau machte eine anerkennende Bewegung mit den Lippen und ließ gleichzeitig den Blick gen oben wandern. „Selbst die alte Schachtel mit ihrem Enkel, drei Reihen hinterhalb, hat mich vom Sitz gejagt. Obwohl ich ihr sagte, sie hätte die falsche Reihe erwischt. Steht ja deutlich außen am Sessel."

„Nun", wisperte Helen, „sie hat ihr Missgeschick sicherlich mit tausend Entschuldigungen eingesehen." Vorsichtig kippte sie alle

Schokofrüchte in eine Tüte, damit sie nicht auf zwei Dinge aufzupassen hatte. Sie knüllte die übrige Tüte zusammen und schob sie in die Seitentasche ihrer Handtasche. Dorthin, wo immer aller Müll landete, wenn sie allein oder mit Familie unterwegs war. Dorthin, wo der Aquariumsprospekt vom letzten Ausflug steckte, zusammen mit den Kinokarten für den Film, den sie voriges Wochenende mit Pheme geguckt hatte.

„Es ist fast drei", sagte die Frau neben ihr. „Gleich geht es los. Das wird eine Show, wie Sie sie nie erlebt haben."

„Glaube ich gern." Helen lächelte ihr zu. „Ich bin zum ersten Mal hier."

„Aha." Die Nachbarin lehnte sich entspannt zurück und verschränkte die Hände vor dem flachen Bauch. „Plötzlicher Sinneswandel, unerklärliches Interesse oder die Kälte? Was hat Sie hergeführt?"

„Die Kälte." Helen piekte eine der Schokofrüchte auf und schob sie sich in den Mund. „Zwanzig Grad unter null und Nordostwind sind zu kalt, um in der Stadt herumzulaufen."

„Sie hätten nach Hause gehen können", wurde ihr vorgeschlagen. „Sie haben gewiss ein Zuhause?"

„Natürlich." Helen fischte mit dem Holzpieker eine von Schokolade überzogene Weintraube aus der Tüte. Sie schmeckte herrlich. Schokolade und Obst passten ihres Erachtens perfekt zusammen.

„Und?", fragte die Frau neben ihr.

Helen schaute sie kauend an. „Bitte?"

„Was ist mit Ihrem Zuhause?", bohrte sie nach. „Es hörte sich nach einem gewaltigen Aber an."

Daraufhin hob Helen die Schultern und suchte zwischen den Schokofrüchten nach einer weiteren Weintraube. „Ich möchte Sie ungern mit meinem Leben langweilen. Freuen Sie sich auf die Vorstellung und beachten Sie mich nicht."

„Wenn das so einfach wäre." Die Frau streckte ihre Beine, bis die Füße in den perfekt geputzten und polierten schwarzen Absatzstiefeln beinahe gegen die Rückenlehne des Vordermannes stießen. Schwarze Hose mit Bügelfalte. Akkurat gezogen und messerscharf. Da war beim letzten Bügeln nichts aus der Spur gelaufen.

Helen lief ein Schauer über den Rücken und sie guckte schnell zurück in ihre Obsttüte, ehe ihre Sinne ihr einen Streich spielten und sie das Zischen des Bügeleisens zu hören begann. Dabei bügelte sie seit Jahren nicht mehr. Das erledigte Fräulein Roswitha mit aller Hingabe. Helen schob die Schokofrüchte herum. Da war ja eine Weintraube!

„Ich heiße Devendra", stellte sich die Frau vor. Sie hatte ihre Beine wieder eingezogen und streckte ihr die Hand hin. „Wie heißen Sie?"

„Oh." Schnell ließ sie den Pieker in die Tüte fallen und ergriff die dargebotene Hand. „Helen Jäger. Angenehm."

Zum zweiten Mal binnen kurzer Zeit lief ihr eine Gänsehaut über den Rücken. Es lag an dem Händedruck, der überaus fest und zupackend war, und Devendras Blick, der ungeachtet der lockeren, gelösten Atmosphäre von Sorge getragen war. Das waren keine Lachfalten an der Stirn und um die Augen.

„Ich bin Helen Jäger", wiederholte sie. „Es freut mich, Ihre Bekanntschaft zu machen."

„Das hat lange niemand zu mir gesagt." Wenn Devendra lächelte, kniff sie die Augen leicht zusammen und in den Winkeln kräuselten sich kleine Fältchen. Die Sorgenfalten an der Stirn waren verschwunden. „Sind Sie allein hier?"

Diesmal hatte Helen eine Erdbeere erwischt. „Ja." Ihr gefiel Devendras hellblaue Bluse, die von einem dunkelblauen Halstuch begleitet wurde. Dazu trug sie eine schwarze Jacke. Sie hätte mit ihrem Outfit in eine Bank gepasst oder ins Management einer großen Firma. „Und Sie?"

Devendras strahlend weiße Zähne blitzten im Licht der umherwandernden Scheinwerfer. Sie hob ihre rechte Hand und zeigte einen breiten goldenen Ring. „Ich bin mit dem Trapezkünstler verheiratet. Der Zirkusdirektor ist mein Vater."

Weil sie dabei eine fröhliche Grimasse schnitt, schmunzelte Helen. „Eine Claqueurin also?"

„Ein bezahlter Mensch im Publikum, der an den richtigen Stellen zu klatschen und zu jubeln beginnt?" Sie zögerte. „Nein. Geld bekomme ich nicht dafür."

„Irgendwie schon", fand Helen. „Sie sitzen auf einem der teuersten Plätze. Mit diesem Stuhl wird kein Geld verdient. Genau genommen bescheren Sie dem Zirkus Verlust."

Devendra dachte nicht über diese Kritik nach. „Ich darf das. Ich habe mich heute für lau um die Technik gekümmert und schikaniere meine drei Helfershelfer mit meinem Perfektionswahn. Die haben mich mehr als einmal in die Hölle gewünscht."

„Sie wollen sehen", vermutete Helen, „ob alles gut klappt und jeder Scheinwerfer sein Ziel trifft? Prüfen, ob etwas verbessert werden könnte?"

„Nicht ganz." Ihre Stimme klang plötzlich dunkler. „Für die heutige Vorstellung haben wir uns etwas sehr Besonderes ausgedacht. Da will ich mittendrin sein. Nein, da muss ich mittendrin sein. Für diese Arbeit würde ich niemand anderen verantwortlich zeichnen lassen."

Die Erdbeere in ihrem Mund war sehr reif und zuckersüß. Helen genoss den Geschmack, als sich das Aroma mit der Schokolade mischte und sagte erst nach dem Schlucken: „Sie machen mich neugierig."

Unvermittelt legte Devendra ihr die Hand auf den Arm. „Haben Sie gute Nerven, Helen?"

Helen ließ ihren Blick durch den hohen Zirkusbau schweifen. Viele

Meter über dem Boden gab es Seile, Ketten und Scheinwerfer, Lautsprecher und Dinge, die sie nicht benennen konnte, die für die Vorstellung wichtig waren. Das Trapez hing ebenfalls dort oben, sicher verstaut und gehalten von einem Seil.

„Wegen der Artisten?", fragte Helen. „Als kleines Mädchen war ich zuletzt in einem Zirkus. Es war ein mickriger, jämmerlicher Wanderzirkus, der außer drei Ponys und einem dressierten Hund sehr unlustige Clowns und einen Schlangenmenschen zu bieten hatte. Ich habe keine Ahnung, was Artisten heutzutage leisten und ob ich die Luft anhalten muss, wenn ich fürchte, eines der Kunststücke könnte schiefgehen."

„Die Artisten." Devendra verschränkte die Arme. „Ja, die sind atemberaubend und gerade heute laufen sie zur Höchstform auf. Die Luft, liebe Helen, wird Ihnen wegbleiben."

Helen warf einen Blick auf ihre Uhr. Es war drei Minuten nach dem geplanten Vorstellungsbeginn. Gäste standen zwischen den Sitzreihen und plauderten, viele wischten auf ihren Smartphones, schossen Fotos oder zeigten sich gegenseitig lustige Clips. Ein Jugendlicher direkt vor ihr machte mit seinem Tablet ein Foto nach dem anderen und Helen konnte sehen, wie er es sofort ins Netz hochlud. Er begann ein Video zu drehen. Wahrscheinlich fehlte nicht viel zu einem Live-Stream.

Das Orchester spielte auf. Zuerst ein Tusch, dann die Willkommensmelodie, die Helen aus einigen Kinderfilmen kannte, in denen der Zirkus eine Rolle spielte. Das Licht dunkelte ab, manche der stehenden Gäste setzten sich. Blitzlicht funkelte auf, wenn jemand ein Foto machte.

„Programme!", rief eine Stimme neben ihr. Eine junge Frau mit Dauerlächeln und hellroter Uniform stakte auf unglaublich hohen Schuhen an ihr vorbei. „Möchten Sie ein Programm? Ein

Programmheft?"

„Nein, danke." Helen hielt ihre Tüte mit Schokofrüchten und die Hand mit dem Pieker, zwischen deren Fingern eine Serviette klemmte, etwas in die Höhe. „Ich wüsste nicht, wohin damit."

„Seitlich in den Sitz", schlug die Frau im extrem knappen Rock vor und zeigte lächelnd eine schmale Ritze, in die das Programmheft trotz seines beachtlichen Umfangs passte. „Da geht es während der Vorstellung nicht im Weg um und Sie können in der Pause darin schmökern."

Helen wollte kein Programmheft. Es würde, sofern sie es überhaupt nach Hause nahm, in einer Ecke liegen, verstauben und irgendwann im Altpapier landen. Es war der Hochglanzdruck, der ihr Interesse weckte. Teuer. Qualitativ hochwertig. Sie mochte keine Werbeflyer, keinen sinnlosen, minderwertigen Schnickschnack. Ihr gefiel die erhaben geprägte Überschrift, die aufwändige Inszenierung, das liebevoll gestaltete Titelbild. Es war kein dünnes, dürftiges Heftchen, eher ein Buch, mit dem sich jemand viel Mühe gegeben hatte. Sofort dachte sie an ihren Chef, der eine Druckerei für seinen Jahresbericht suchte und solche detailverliebte Arbeit schätzte.

„Das ist ja ein Prachtstück." Sie holte ihre Tasche heran und fischte mit einer Hand im Inneren, während sie versuchte, die Schokofrüchte nicht über die Tribüne zu verteilen.

Neben ihr lachte Devendra. „Geben Sie her. Ich halte die Früchte so lange. Keine Angst, ich nasche keine weg."

„Danke." Mit zwei Händen fand Helen das Portmonee schnell und zückte einen Schein. Ein Programmheft mit dieser Papierqualität und diesem aufwändigen Druckverfahren war geradezu ein Schnäppchen. Sie ließ ihre Finger über die Schrift gleiten, fühlte die Prägung und staunte, wie matt der goldene Schriftzug im Scheinwerferlicht wirkte.

Keine störenden Facetten, kein nervendes Gefunkel oder verwirrendes Geglitzer.

Obwohl sie gern sofort im Programmheft geschmökert und den Duft nach frischem Papier und Druckerfarbe genossen hätte, schob sie es seitlich zwischen das Sitzpolster ihres Sessels und die Armlehne. Sie spürte deutlich einen kurzen Widerstand wie von einem Haken oder einer Halterung. „Danke." Sie nahm Devendra die Schokofrüchte ab.

Diese machte eine wegwischende Handbewegung. „Danke, danke, danke. Wir haben keine fünf Sätze gewechselt, aber ich habe Sie schon ein dutzend Mal danke sagen hören."

Darauf wusste Helen nichts zu erwidern. Sie piekte sich eine Schokofrucht aus der Tüte und betrachtete die Frau neben sich unauffällig aus dem Augenwinkel. Verschränkte dünne Arme, zierliche Hände, schlanke Finger. Kurze Fingernägel. Helen gefiel der schwarze matte Lack. Diese Hände machten nicht den Eindruck harter Arbeit. Das war wohl eher der Fall für ihre Mitarbeiter, die sie Helfershelfer nannte. Helen piekte erneut eine Frucht aus der Tüte und erwischte diesmal eine Banane. Sie ließ die Schokolade im Mund schmelzen, ehe sie das feste Fruchtfleisch zerkaute. Sie sollte sich öfter solche Köstlichkeiten gönnen und nicht immer gucken, was Pheme und Bernhard lieber hatten. Auch mal an sich selbst denken, wie jetzt. Einfach mal in den Zirkus gehen und Schokofrüchte essen und die eigenen Bedürfnisse nach vorne stellen. Plötzlich schmeckte die Banane weniger intensiv. Das hier waren nur Schokofrüchte, bloß mit kakaohaltiger Fettglasur überzogenes Obst, das sie während einer künstlerischen Darbietung aß, die ihr nichts bedeutete und in die sie niemals gegangen wäre, wenn das Wetter nicht gar so kalt gewesen wäre. Nicht wirklich wichtig und schon gar nicht das, woran sie dachte, wenn sie über ihre Bedürfnisse grübelte.

„Wissen Sie", unterbrach Devendra diese Gedanken, „das Orchester übt täglich viele Stunden, um am Nachmittag und am Abend in jeweils zweieinhalb Stunden die Gunst des Publikums zu gewinnen. Es gibt kaum mehr einen Zirkus, der Live-Musik anbietet. Bei den meisten kommt die Musik aus dem Lautsprecher. Das kostet weniger und macht keine Mühe."

„Nun", sagte Helen, „die Worte Beruf und Berufung haben nicht von ungefähr denselben Klang. Für eine echte Berufung nimmt man Überstunden, pausenloses Training und grenzenlosen Einsatz gern in Kauf. Ohne Fleiß kein Preis. Bei körperlicher Leistung oder künstlerischer Darbietung tritt dieser Zusammenhang sehr deutlich zutage."

Devendra nickte nach vorn, wo sich der schwere dunkelrote Brokatvorhang hob und ein kleiner dicker Mann ins Rampenlicht trat. „Das ist mein Vater, der Große Ultor."

So hatte Helen ihn sich vorgestellt. Ein kleiner Mann mit Bauch, der einen schwarzen Smoking mit aufwändig bestickter Chemisette trug. Seine auf Hochglanz polierten Schuhe funkelten im Scheinwerferlicht, auf der Stirn glänzten ihm Schweißperlen, die er mit einem weißen Tuch abtupfte. Sein langes Haar war grau. Er trug es im Nacken zu einem Pferdeschwanz gebunden. Helen schätzte ihn auf um die siebzig, obwohl seine Bewegungen energisch und fließend waren. Es war der Ausdruck in seiner Haltung, der sie auf die ursprüngliche Schätzung von Anfang sechzig einige Jahre aufschlagen ließ. Er schien müde zu sein, erschöpft. Die Schultern hingen, der Rücken war leicht gebeugt, seine Atemzüge tief.

In der rechten Hand hielt der Große Ultor ein Mikrofon: „Sehr geehrtes Publikum", tönte seine tiefe, dröhnende Stimme. „Verehrte Damen und Herren, liebe Kinder!"

Helen hörte zu kauen auf. Sie hatte eine Erdbeere im Mund, deren Kerne knackend ihren Backenzähnen zum Opfer fielen. Damit sie den Großen Ultor besser hören konnte, hielt sie ihre Kiefer still. Trotzdem wurde es nicht still ringsum. Zuschauer tuschelten und plauderten. Eine Mutter hinter Helen zischte ihrem Sohnemann zu, endlich still zu sitzen und die Klappe zu halten, wo die Scheißkarte so verdammt viel Geld gekostet hatte und sie sowieso nur seinetwegen gekommen sei. „Geh mir bloß nicht auf die Nerven und pass mit deiner Cola auf!"

„Meine Damen und Herren", verkündete der Große Ultor erneut und drehte sich einmal im Kreis, als wollte er jeden Gast einzeln begrüßen. „Verehrtes Publikum!"

Obwohl das Licht im Zuschauerraum längst verloschen war und sich der einzige Scheinwerfer sich auf den Großen Ultor richtete, sah Helen Leute unbekümmert kommen und gehen. Einer kämpfte mit seiner Winterjacke, die zu dick war, um darauf bequem zu sitzen, einer kam mit zwei Flaschen Bier und einigen Hotdogs, die eine Spur an Ketchupklecksen hinterließen, die Stufen herab, Männer standen zwischen den Sitzen und plauderten, Frauen unterhielten sich stehend im Aufgang, Mamas mit Kindern stakten die Treppen hinab Richtung Toilette.

„Typisch", lächelte Devendra, „kaum beginnt die Show, müssen kleine Kinder aufs Klo."

„Die müssen meistens nicht", flüsterte Helen zurück. „Die wollen nur wissen, ob es ein Klo gibt und wie es aussieht."

„Eigene Erfahrung?" Devendra drehte ihr das Gesicht zu. „Verzeihen Sie meine Dreistigkeit, Sie sehen nicht alt genug aus, um Kinder zu haben." Diese Schmeichelei ignorierte Helen. Sie ballte die Faust und reckte den Daumen in die Höhe. „Eine Tochter von beinahe fünfzehn Jahren."

„Fast fünfzehn!", stieß Devendra aus, sehr leise und dezent. „Sie wollen mich foppen."

Helen schüttelte den Kopf und nahm, nachdem sie zur Begrüßung des Direktors brav mitgeklatscht hatte, ihre Schokofrüchtetüte wieder hoch. „Ich war zweiundzwanzig als ich sie bekommen habe."

„Meine Damen und Herren", wiederholte der Große Ultor unablässig lächelnd und nachdem auch beim dritten Anlauf keine Ruhe im Publikum einkehrte, fuhr er fort: „Sie werden eine Vorstellung erleben, wie Sie bisher keine erlebt haben. Wie Sie sie nie wieder erleben werden!"

Helen hatte Begrüßungen aller Art kennengelernt. Sie wusste, wie überschwänglich man in südlichen Ländern gern begrüßt wurde, wie nüchtern es bei den Asiaten zuging und wie groß die Verwirrung war, wenn Erwartung und Realität nicht zueinander passten. Diese Worte hatte Helen erwartet, nur die Betonung schien unglücklich. Er legte keinen Überschwang in die Stimme, weckte keine Erwartungshaltung, klang kein bisschen spannend. Seine sonore Stimme blieb im Keller.

Vor Helen begann der Teenager mit spitzem Finger auf sein Tablet zu hacken. „Was zum…", stieß er unangebracht laut aus, „da stimmt was mit dem fucking Internet nicht. Ich bin draußen. Total offline!"

Neben sich sah Helen Devendras Lächeln in sich zusammenfallen. Sie hatte offensichtlich den Tonfall des Großen Ultors ebenfalls bemerkt und er gefiel ihr nicht.

„Loser", gackerte der zweite Teenie mit dem schief sitzenden Käppi und zückte sein Smartphone. Beide Displays zusammen leuchteten grell und verhinderten Helens ungetrübten Blick nach vorn. „Krass", plärrte der zweite Teenie übermäßig laut, „ich bin zum ersten Mal seit unserem Urlaub auf Mauritius voll offline. Hey, Mann, wir haben ein Funkloch gefunden! Mitten in der Großstadt!"

Sie lachten keckernd darüber, viel zu überdreht und sich aufspielend, als müssten sich alle Menschen ringsum dafür interessieren, dabei hatten die meisten Gäste längst selbst das Funkloch bemerkt. Viele ratlose Gesichter guckten hoch und die Leute zeigten einander die Bildschirme mit dem verlorenen Netz. Helen ließ ihren Blick zu einigen Zirkusmitarbeitern schweifen. Manche der jungen Männer in dunkelroten Uniformen setzten sich in Bewegung und verteilten sich zwischen den Zuschauern und an den Auf- und Abgängen der Treppen. Der freundliche junge Mann, der ihre Karte kontrolliert und ihr den Weg zum Sitzplatz gezeigt hatte, stieg vier Stufen zu einer Treppe hinab. Dort stand ein Stuhl und Helen nahm an, er würde sich setzen, um die Vorstellung zu verfolgen und im Bedarfsfall mit den an der Decke des Zirkusbaus aufgehängten Seilen, Ringen und Tüchern zu helfen. Er bückte sich hinter den Stuhl, wo eine längliche Kiste stand, öffnete deren Deckel und holte etwas heraus, das im Halbdunkel wie eine Waffe aussah.

Helen mahnte sich innerlich zur Vernunft. Eine Waffe. Im Zirkus. Welches irre Huhn hatte sie gepickt? Das war völlig abwegig, wenngleich nicht völlig aus der Luft gegriffen. „Heutzutage", flüsterte sie, „muss man sich wohl einiges einfallen lassen, um die Jugend von ihren virtuellen Existenzen abzulenken."

„Wir lassen uns immer etwas einfallen", sagte Devendra. „Die heutige Vorstellung allerdings wird sämtliche Erwartungen sprengen."

Der Große Ultor wurde ernst. Er stand im Lichtkegel der erhellten Manege. Sein Smoking hob sich vom tiefroten Teppich ab. Schweißtropfen auf seiner Stirn reflektierten helle Blitze, das Mikrofon in seiner Hand knackte. „Sie werden", sagte er ernst, „eine solche Vorstellung nicht noch einmal erleben, denn die meisten von Ihnen werden am Ende der Schau nicht mehr am Leben sein. Bleiben Sie auf Ihren Plätzen sitzen, meine Damen und Herren, egal, was passiert.

Stehen Sie nicht auf, bleiben Sie sitzen. Sie werden Unglaubliches erleben, Unbegreifliches, Fürchterliches. Wenn Sie an Ihrem Leben hängen, bleiben Sie sitzen." Er hob den linken Arm steil in die Höhe.

„Beginnen wir mit denen, die sich selbst den großen Auftritt gönnen, im Mittelpunkt stehen, im Sichtfeld anderer Gäste, die ihr eigenes Bedürfnis nach Beachtung über die Existenz anderer Gäste stellen. Schenken wir all denen, die sich so unverschämt profilieren und präsentieren unsere ungeteilte Aufmerksamkeit!"

Helen war eine solche Begrüßung nie vorgekommen. Sie hatte weiß Gott unzählige Seminare, Fortbildungen, Meetings erlebt. Skurriles war darunter gewesen, Merkwürdigkeiten. Ein Trainer war als Zombie verkleidet erschienen, ein Geschäftspartner einmal völlig betrunken. Manchmal musste man erst eine gefühlte Ewigkeit Smalltalk über sich ergehen lassen, andere kamen sofort zum Geschäft und das Meeting endete nach wenigen Minuten. Eine Managerin hatte es in der Kaffeepause mit dem jungen Mann getrieben, der die Kekse und das Wasser auffüllte und alle, die sich auf dem Gang die Beine vertraten, hörten den Akt klar und deutlich. Der Große Ultor mit seiner Begrüßung war neu. Helen war sich nicht sicher, ob ihr diese Art, eine Vorstellung zu beginnen, gefiel.

Der junge Zirkushelfer, der sich vor wenigen Augenblicken ein Gewehr genommen hatte, berührte dieses an der Oberseite, zog etwas mit einem Klacken zurück und richtete den Lauf auf einen Mann, der gerade die Treppe hochkam und sich den Hosenstall zuzog. Im nächsten Moment zerfetzte ohrenbetäubender Lärm die Luft. Es knatterte und knallte, donnerte, hämmerte, schepperte. Blitzweiße Funken flogen. Es begann nach Schwarzpulver zu riechen, nach Verbranntem, nach Blut, nach Urin, nach Erbrochenem. Helen spürte etwas Schnelles an ihrem Kopf vorbeisausen und hob instinktiv die

Hände über die Ohren. Sie beugte sich weit vornüber, bis ihr Gesicht auf den Beinen lag. Ihr Herz pochte in der Brust, sie spürte, wie ihr Magen das Mittagessen so schnell wie möglich loswerden wollte und in den nächsten Verdauungsabschnitt weiterschickte. Wenn sie an die Konsequenzen dachte, die eine unüberlegte Bewegung wahrscheinlich auslöste, verging ihr das Bedürfnis nach einer Toilette. Minutenlang verharrte sie zusammengekauert. Sie zählte ihre Atemzüge.

Als der knatternde Lärm verstummt war und sie nur mehr leises Weinen und Schluchzen hörte, hob sie zögernd den Kopf und lugte unter ihrem Arm hervor. Neben ihrem Sitz lag ein toter Mann, der halbe Oberkörper fehlte ihm, weggeschossen, der Hosenstall stand zur Hälfte offen. Über seinen Beinen lag ein weiterer Mann, dessen Gesicht völlig zerfetzt war.

„Was...?" Helen ließ ihre Hände sinken. Sie spürte Finger, die sich von der rechten Seite auf ihren Arm legten.

Es war Devendra. „Bleiben Sie sitzen."

„Was...?"

Devendra drückte zu. „Bleiben Sie sitzen."

Helen hatte ein furchtbar trockenes Gefühl im Mund. „Das sagte Ihr Vater bereits."

„Er hat absolut recht mit jedem Wort."

Helen erinnerte sich. „Wenn Ihnen Ihr Leben lieb ist..." Sie versuchte zu schlucken. Ihr Gaumen war hart und staubig. Der Sitz war zu eng, zu wenig breit, obwohl zu beiden Seiten ihrer Hüften mehrere Zentimeter vom dunkelroten Sitzpolster zu sehen waren. Siedend heiß pochte das Blut durch ihren Körper, brachte ihr Herz zum Rasen und ihre Gedanken zu abstrusen Schlüssen. Sie hätte in ihrem Leben viel mehr Schokolade essen und sehr viel mehr Rum trinken sollen.

Nach einem Moment der fassungslosen Ruhe begannen Leute zu kreischen. Kinder fluchten, Frauen zeterten, Männer weinten. All jene, die eben zwischen den Reihen gestanden hatten, die von der Toilette zurückkamen oder sich anschickten einen Kommentar in die digitale Welt zu blöken, all jene, die nicht brav auf ihren Plätzen saßen, lagen tot zwischen den Reihen, auf den Wegen, auf den Stufen. Weiter unten lagen viele Personen, die sich Chancen bei der Flucht ausgerechnet hatten, leblos über dem runden Holzbogen, der die Manege einfasste. Starre, an die Decke oder in den Boden gerichtete Blicke überall, sofern die Augen nicht aus ihren Höhlen geschossen worden waren.

Um das Chaos adäquat zu beschreiben, fehlten ihr die Worte. Helen schaute über die Leichen. Männer, Frauen, Kinder. Ohne Rücksicht auf Alter oder Geschlecht hatten die Requisiteure alle niedergeschossen, die nicht dort waren, wo sie zu Vorstellungsbeginn hingehörten. Alle, die im Schrecken der Geschehnisse aufgesprungen waren, um sich in Sicherheit zu bringen, hatte keinen Schutz gefunden. Sie waren tot.

Jene, die meist zitternd und bebend auf ihren Plätzen saßen, waren vom Schrecken gezeichnet. Dem Teenie vor Helen war das Tablet aus der Hand zu Boden gefallen. Das zerbrochene Display war dunkel. Der andere Teenie hatte sein Smartphone in der Hand, hielt es in Gesichtshöhe und starrte nach vorn zu dem Requisiteur, der seine Maschinenpistole gelassen auf die Schulter lehnte. „Ich habe das gefilmt, Alter. Das landet sowas von im Netz. Ihr seid erledigt. Ihr seid alle erledigt."

Viele weinten oder jammerten, heulten und zeterten. Beinahe jeder hatte zu seinem Smartphone gegriffen und versuchte durch die Geräuschkulisse hindurch irgendwelche Nachrichten nach draußen zu bringen. Auch Helen zuckte diese Idee durch den Kopf. Gleichzeitig meldete ihr Verstand die Sinnlosigkeit dieses Vorhabens. Wenn Teenies, die quasi mit ihren Smartphones verschmolzen waren, kein Internet hatten, wie sollte ihr mit dem alten Knochen, der nur SMS und

Telefonate konnte, dieses Kunststück gelingen?

„Bleiben Sie sitzen", wiederholte der Große Ultor ernst. „Meine Damen und Herren, bleiben Sie auf Ihren Plätzen."

Gegenteiltag, kam ihr in den Sinn. Als Kind hatte sie sich mit ihren Freunden diesen Spaß gemacht. Sie riefen den Gegenteiltag aus und redeten von dem Moment an genau andersrum. Wenn das Pausenbrot lecker schmeckte, sagten sie: „Meine Mama hat wieder mal voll ätzende Ekel-Brote gemacht." Wenn die Schule zum Einschlafen langweilig war, hieß es: „Frau Düster mit ihrer Mathematik hält mich tagelang wach und vor Begeisterung würde ich am liebsten rund um die Uhr Mathe lernen."

Der Große Ultor mahnte zum Sitzenbleiben – und ein guter Teil des Publikums hielt den Gegenteiltag für gültig. Die Leute sprangen auf, wollten weg, duckten sich in die Schatten der anderen Sitze und wurden erschossen. Immer wieder sah Helen jemanden davonhasten, ständig knallte es an einer anderen Stelle. Rechts von Helen glaubte sich eine dicke Frau unbeobachtet. Sie wuchtete ihren mächtigen Hintern aus dem Stuhl hoch und schaffte drei Schritte zur Treppe. Seitlich schoss ihr ein Requisiteur in die Schläfe. Die Kugel durchdrang den Schädelknochen mühelos auf beiden Seiten und nahm einen Großteil dessen mit, was sich zwischen den Ohren der Frau befand. Gehirn und Blut spritzten auf diejenigen Gäste, die wie festgenagelt auf ihren Stühlen blieben. In dem Block, in dem Helen ihren Platz hatte, gab es eine Mutter mit drei Kindern, wobei einer der Jungs wohl der Freund ihres Sohnes war. Die beiden Burschen schienen gleich alt zu sein, acht oder neun, einer war blond und blauäugig wie die Mutter und die größere Schwester, der andere Bub hatte schwarzes Haar, schwarze Augen und dunkle Haut. Diese Frau hatte ihre Arme um die Kinder gelegt, so gut sie es schaffte. Den äußeren Kindern presste sie jeweils eine Hand aufs Ohr und zog sie eng an sich. „Nicht hinschauen", wiederholte sie pausenlos. „Kneift die Augen zu und seht nicht hin. Wir bleiben hier sitzen, bis uns jemand hilft."

Devendra drehte den Kopf zu dieser Frau. Sie schaute sie eine Weile an und Helen hätte zu gern den Ausdruck in ihren Augen gesehen. Derart gelassen wie sie dasaß, hatte sie mit diesem Überfall gerechnet. Ihr war völlig bewusst, in welche Richtung diese Vorstellung ging.

„Na", sagte Devendra ernst, „diese Show werden Sie nicht vergessen."

„Garantiert nicht", stimmte ihr Helen zu.

„Sehen Sie", zeigte Devendra auf die Zuschauerplätze, „langsam kehrt Ruhe ein. Die Wegläufer sind tot, die Sitzenbleiber in Schockstarre gefallen."

Das stimmte wohl. Es fanden kaum mehr Bewegungen statt. Wer das Gemüt hatte, sich angesichts einer Gefahr durch Weglaufen in Sicherheit zu bringen, der hatte es längst versucht. Diejenigen, die auf den Plätzen saßen, würden sich nicht wegbewegen. Sie gehörten zu den Menschen, die sich bei Gefahr am liebsten totstellen würden. Helen überschlug die Zahlen. Mehr als die Hälfte der Zuschauer schienen tot zu sein. Beinahe zwei Drittel. Sie spürte ein hartes Stechen in ihrem Magen. „Was für ein Albtraum."

„Es hat angefangen", sagte Devendra.

Unten im Zirkusrund hob der Große Ultor die Arme auseinander. Es wurde mucksmäuschenstill. Niemand wagte mehr zu flüstern, zu weinen, zu jammern. Einem Kleinkind weiter vorn hielt der Vater den Mund zu. Fest presste er seine flache Hand auf den Mund des rosa angezogenen Mädchens, dem dicke Tränen aus den Augen kullerten.

„Meine Damen und Herren", sagte der Große Ultor, „ich begrüße Sie von Herzen zu dieser unvergesslichen Vorstellung, zu diesem wahrlich atemberaubenden und seelenzerfetzenden Nachmittag." Selbst auf die

Entfernung war das Funkeln in seinen Augen zu sehen. Er hob die rechte Hand und streckte die Finger. „Nur eine Handvoll von Ihnen wird am Ende der Vorstellung die reale Dunkelheit genießen. Die meisten werden – dessen dürfen Sie gewiss sein – nicht mehr lange zu leben haben."

Bei diesen Worten sprang der Vater mit seinem kleinen Mädchen vom Sitz. Er saß direkt gegenüber der Treppe, schaffte es zu den Stufen und verschwand mit schnellen Schritten nach unten. Helen spürte das Echo seiner Schritte unter ihren Fußsohlen.

Aus dem Augenwinkel versuchte sie zu ergründen, ob Devendra die Flucht des Mannes bemerkt hatte. Sie schaute nach vorn und rührte sich nicht. Der Requisiteur, der nahe bei dem Flüchtenden gestanden hatte, reagierte nicht. Helen zwang sich zu ruhigen Atemzügen und möglichst entspannter Körperhaltung. Wenn nur einem die Flucht gelang, waren alle übrigen gerettet. Wenn der Vater mit seinem Mädchen es irgendwie durch die Reihen der Aufpasser schaffte und den Zirkus verlassen konnte, würde er sofort die Polizei alarmieren und alle übrigen Zuschauer, die das Massaker der Requisiteure überlebt hatten, wären gerettet. Sie stellte sich vor, wie der Vater erst einige Dutzend Meter davonlief, ehe er sich besann und an diejenigen dachte, die er zurückgelassen hatte. Vielleicht musste er sein Mädchen beruhigen, ehe er das Smartphone nutzen konnte, um Hilfe zu holen. Vielleicht würde er sich selbst filmen und posten, um aus den Klicks Kapital zu schlagen. Wahrscheinlich würde er erleichtert an einer Kreuzung ausharren, bis ihn ein Polizist aufgabelte und nach Hause brachte.

„Meine Güte", sagte Devendra, „Sie beherrschen sich erstaunlich gut. Üben Sie eine Kampfsportart aus? Meditieren Sie? Sind Sie von Beruf Pokerspielerin? Sie sind bestimmt unglaublich erfolgreich. Man sieht

Ihrem Gesicht nicht die kleinste Regung an."

„Weder noch." Helen sah sich nicht dazu veranlasst den Kopf zu ihr zu drehen. „Ihr Vater meinte gerade, eine Handvoll der Gäste werde überleben. Fünf also."

„Mhm." Nun lehnte Devendra sich entspannt zurück und schaute Helen direkt an. „Wenn es um Leben und Tod geht, ist das einen Hoffnungsschimmer wert. Finden Sie nicht?"

„Nein", schüttelte Helen den Kopf. Plötzlich spürte sie die Tüte mit den Schokofrüchten deutlich in ihrer Hand. Sie schlug die Öffnung auseinander und obwohl ringsum das Chaos herrschte und sie wohl minutenlang auf den Früchten gekauert hatte, sahen sie völlig in Ordnung aus. Sie stupfte den Pieker in ein Bananenstück. „Die Frau an der Garderobe meinte, in diesen prächtigen Bau passten viertausendachtundfünfzig Gäste."

Devendra neigte anerkennend den Blick. „Sie haben zugehört, Frau Jäger, das passiert Elvia nicht oft. Die anderen viertausendsiebenundfünfzig Gäste hielten es nicht für nötig, ein bisschen mit Elvia zu plaudern. Wir spielen die erste Vorstellung des Winterprogramms und sind beinahe ausverkauft." Sie zeigte nach vorn zu einer Logenbox, die leer geblieben war. „Die beiden sind trotz persönlicher Einladung nicht gekommen. Schade."

Von dort hatte man einen grandiosen Blick auf das Zirkusgeschehen, allerdings geriet man schnell ins Kreuzfeuer von übermütigen Clowns, kackenden Pferden und spuckenden Löwen. Nie im Leben hätte Helen dort sitzen wollen, nicht einmal, wenn die Wildtiere gegen Menschen in Kostümen, harmlose Haustiere oder Robotertiere, den neuesten technischen Schrei, getauscht waren.

„Viertausendachtundfünfzig Gäste." Helen dachte nach. „Wenn eine Handvoll überlebt, also fünf, macht das eine Chance von ungefähr

1:800.“

„Interessant“, lächelte Devendra.

„Etwas mehr“, überlegte Helen weiter. „Wenn man genau rechnet und die drei Plätze abzieht.“

„Zwei“, zeigte Devendra nach vorn. „Es sind nur diese beiden Gäste nicht gekommen.“

„Drei“, zeigte Helen auf den Platz rechts neben sich. „Sie gehören zur Truppe und Sie wussten, was Sie erwartet. Ihre Chance zu sterben, ist genauso hoch wie an jedem anderen Tag. Nein, etwas höher. Es könnte durchaus ein Querschläger dazwischenkommen.“

„Da haben Sie recht“, schmunzelte Devendra. „Man hat gewöhnlich nicht die Chance, von einem Querschläger getroffen zu werden.“

„Hängt von der Gegend ab, in der Sie sich befinden.“ Ein weiteres mit Schokolade überzogenes Bananenstück. Im Vergleich zu den Erdbeeren lagen die Bananenstücke zahlenmäßig hinten. „Wenn Sie die Berechnung für eine Krisenregion aufstellen, kommen Sie schnell zu einem anderen Ergebnis. Für manche Menschen liegt das Risiko, binnen eines Jahres durch eine Kriegshandlung ums Leben zu kommen, bei 1:70.“

Devendra runzelte die Stirn. „Ach.“

Helen wartete eine Weile, ob Devendra den Blick von ihr nehmen würde. Als sie es nach vielen Atemzügen nicht getan hatte, legte Helen den Kopf schief und schaute zurück. „Meine Chancen lagen bei 1:811, sofern Ihr Vater nicht lügt und mich keine anderen Parameter überraschen. Wahrscheinlichkeit ist stets Parametern unterworfen, die sich kurzfristig und drastisch ändern können.“

Devendras schmale Lippen verzogen sich zu einem Lächeln. „Was sind Sie für eine Frau?“

Helens Herz machte einen großen Hüpfer. Es schien die

Wahrscheinlichkeit für einen Herzinfarkt auf annähernd hundert Prozent heben zu wollen. „Das gleiche hat mich mein Mann heute gefragt."

„Oh", machte Devendra. „Bedauerlich. Anstatt ihm eine Antwort zu geben, haben Sie sich in den Zirkus verkrümelt und ausgerechnet diese Vorstellung erwischt. Meine Güte, wie hoch war denn *dafür* die Wahrscheinlichkeit?"

Das Scheinwerferlicht wechselte. Der Zuschauerraum wurde dunkel, der Große Ultor stand im Rampenlicht. Er hielt den Rücken gerade und das Mikrofon fest in der Hand. „Endlich!", tönte er mit seiner tiefen Stimme, „endlich können wir beginnen mit unserer ultimativen Vorstellung. Jetzt, wo unsere hervorragenden Requisiteure bei unserem Publikum für ungeteilte Aufmerksamkeit gesorgt haben. Bleiben Sie entspannt und genießen Sie die Show. Meine Damen und Herren, ich darf Ihnen voller Stolz präsentieren: Diego, den Jongliermeister!"

Kapitel 2

Begleitet von einem gewaltigen Tusch kam ein schwarz gekleideter junger Mann in den hell erleuchteten Scheinwerferkegel, während der Große Ultor, der nun nicht mehr angestrahlt wurde, sich dezent in den düsteren Hintergrund zurückzog. Requisiteure schleppten blitzschnell eine Kiste heran, in der die üblichen Jonglierbälle, Tücher und Keulen lagen. Helen konnte von ihrem Platz alles gut sehen und glaubte unter all dem Kram auch Pferdefiguren zu sehen, die sie an Phemes Spielzeugpferde erinnerten. Es war eine ganze Weile her, seit Pheme die Plastikbox mit den Pferdchen hervorgeholt und damit gespielt hatte. Sie spielte nicht mehr, sie beschäftigte sich lieber mit dem Internet, ihren Zeichensachen oder den Freundinnen.

„Ah", schnurrte Devendra und streckte zufrieden die schlanken Beine, „er ist wirklich gut. Erst achtzehn Jahre alt und gerade von einer Reise mit dem chinesischen Staatszirkus zurück. Ein Talent, wie man es selten findet. Er konnte jonglieren, ehe er sprechen konnte. Zirkuskind, ganz traditionell. Sein Großvater war Schwertschlucker, ebenso sein Vater. Die Großmutter stand einem Messerwerfer als hübsches Girlie gegenüber, jedenfalls, bis sie tödlich getroffen wurde. Seine Mutter hat Katzen dressiert. Sie wären überrascht, welche Kunststücke man Katzen beibringen kann. Sie sind überaus gelehrig. Leider sind Diegos Eltern früh bei einem Autounfall ums Leben gekommen. Es war schade um die beiden. Wir waren alle sehr betrübt und haben eine ganze Woche lang keine Vorstellung gegeben."

„Das tut mir leid", sagte Helen.

Devendra winkte ab. „Es ist fünfzehn Jahre her, bemühen Sie sich nicht."

An Diegos schwarzem Gewand baumelten diverse silberne Schnüre und

Kordeln, die beim Jonglieren zu tanzen anfingen und interessante Muster zu den Jonglierbällen bildeten. Erst mit zwei Bällen hantierte der junge Mann. Er ließ sie in die Höhe sausen, fing sie wieder auf, drehte sich, zwang die Bälle unter seinen Knien hindurch und jedes Mal, wenn er sich für diesen Trick bückte, nahm er einen weiteren leuchtend grünen Ball auf. Bald sausten die Bälle nur so durch die Luft. Helen war fasziniert von den Bewegungen, den ovalen Flugbahnen, der Geschicklichkeit der Hände. Sie beobachtete mit Begeisterung, wie die Bälle scheinbar schwerelos den Befehlen des Jongleurs gehorchten, bis schräg hinter ihr ein schweres Keuchen ertönte. Mit einem Schrecken tief in den Eingeweiden fuhr sie herum und suchte nach der Quelle des Geräuschs. Es war einer der Requisiteure, der sich mit einem massigen Mann abmühte. Er zerrte den Toten die Stufen zum Sitzbereich hinauf und presste den übergewichtigen Körper schnaufend in einen Sitz. Mehrere Schüsse in die Brust des schweren Mannes hatten stark geblutet und damit verschmierte sich der Requisiteur nun die Uniform. Helen schaute sich so unauffällig wie möglich im Zirkusbau um. Überall zerrten, schoben und quetschten Requisiteure tote Menschen zurück auf die Sitzplätze. Auf den langen Sitzbänken, wo kein Halt durch einzelne Armlehnen gegeben war, band man die Toten mit einem langen Strick an der Lehne fest, sehr zum Entsetzen jener Besucher, die am Leben waren und auf ihren Plätzen saßen und sich wegen der schieren Waffengewalt nicht vom Fleck trauten. Manche wurden sogar wie die Toten festgebunden, als sei ihr Schicksal längst besiegelt.

„Und?", raunte Devendra, „was halten Sie davon?"

„Es ist entwürdigend und barbarisch."

„Es ist sensationell!", widersprach Devendra. „Anfang des zwanzigsten Jahrhunderts hat man Enrico Rastelli nachgesagt, er könne mit zehn Bällen jonglieren. In der Manege hat er diese Fähigkeit nie gezeigt.

Unser Diego jongliert mit zwölf Bällen. Zwölf! Absolut fehlerfrei und mit einem Gesichtsausdruck, als könne man ihm bedenkenlos weitere Bälle zuwerfen."

„Ich meinte die Toten im Publikum."

Devendra schaute ungerührt hinunter in die Manege. „Vor lauter Bällen sind seine Hände kaum zu erkennen. Finden Sie das nicht erstaunlich? Passen Sie auf, gleich wechselt er zu den Keulen. Das beeindruckt das Publikum immens, obwohl es im Grunde egal ist, womit er jongliert."

Tatsächlich stellte sich ein Requisiteur neben die Kiste, in der die Jonglierutensilien aufbewahrt wurden. Er bückte sich und holte die silbernen Keulen hervor, deren Aussehen Helen seit jeher aus Büchern, Zeitschriften oder dem Fernsehen bekannt war. Wenn Diego einen seiner Bälle in die Kiste schleuderte, warf der Requisiteur ihm eine Keule zu. Diego fing sie auf und jonglierte weiter. Es waren zwölf Keulen, Helen zählte genau mit.

Diego vollführte einige neckische Kunststücke, als wäre es nicht grandios genug, wenn man zwölf Keulen in der Luft halten konnte und es den Anschein hatte, man führte diese Übung täglich zwischen Zähneputzen und Sockenanziehen aus. Er stellte sich auf ein Bein, hüpfte aufs andere. Er drehte sich um sich selbst, er ging im Kreis, er ging rückwärts. Niemals hatte Helen den Eindruck, es würde ihm schwerfallen. Zwischendurch wechselte er von den Keulen zu Ringen und anschließend zu den Pferdefiguren. Die waren, überlegte Helen, bestimmt schwieriger zu jonglieren als gleichmäßig geformte Bälle oder Keulen. Kopf, Körper und Schwanz eines Pferdchens boten unterschiedliche Möglichkeiten, von Diegos geschickten Fingern umfasst zu werden. Er schien sie ausschließlich am Hals und dem vorderen Rumpf zu berühren. Die Schwänze der Pferde standen stets nach außen ab.

Plötzlich fiel ihr der Vater mit seiner kleinen Tochter ein, vielleicht, weil Pferde das Lieblingsthema kleiner Mädchen waren. Helen fragte sich, ob Vater und Tochter am Leben waren oder längst tot. Wenn die beiden tot waren, hätte man sie zurück auf ihre Plätze gebracht.

Helen überlegte, wie hoch seine Chancen waren, diesem Bau zu entkommen. Der Weg nach draußen war unspektakulär. Drei überbreite Stufen vom Sitzplatz hinauf zum Treppenabsatz, hinunter über die enge und schlecht beleuchtete Stiege. Durch den Vorraum in den Eingangsbereich, durch die schwere Eisentür nach draußen. Weg vom überdachten Vorplatz, wo sich gern die Raucher sammelten. Freiheit. Sicherheit.

Andererseits machte ihr diese groteske Vorstellung, deren Zeugin sie wurde, keinen spontanen Eindruck. Devendras Äußerungen nach waren sehr viele Details geplant und da würde es dem Drahtzieher, dem Ideenmeister, dem Großhirn gewiss nicht entgehen, zur Absicherung Personal bereitzustellen, das sich um die Ausgänge kümmerte und jeden zur Strecke brachte, der sich in Sicherheit zu bringen versuchte. Zwar hatten Eltern von Kleinkindern diverse Übung darin, sich ungehört und ungesehen durch gefährliches Gebiet zu schleichen und unentdeckt an ihren schlafenden Kindern vorbei zu kommen. Dabei hatten sie stets das Kleinkind als Widersacher vor sich, nicht als Klotz am Bein bei sich. Kinder muckten, Kinder quengelten, Kinder weinten niemals lautlos. Wenn die Kleine sich erschreckte, waren Vater und Tochter geliefert. Die Wahrscheinlichkeit, ein aufgeregtes, hysterisches Kleinkind lautlos aus dem Gebäude bringen, schätzte Helen sehr gering ein. Da brauchte es außer Mathematik ein gutes Stück Glück.

Sie wurde von etwas, das über ihren Kopf zischte, aus diesen Überlegungen gerissen. Sie nahm eine sehr schnelle Bewegung wahr, einen dunklen Gegenstand, länglich, unförmig. Es war sinnlos, ihm hinterherzusehen, denn im Halbdunkel des Zuschauerbereichs würde sie nichts entdecken.

Unten in der Manege stand Diego und jonglierte. Zwischen seinen Händen rotierten die Pferdefiguren. Hellbraun, manche schwarz gescheckt, einige weiß. Plötzlich schleuderte Diego eines der Pferdchen ins Publikum. Es sauste durch die Luft. Helen verfolgte die Flugbahn. Es war ein hellbrauner Haflinger mit fast weißer Mähne und Schweif. Der Schweif stand senkrecht vom Pferd weg, als würde es in höchster Panik galoppieren, und er war es, der sich geschmeidig und ohne ein Geräusch zu verursachen in die Stirn eines Zuschauers bohrte. Ungefähr sieben Zentimeter Pferdeschweif steckten einem glatzköpfigen Mann, der einen Block von Helen entfernt saß, direkt zwischen den Augen. Ein dünner Blutfaden rann ihm an der Nase entlang. Er sank tot nach hinten, wobei sich das Pferd aufzubäumen schien und mit seinen Vorderläufen die Luft zerteilte.

Mit genügend Schwung verwandelten sich die meisten Gegenstände in gefährliche Geschosse, das wusste Helen aus diversen Fortbildungen. Nie war die Rede von Spielzeug gewesen, das sich derart kinderleicht in einen Schädel bohrte. Woran konnte sie sich erinnern, als dieser Arzt ihr die Schwachstellen des menschlichen Körpers erklärt hatte? Im Grunde, wenn man wusste wie, war der gesamte Körper eine einzige Schwachstelle. Im Gesicht zählte die Nase zu den beliebten Zielen bei Angriffen. Sie ließ sich relativ leicht brechen und wenn das auch keine tödliche Verletzung war, zog sie das Opfer aus dem Verkehr. Es tat einfach höllisch weh und das viele Blut löste Panik aus. Kiefergelenk, Jochbein, Schädeldecke, Schädelbasis. Helen ging in Gedanken die einzelnen Teile durch. Der Arzt hatte die Stelle eine Fingerbreite über der Nasenwurzel nicht erwähnt. Dort befand sich eine massive Knochenplatte und trotzdem hatte der Schweif sie spielend durchbohrt.

Er musste ein getarntes Messer sein, höllisch scharf und absolut tödlich.

Schnell schaute Helen zurück zu Diego. Es waren vier Pferde, die er im Bogen wirbeln ließ. Sie hatte ganz schön lange gebraucht, um nach dem Wurf das Opfer zu entdecken und die Schlüsse zu ziehen. Gewöhnlich war ihr Hirn schneller. Ein weiteres Pferd wurde geworfen, weit in eine andere Richtung. Drei übrig. Zwei landeten in den ersten Reihen vor dem Zirkusrund, das letzte in einem Zuschauer, der neben dem Orchester saß und einen denkbar schlechten Platz hinter einem Stützpfeiler erwischt hatte. Er konnte kaum sehen, was in der Manege passierte. Mal musste er sich zu der einen Seite beugen, mal zur anderen. Als er rechts am Pfosten vorbeiguckte, erwischte ihn das Pferd und er kippte nach vorn in den Zwischenraum zur nächsten Sitzreihe. Gleich kam ein Requisiteur und setzte ihn zurück aufrecht auf seinen Platz hinter der Stütze.

„Was für eine makabre Vorstellung", murmelte Helen.

„Grandios, nicht wahr?", sagte Devendra. „Wissen Sie, in einer üblichen Vorführung hat Diego in einer späteren Nummer als Messerwerfer einen zweiten Auftritt. Das beeindruckt Kinder und alte Damen besonders. Die sind hin und weg, wenn er mit Messern auf ein hübsches Mädchen zielt."

„Das heißt, heute nicht?"

„Nein", lachte Devendra. „Die Vorstellung ist auch ohne mehrfach besetzte Nummern lange genug." Kurz schaute sie hinter sich zu einem der Toten. „Man muss es ihm lassen: Er ist unbändig gut. Zwölf Versuche und jeder genau in die Stirn." Nach einer Pause fuhr sie fort: „Seine Großmutter hat bei ihrem letzten Auftritt das Messer in die Stirn bekommen. Unbeabsichtigt und aus Versehen, behauptete der Messerwerfer. Er war hoffnungslos in diese wunderschöne Frau verliebt, wollte sie für sich allein haben und sein Hass gegen ihren Ehemann fraß ihn auf. Wenige Wochen später hat er sich das Leben genommen. Schnitt sich die Pulsadern auf. Eine gewaltige Sauerei, die gesamte Spreu in der Manege musste getauscht werden und die nachfolgende Vorstellung begann eine Viertelstunde zu spät."

Helen beobachtete, wie die Manege umgeräumt wurde. In rasender Geschwindigkeit schleppten die Zirkusleute die Kiste mit den Bällen, Keulen und Ringen hinaus. Gleichzeitig begannen andere Requisiteure den dunkelroten Teppich aufzurollen und mithilfe einer riesigen Sackkarre hinter den schweren Vorhang zu kutschieren. Während sie damit beschäftigt waren, glätteten junge Männer mit Besen und Rechen das Sägemehl, auf dem der Teppich gelegen hatte. Jede Bewegung saß perfekt. Helen versuchte die Zeit zu erfassen und zählte exakt bis fünfundsechzig. Eine gute Minute für einen Umbau. „Wenn das daheim nur auch so schnell ginge."

Die Tüte mit den Schokofrüchten war leer. Am meisten hatte sie Erdbeeren gehabt, gefolgt von Ananas und Weintrauben, zuletzt Bananen. Sie hatte nicht alle Preise im Kopf, aber Erdbeeren schienen ihr im Einkauf am teuersten und Bananen günstig. Aus einer Banane machte man mehrere Stücke Schokofrucht, wohingegen eine durchschnittlich große Erdbeere auch nur für eine Schokofrucht reichte. Es war vom wirtschaftlichen Standpunkt aus ungünstig, mehr Erdbeeren als Bananen zu verwenden. Genauso lief es bei den Weintrauben und frischen Ananas. Obendrein verloren die Ananas viel Saft, sobald sie aufgeschnitten waren. Man brauchte entsprechend mehr Schokolade, um die Frucht zu umhüllen. Offensichtlich war da jemand am Werk, der ihr entweder absichtlich die leckersten Stücke gegeben hatte oder keinen Geschäftssinn hatte.

Helen knüllte die leere Papiertüte zusammen und ließ sie treffsicher in ihre Tasche fallen. Auf der Zunge und am hinteren Gaumen hatte sie das Schokoladenaroma, in der Nase den fürchterlichen Gestank von Urin. Eine Frau, die ein paar Plätze weiter saß, hatte einen der Requisiteure gefragt, ob sie zur Toilette gehen durfte. Sie musste dringend und wetzte ungeduldig mit dem Po auf der Sitzfläche umher, überschlug die Beine und versuchte nach vorn gekauert ihre Blase zu dominieren.

Viele der Zuschauer mussten wahrscheinlich dringend austreten. Urin und Kot abzusetzen, war in Zeiten äußerster Gefahr bei Tieren üblich und der Mensch ist nur eine besondere Art Säugetier. Von dieser Tatsache lag ein unangenehmer Geruch in der Luft.

„Wenn Sie aufstehen", richtete der Requisiteur seine Waffe auf das Gesicht der Frau, „werde ich sofort abdrücken."

Ihr blieb nichts anderes übrig als mit verzerrtem Gesicht auszuhalten, den Harndrang zu unterdrücken und schließlich aufzugeben. Helen hörte es plätschern, bevor ihre Nase die Bestätigung lieferte.

„Das", ächzte Devendra, „habe ich befürchtet. In jeder Vorstellung pinkelt jemand auf den Sitz, in dieser Vorstellung werden es einige mehr sein, die nicht an sich halten können."

„Geschieht Ihnen Recht", wisperte Helen. „Dachten Sie, wenn Sie viertausend Menschen einsperren, verhalten die sich völlig ruhig und besonnen und können obendrein ihre Körperfunktionen unterdrücken? Sie hätten vor dieser Tat mit anderen Geiselnehmern Erfahrungen austauschen sollen. Die hätten Sie warnen können."

Mittlerweile waren Pferde in die Manege gelaufen. Sie trabten brav hintereinander im Kreis und wirbelten mit ihren Hufen das Sägemehl auf. Ein kaum wahrnehmbarer Nebel breitete sich aus, der den ganzen Bau durchzog und bei einigen Zuschauern zu Hustenreiz oder heftigem Niesen führte.

Devendra überschlug ihre Beine und verschränkte die Arme vor der Brust. Ihre schwarze Bügelfaltenhose saß tadellos und ihre Bluse war aus einem zarten Gewebe, das nicht verknitterte. Sie sah blendend aus. Wunderschön, jung, voller Kraft. „Eine von viertausend", stellte Devendra fest, „hat sich völlig im Griff. Sie sehen kein bisschen verängstigt aus, Frau Jäger, und Sie sehen nicht aus, als müssten sie auf Toilette."

Helen richtete den Blick nach vorn auf die Pferde. Sie hatte nicht vor, dieser Frau auf die Nase zu binden, wie ihre Blase funktionierte oder inwiefern sie sie beherrschte.

Devendra beugte sich in ihre Richtung. „Ich wette", flüsterte sie, „Sie waren vor Beginn der Vorstellung. Sie haben sich nicht nur vor Ihrem Geschäft von der Sauberkeit des Sitzes überzeugt, sondern auch danach. Sie haben gespült und die Klobürste benutzt, um den Platz für den nächsten Gast sauber zu halten. Sie haben sich die Hände gewaschen, mit Seife, das braucht nicht extra erwähnt zu werden, und mit dem zweiten Papierhandtuch, das Sie benutzten, wischten Sie den Waschtisch nach, um die Wassertropfen und Flecken zu entfernen, um die Haare wegzuwischen, die irgendwer vor Ihnen verloren und hinunterzuwaschen vergessen hatte. Ich wette, Sie haben der Klofrau ein Trinkgeld in den Teller gelegt? Wie viel? Zwei oder drei Euro? Die meisten Leute geben zwischen zwanzig und fünfzig Cent, viele geben gar nichts. Menschen wie Sie, Helen Jäger, geben deutlich mehr, um diejenigen aufzufangen, die gar nichts geben. Sie kompensieren das Fehlverhalten von Leuten, die Sie gar nicht kennen, um einer Person, für die Sie keine Verantwortung tragen, Anerkennung zu zollen."

Im Kreis. Immer im Kreis. Weiße Pferde mit geflochtenen Mähnen und Schweifen, mit weißen Seidenschleifen in den Zöpfen. Sie liefen im Kreis wie Aufziehpferde oder die Reittiere eines Karussells. In der Mitte der Manege stand eine schlanke Frau im schwarzen Paillettenkleid. Sie glitzerte wie tausend Edelsteine und lächelte wie eine Elfe. In einer Hand hielt sie eine Peitsche, in der anderen eine Gerte, wobei es die Peitsche war, die Helen irritierte. Ein schwarzer, etwa drei Meter langer, biegsamer Stock mit einer schwarzen Lederschnur am Ende. Soweit war Helen alles klar. Am Ende dieser Schnur befand sich kein ausgefranster Knoten, wie sie erwartet hatte, sondern eine blaue Blume mit gelbem Inneren. Keine echte Blume, sondern eine aus Plastik oder Metall, das konnte Helen auf die Distanz nicht sagen. Vom Durchmesser her etwa doppelt so groß wie ihre Handfläche.

Rosalinda schlug die Pferde nicht. Sie nutzte die Geräte, um die Pferde zu dirigieren und sie zu verschiedenen Mustern zu arrangieren. Mal trabten die Pferde nebeneinander, mal gegenläufig, einmal vollführten sie einen Slalom umeinander herum.

„Habe ich recht?", fragte Devendra.

Helen wollte nicht an den Toilettengang denken und einer fremden Frau aufs Auge drücken, wie sie sich dort verhielt. „Ich mag Pferde nicht", sagte sie stattdessen. „Als Kind wurde ich einmal von einem verfolgt, das mich in den Ellbogen gezwickt hat."

„Es ist bemerkenswert", plauderte Devendra, „wie Rosalinda ihre Tiere im Griff hat. Vor allem der Slalom ist eine unglaubliche Dressurleistung. Weltweit sind nur diese weißen Prachtpferde dazu in der Lage." Sie streckte den Zeigefinger Richtung Manege. „Sehen Sie das hellgraue Pferd, das nun dazugekommen ist? Es soll den Slalom auch lernen, kapiert aber nicht, was Rosalinda von ihm will. Es trabt den anderen Pferden nicht nach, es geht den kürzesten Weg, der leider überhaupt nicht nach Slalom aussieht."

„Verstehe", murmelte Helen.

„Es kostet eine Menge Zeit und Geduld, den Pferden solche Übungen beizubringen. Pferde sind clevere Wesen, bei denen sich mit Zuneigung und Belohnung sehr viel erreichen lässt. Allerdings muss man, um Kunststücke aus ihnen heraus zu kitzeln, sich schon einige Tricks einfallen lassen. Einfach so zum Spaß machen Pferde da nicht mit."

„Aha."

„Pferde", sagte Devendra, „sind anmutige Geschöpfe. Sie können beinahe alles sehen, was um sie herum geschieht. Sie haben sehr feine Nasen und ein gutes Gespür dafür, wie es ihrem Gegenüber geht. Schwäche oder Unaufrichtigkeit spüren sie sofort."

„Mhm."

„Wenn ich ein Pferd wäre", schmunzelte Devendra, „würde ich ihr vorgetäuschtes Interesse sofort entlarven. Frau Jäger, fürchten Sie, ich könnte einen der Requisiteure mit einem Handzeichen auf Sie aufmerksam machen, sobald ich Ihrer Gesellschaft überdrüssig werde? Fürchten Sie erschossen zu werden? Nun, diese Angst kann ich Ihnen nehmen. Solange Sie Ihren Platz nicht verlassen, droht Ihnen von den Pistolen keine Gefahr."

„Aha", blickte Helen ihr in die Augen. „Während die Hotte-Hühs dort unten ihre Bahnen gezogen und Sie mir etwas zu erklären versucht haben, schätzte ich die Zahl derer ab, die nicht mehr am Leben sind. Ich habe in jeder Reihe der Sitzblöcke sehr viele Tote entdeckt und einige liegen schwer zugänglich zwischen den Sitzen. Da sind Ihre Kollegen mit dem Aufräumen beschäftigt. Mehr als zwei Drittel sind tot, bleiben keine tausendvierhundert Menschen übrig, von denen eine Handvoll, also fünf, das Ende der Show erleben werden. Meine Chancen, Devendra, sind auf ungefähr 1:268 gestiegen."

„Was hat das mit den Pferden zu tun?"

„Nun", sagte Helen, „mit den gestiegenen Überlebenschancen habe ich keine Skrupel Ihnen meine Meinung zu sagen. Pferde gehen mir sonst wo vorbei. Von mir aus trotteln diese Viecher eine Ewigkeit in der Manege herum, von mir aus vollführen sie wunder welche Tricks. Ich kann sie nicht erkennen, ich will sie nicht sehen und deshalb bleiben es für mich Klepper, die im Kreis laufen. Mögen sie hübsch gekämmt sein und die Frau in der Mitte kann glitzern wie sie will."

Helens Worte hatten Devendra nicht getroffen. Sie schmunzelte, wobei sich kleine Falten um ihre Augen bildeten. Ihre schneeweißen Zähne blitzten. „Die Frau in der Mitte, Rosalinda, hat vor zwei Monaten ihren Mann verloren. Tragische Geschichte. Ein Zuschauer in der ersten Reihe hat mit seinem Smartphone hantiert. Es ist ihm runtergefallen, von der Holzeinfassung der Zuschauerbox abgeprallt und dem Pferd direkt vor die Füße gefallen. Das Pferd hat sich erschreckt, ging durch und raste zurück zu seinem Stall. Der Dompteur, Rosalindas Mann, griff nach dem Halfter. Das Pferd wich panisch zur Seite aus und zerquetschte den armen Mann zwischen sich und der Stalltür."

Es war Rosalinda nicht anzusehen, fand Helen, auf welch tragische Weise sie ihren Mann verloren hatte. Sie lächelte ein breites Lächeln, das weitaus freundlicher aussah als jenes Lächeln, dem Helen täglich begegnete, wenn sie die Sekretärin ihres Chefs um einen außerplanmäßigen Termin bat. „Frau Jäger", schnappte Frau Hollith stets mit gespitzten Lippen, „durch Ihre unangekündigten Zwischentermine verschieben Sie die Termine des Chefs ordentlich nach hinten. Das macht mir die Arbeit nicht leichter. Ich muss ständig das Kindermädchen für die wartenden Termine spielen und mich im Smalltalk üben, anstatt mich um meine Arbeit zu kümmern."

„Frau Hollith", pflegte Helen auf Kritik dieser Art zu sagen, „falls Sie eines Tages meine Sekretärin sein sollten, werde ich Ihnen extra Zeit für die Unterhaltung meiner geschäftlichen Termine einräumen."

„Pf", machte sie in diesen Fällen, „tun Sie uns beiden einen Gefallen und vergessen Sie diesen Gedanken sofort wieder. Ich möchte unter keinen Umständen Ihre Sekretärin sein."

„Kann ich rein zum Chef?"

„Frau Jäger", begann sie im Kalender zu klicken, „Sie sind die einzige Person, die immer darf."

„Ich würde ungern eine Besprechung stören."

„Und wenn es ein Meeting mit dem Papst wäre." Sie hob die Augen und blickte durch ihre dicke Brille. „Sie sind die einzige Person, die nicht mal anzuklopfen braucht."

Keine Frage, Frau Hollith und Helen hegten keine Sympathie für einander. Trotzdem dankte ihr Helen. Wofür, das war ihr selbst niemals klar. Sie tat es einfach, ehe sie sich über das vorgetäuschte Sekretärinnen-Lächeln zu ärgern begann. Schnell ging Helen zur Tür des Chefs, klopfte, wartete einen Moment und trat ein. Im Gegensatz zu dem Drachen in seinem Vorzimmer lächelte er sie mit einem echten, wohlwollenden, freundlichen Lächeln an. „Helen, darf ich mich freuen Sie zu sehen oder bringen Sie schlechte Neuigkeiten? Treibt die neue Risikobewertung die Firma in den Ruin?" Er winkte sofort ab. „Selbst, wenn. Sie würden nicht ohne eine Lösung herkommen. Bitte, setzen wir uns. Darf es ein Espresso sein? Schwarz und stark wie immer?"

In der Manege reflektierten Rosalindas pechschwarze Haare das Licht der Scheinwerfer. Sie trug silbernen Glitzer in den langen Strähnen.

„Hat sie ihren Mann geliebt?"

„Von ganzem Herzen."

„Hatten sie Streit, bevor er starb?"

„Nicht mal eine kleine Diskussion."

Helens Hals war eng geworden. „Es tut mir leid für sie. Menschen, die einander lieben, sollten ein langes gemeinsames Leben genießen und nicht durch die Unvernunft eines Dritten getrennt werden."

Devendra beugte sich nach vorn und stützte die Ellbogen auf die Knie. Es mochten ungefähr ein Dutzend Meter sein, die Rosalinda entfernt war. Helen konnte auf ihren Wangen einen Hauch von Glitzerpuder sehen und in Devendras Augen einen sehr sanften Ausdruck. Sie zupfte an ihren Fingernägeln. „Sie sieht es genauso." Devendra räusperte sich. „Nun, wir Zirkusleute haben nicht gerade den harmlosesten Job der Welt erwischt. Büroleute, die den ganzen Tag am Schreibtisch sitzen und in ihren Bildschirm gucken, halten ihr Risiko für gering. Sie merken nicht, wie ihre Arterien und Venen langsam verstopfen, wie der Darm träge wird, das Gehirn sich ob der ständig gleichen Tätigkeit langweilt. Der Büromensch denkt, der gefährlichste Moment im Leben sei der, in dem er die Straße überquert. Er registriert nicht, was er seinem Körper mit dem fünften fettigen Schnitzel in der Woche antut. Diesen Luxus absoluter Ignoranz kann sich hier niemand leisten. Jeder von uns ist sich des Risikos bewusst. Es gibt viele Gefahren, egal ob man sich an einem Trapez hin und her schwingt, aus einer Kanone schießen lässt oder mit Tieren arbeitet. Gerade die Tiere sind eine Sache für sich."

„Unberechenbar." Helen erinnerte sich an das dumme Pferd, das sie in den Ellbogen gezwickt hatte. Obwohl es Jahrzehnte her war, hatte sie den Schmerz und vor allem den Schrecken überdeutlich in sich. Warum das Pferd mit dem Biss und der Verfolgungsjagd auf ihr vermeintlich harmloses Streicheln am Hals reagiert hatte, wusste sie bis heute nicht. Mittlerweile war es egal. Es hatte sie Ehrfurcht vor jedem Tier gelehrt, ein übergroßes Maß an Misstrauen gegenüber allem, was plüschig war, Fell hatte oder auf vier und mehr Beinen schlich. „Tiere sind unberechenbar."

„Weniger als Menschen", sagte Devendra. „Rosalindas Mann hat viele Jahre mit den Pferden gearbeitet. Er kannte jedes einzelne, kannte jede Macke, jede Schwachstelle. Stundenlang kümmerte er sich jeden Tag um seine Tiere und tat alles, damit sie sich wohlfühlten. Er wusste, wenn er einem Tier in die Augen sah, wie es sich fühlte, ob es nach links oder rechts abbiegen würde, ob es Schmerzen hatte, Angst. Jede Bewegung seiner Pferde konnte er vorhersehen. Was er nicht kalkulieren konnte, war dieser Zuschauer. Nicht das Pferd, sondern der Mensch riss ihn aus dem Leben und der Mensch hat Rosalinda das Herz gebrochen." Eine Weile schauten die beiden Frauen Rosalinda und den Pferden zu, die jetzt in die andere Richtung trabten, auf Kommando wieherten und auf die Hinterbeine stiegen. „Sie möchte ihrem Mann nachfolgen", erzählte Devendra weiter. „Sie würde sich das Leben nehmen, wenn sie ihre Pferde in guten Händen wüsste, in besseren als wir, die wir alle ohne Fachkenntnisse sind, sie bieten können. So eine Auswegslosigkeit nagt an einem, deshalb will sie Rache."

Ihre Stimme hatte bei den letzten drei Worten umgeschlagen. Das Mitleid war gewichen und einem dumpfen, bissigen Unterton gewichen. Helen wurde aufmerksam. Mit gerunzelter Stirn suchte sie in ihrem Gesicht nach Antworten.

Ein scharfer Knall erschreckte sie. Sie zuckte innerlich zusammen und richtete die Augen sofort auf die Quelle des Knalls. Sie sah die Peitsche durch die Luft flitzen und wie die blaue Blume einen weiten Bogen beschrieb. Die Schallmauer kam ihr in den Sinn, die diese Blume spielend durchbrochen hatte. So war der Knall entstanden. So entstand der nächste, als Rosalinda die Peitsche nicht mehr nutzte, um ihre Pferde zu dirigieren. Sie schwang den Arm und schleuderte die Hand. Die Peitschenschnur spannte sich. Wie in Zeitlupe sah Helen die Welle durch die Schnur sausen. Sie sah, wie das Ende erreicht wurde und die Blume all die gelieferte Energie in eine unglaublich schnelle Bewegung umsetzte und dem Zuschauer in der ersten Reihe die Kehle zerfetzte. Haut platzte auf, Blut schoss einen halben Meter weit aus der Wunde.

Der Zuschauer griff sich gurgelnd an den Hals und drückte zu, um mit eigenen Händen den Sturzbach an Blut aufzuhalten. Seine Beine zappelten richtungslos umher. Er vermochte nicht zu schreien und sich bemerkbar zu machen. Offenbar hatte ihm die Blume den Kehlkopf samt Stimmapparat zerfetzt. Vielleicht lag es an der Entfernung zwischen ihm und Helen, jedenfalls hörte sie nicht einmal ein Röcheln. Er öffnete und schloss seinen Mund einige Male, ehe er kraftlos gegen die Rückenlehne seines Stuhls sank und tot war. Seine Arme purzelten herab und die Hände blieben über den Armlehnen liegen.

Rosalinda schritt die Rundung entlang, die die Manege vom Zuschauerbereich trennte. Sie schwang die Peitsche hoch über ihrem Kopf und ließ sie kräftig gegen die Zuschauer klatschen. Sie traf immer. Die Blume schnitt in die Kehlen, riss Haut auf und schleuderte einer Zuschauerin den Kehlkopf aus dem Hals. Es war ein grauenvoller Anblick. Der Kehlkopf flog, verlor einen Blutstropfen auf dem Weg und als er am Boden aufschlug, sprang die Zuschauerin, vor der er gelandet war, erschrocken aus dem Stuhl. Eine Kugel traf sie in den Schädel und sie war tot. Ihr Smartphone glitt ihr aus der Hand und schlitterte einige Meter weiter.

Rosalinda blickte jedem, den sie tötete, vorher ins Gesicht. Es waren ausschließlich Zuschauer, die mit dem Smartphone Kontakt nach außen suchten. Fast alle in der ersten Reihe hatten ein solches Gerät in den Händen. Sie knipsten panisch Bilder, hackten mit ihren Fingern auf den Touchscreens herum, hielten die kleinen Dinger an die Ohren und plärrten in die funktionsunfähigen Teile hinein, man möge ihnen helfen. Dringend. Im Zirkus sei die Hölle los, man werde mit einer Peitsche zu Tode gebracht. Die blaue Blume musste aus einem Metall geschliffen sein, denn Plastik hätte dieser Belastung längst nicht mehr widerstanden. Wenn die Blütenblätter scharfkantig waren, überlegte

Helen, brauchte Rosalinda für ihr bitteres Werk weniger Kraftaufwand. Als sie ihre Runde beendet hatte, lebten in der ersten Reihe nur mehr wenige Zuschauer. Helen entdeckte zwei junge Mütter mit ihren Kindern, die panisch kreischend auf die toten Väter an ihren Seiten starrten. Eine alte Frau saß still auf ihrem Platz, flankiert von Toten, und betete mit gefalteten Händen. Eines der Kinder löste sich vom Hals der Mutter, sprang auf und rannte davon. Es wurde nach nur wenigen Schritten erschossen. Die Mutter verließ ihren Sitzplatz, um zu ihrem Kind zu gelangen, wurde in den Rücken getroffen und brach tot über ihrem kleinen Sohn zusammen.

„Rache", flüsterte Helen, „löst keine Probleme."

„Nein", stimmte Devendra zu. „Sie bringt weder Benedikt zurück noch macht sie aus Rosalinda einen besseren Menschen oder lässt sie den Schmerz vergessen. Was sie ja nicht will. Sie will diesen Moment der Rache spüren und sie hofft, davon durch den Rest ihres Daseins getragen zu werden."

„Ob dieser Plan aufgeht?" Helen war sich nicht sicher. Nachdem Rosalinda 76 Menschen mit ihrer Peitsche getötet hatte, stand sie aufrecht in der Manege zwischen ihren trabenden Pferden und weinte. Ihre rot geschminkten Lippen bebten, der Glitzerpuder wurde von den Tränen weggewaschen.

Schließlich ließ Rosalinda ihre Pferde aus der Manege laufen. Requisiteure hoben den schweren Vorhang zur Seite und machten den Tieren Platz. Rosalinda folgte, nachdem sie eine tiefe Verbeugung gemacht hatte. Die Peitsche zog sie hinter sich her; das Sägemehl teilte sich in einer blutigen Spur.

Sofort kam ein junger Requisiteur gelaufen und schob die dunkelroten Holzspäne mit einem Besen auf eine Schaufel. Diese flotten Männer, die wie vom Teufel besessen schufteten, schienen nicht älter als fünfundzwanzig zu sein. Drahtig, kräftig, auf Zack, was die Arbeit betraf.

„Naja", rieb Devendra sich das Kinn, „einen Versuch war es wert."

Kapitel 3

Im diffusen Licht gedämpfter Scheinwerfer begann der hektische Umbau im Zirkusrund. Die Hufspuren der Pferde wurden mit großen Rechen geglättet. Während sechs Requisiteure mit fliegenden schwingenden Bewegungen alles in Ordnung brachten, fuhren drei andere die große Sackkarre heran, auf der der Teppich transportiert wurde. Mit einem dumpfen Klopfen landete er auf dem Boden und der Sackkarrenwagenfahrer sprintete davon. Blitzschnell zerrten junge Männer den dicken Teppich auseinander. Sie sausten im Rhythmus der flotten Musik, die ihre Tätigkeit begleitete. Sie falteten den Teppich auseinander und legten die Manege damit aus, als wäre es kinderleicht, einen runden Teppich in eine Vorlage zu drapieren, die kaum größer als der Teppich selbst war. Bevor sie sich entfernten, fegten sie Reste von Sägemehl von dem dunkelroten Gewebe.

Diese Choreografie war durchaus sehenswert. Helen überlegte, wie oft in einer Vorstellung dieser schwere Teppich wohl eingerollt und wieder ausgelegt werden musste. Welches Gewicht diese Helfer schleppten, wie viele Kalorien sie dabei verbrauchten und ob es ihnen Freude bereitete, wenn am Vormittag einer der Artisten sagte: Rosalinda ist jetzt mit ihren Viechern fertig, ich möchte mit meinem Training anfangen, also legt mir hopp-hopp den Teppich hin.

Während all das passierte und Helen grübelte, war gegenüber im Zirkusbau ein Scheinwerferkreis erschienen. Mittendrin stand im Hohlkreuz ein dummer August. Er trug eine rote Perücke, viel zu große Schuhe, eine buntgefleckte Jacke und einen glänzenden Melonenhut. Er hatte sich das Gesicht weiß geschminkt. Seine rote Nase und der große rote lachende Mund stachen hervor.

„Hahahahaha!", lachte er laut und breitete die Arme auseinander.

An dieser Stelle hätte ein normales Publikum geklatscht. Die Kinder hätten sich gefreut auf den dummen August und seinen Gegenspieler, den weißen Clown, der vielleicht kommen würde. Manche Zuschauer hätten gepfiffen und gejohlt, vielleicht mit Popcorn geworfen. Hier blieb der Auftritt des dummen Augusts unkommentiert. Niemand klatschte. Keiner freute sich.

„Hahahahaha!", lachte der Clown erneut. Dabei bewegte er die Arme auf und ab, um das Publikum wie einen Blasebalg zu bewegen.

Ringsum hörte Helen Leute schniefen oder schluchzen. In den letzten Minuten hatten ein paar versucht zu entkommen. Sie waren nicht weit von ihren Sitzplätzen erschossen worden. Es waren einfach zu viele Requisiteure, die aufpassten, und gnadenlos jeden niederstreckten, der sich aus seinem Sitz erhob. Obendrein waren die Leute, die sich wegstehlen wollten, nicht gut darin zu schleichen und unbeobachtet zu verschwinden. Wie in einem schlechten Film schauten sie um sich, mehrmals, ehe sie hektische Bewegungen machten, meistens über ihre eigenen Füße stolperten und schließlich alle Aufmerksamkeit auf sich zogen.

Der dumme August fischte aus seiner tiefen Hosentasche eine Trillerpfeife, die an einer immens langen Schnur befestigt war. Er zog und zog und wickelte und wickelte und schnitt dabei Grimassen, die bis in den hintersten Winkel zu sehen waren. Schließlich hatte er ein Knäuel beisammen, mit dem er scheinbar nichts anzufangen wusste. Ratlos suchte er nach Hilfe. Er wandte sich an eine Frau, die zu seiner Rechten saß. Anstatt das Knäuel zu nehmen und wie die meisten unvermittelt ins Rampenlicht gerückten Menschen rot zu werden, brach sie in heftiges Schluchzen aus. Sie nahm das Schnurknäuel mit bebenden Schultern. Der dumme August bemerkte ihre Tränen – natürlich – und ging darauf ein. Er betupfte mit seinem weißen

Handschuh ihre Wange, untersuchte die Träne mit angestrengtem Stirnrunzeln und schüttelte den Kopf. Er zeigte auf seinen eigenen Mund und verlangte von der Frau dasselbe. Lachen.

Sie heulte lauter.

„Kennen Sie das Gefühl", fragte Devendra. „Einem ist zum Heulen zumute, alle anderen fordern ein Lachen. Sie würden sich am liebsten unter der Bettdecke verkriechen und nicht mehr auftauchen, den Tränen freien Lauf lassen und sämtliche Mächte der Welt verdammen. Stattdessen zwingen Kollegen, Freunde, Familie Ihnen ein Lachen ins Gesicht."

„Meine Güte", antwortete Helen, „wenn Sie solche Formulierungen verwenden, läuft mir eine Gänsehaut über den Rücken."

„Warum das denn?", lachte Devendra. „Wissen Sie von dem Messer, das der dumme August bei sich hat?"

„Sie machen Witze?"

„Er verlässt niemals seinen Wohnwagen ohne Messer", setzte Devendra sich aufrecht. „Er benutzt es, um Verpackungen zu öffnen oder Türen, an denen von innen der Schlüssel steckt. Er isst damit, er jätet sein Blumenbeet, er hält bissige Hunde auf Abstand. Einige behaupten, er würde sich damit rasieren."

Langsam hob Helen die Hand und zeigte mit dem Finger auf den dummen August, der mit allerlei Gesten versuchte der Zuschauerin ein Lachen zu entlocken. Alles, was er erntete, waren dickere Tränen und glucksendes Heulen. „Hat er womöglich eine ebenso tragische Hintergrundgeschichte wie Rosalinda?"

„Tragisch, durchaus", sagte Devendra. „Wenn mehrere Generationen denselben Beruf ausüben, bleibt die Tragik nicht aus. Sein Vater ist bis zu einem Bandscheibenvorfall mit einem Zirkus gereist und hat überall geholfen, wo es nötig war. Auf- und abbauen, Wache schieben, die

Zuschauer von den Tierkäfigen fernhalten."

Ein übler Fluch zuckte ihr durch die Gedanken. Helen verbannte sie in einen Bereich ihres Kopfes, aus dem sie hoffentlich nicht entwischen würden. „Eine solch groteske Vorstellung hätte ich mir in meinen schlimmsten Albträumen nicht ausmalen können."

Devendra lachte unterdrückt. „Meine Güte, dabei sind wir gerade bei der Nummer vom dummen August. Was sagen Sie erst zum Rest."

„Den will ich nicht sehen."

„Oho." Ihre Heiterkeit war wie weggeblasen. „Haben Sie aufgehört Ihre Wahrscheinlichkeiten zu berechnen?"

Ebenso gut hätte man verlangen können, sie solle das Atmen aufhören. Das Denken. Aufhören zu sehen. „Liegt im Moment bei 1:253."

„Es ist erstaunlich", stützte Devendra den Kopf in ihre Hand. Den Ellbogen hatte sie auf die gemeinsame Armlehne gestellt. „Einmal habe ich jemanden erlebt, der so gut schätzen konnte wie Sie." Ein Gedanke zog offenbar vor ihrem inneren Auge vorbei. Ihre Augen blickten fröhlich und unbeschwert. „Der Mann hieß Ottokar oder Oswald, wir riefen ihn meistens nur O. Er war ein richtiges Schlitzohr. In jeder größeren Stadt hatte er eine Freundin sitzen und jede glaubte, sie sei die Einzige in seinem Leben und ihre Kinder seine einzigen Nachkommen. Damals reichte es für einen guten Zirkus, wenn er von Frühling bis Spätherbst die feste Route abtingelte und den Winter nutzte, um neue Shows einzuüben. Da war das Publikum leicht zu begeistern und die Leute froh um eine Ablenkung vom Alltag, die in die Nähe kam und ihnen das Geld abknöpfte, mit dem sie sonst eh bloß Alltagskram hätten kaufen können. O, also Ottokar, ja, ich denke, er hieß Ottokar, wie die Katze dieses Comic-Bösewichts, wissen Sie?"

„Ich habe keine Ahnung", schüttelte Helen den Kopf.

„Ach", plauderte Devendra, als säße sie in einem Café und nicht im

Todestrakt einer unberechenbar agierenden Zirkusgesellschaft. „Ich habe diese Comics geliebt. Der Bösewicht wollte die Weltherrschaft an sich reißen und wurde immer von dem Guten aufgehalten. Der Bösewicht war nie im Bild zu sehen. Es war nur sein silbern-schwarzer Handschuh darauf, der unablässig die Katze streichelte. Ottokar." Sie seufzte. „Ich sollte die alten Dinge mal wieder vorkramen. Kennen Sie diese Heftchen nicht?" Plötzlich wurde ihr Blick ernst und durchdringend. „Wir dürften ungefähr das gleiche Alter haben, oder?"

Helen hob die Schultern. „Sofern Sie etwa so alt sind wie ich aussehe?" „Viel Unterschied dürfte nicht sein", lächelte sie. „Der ist geschenkt." Erneut wurde sie ernst. „Da kennen Sie den Comic mit Ottokar, der Katze, nicht? Mit dem Bösewicht, von dem man nur den Handschuh sieht? Was haben Sie früher gelesen?"

„Was wollten Sie mir von Ottokar erzählen?", beharrte Helen, obwohl sie sich sehr deutlich an die Bücher erinnerte, die sie verschlungen hatte. Die Klassiker waren darunter, die jeder kannte und kennt. Pippi, Michel, Momo. Pferdebücher. Ihr lief ein Schauer über den Rücken. Es gab zu Weihnachten, Ostern und den Geburtstagen immer Pferdebücher. Pferd in Gefahr. Tapferes Mädchen rettet es vor dem Unwetter, dem Schlachthof, dem Verkauf an einen grausamen Besitzer. Rosa Pferdebücher. Tapferes Mädchen trickst Betrügerbande aus, kokettiert mit langen Zöpfen und beschäftigt sich am liebsten mit Stallmisten und Mähnenbürsten. Rosa Pferdebücher im Plüscheinband mit pinkem Lesebändchen.

Eine üble Zumutung für jemanden, der Pferde zu hassen begonnen hatte. Zum Glück initiierte jemand ihrer Klasse das Büchertauschen. Bald wechselten nicht bloß billige Sticker aus übervollen Alben die Besitzer, sondern ganze Bücher. Die meisten Eltern waren wenig begeistert davon, vor allem, wenn es sich um die Geschenke von

Großmutter Alba und Onkel Titus handelte, die mit Widmung versehen in den Augen der Eltern eine Menge Erinnerungswert hatten, für den Tauschmarkt jedoch nur bedingt nutzbar waren. „Boah", hatte ein Junge mal gejammert, mit dem Helen tauschen wollte, „da hat deine Großtante einen halben Roman reingeschrieben. Das Buch kann ich unmöglich für meine Schwester tauschen. Die jagt mich zum Teufel, Wanzenwedel!"

So war Helen auf ihren Widmungsbüchern sitzengeblieben und musste die doofen Pferdebücher ins Regal stellen, jeden Tag an Onkel, Tante, Oma denken und sich die spannenden Jungs-Bücher anders besorgen. Sie erinnerte sich an eine Reihe, in der Jungs in einem Internat allerhand tolle Dinge ausheckten, anstellten und erlebten. Da wurden Einbrecher gestellt, Gespenster gejagt und immer ging es in tiefster Nacht hinter den gefährlichen Schurken her. Wild, frech und supercool. Diese Bücher wollte Helen lesen und sie fand glücklicherweise eine Möglichkeit, sich diese Bücher zu beschaffen.

„Wanzenwedel", erklärte sie dem Jungen, dessen Namen sie im Lauf der Jahre vergessen hatte, „ist völlig falsch. Es heißt stante pede und kommt aus dem Lateinischen. Stehenden Fußes meinen manche, tatsächlich kommt es einem scherzhaften Vergleich nahe: auf der Stelle."

„Strebersau", flüsterte er und kratzte sich am Kinn, wo sich ein paar Stoppeln tummelten. Er war ein Jahr später eingeschult worden, hatte die dritte Klasse freiwillig wiederholt und war einmal sitzengeblieben. Helen war ein kleines und zierliches Mädchen, weit weg von der Pubertät, ihm sprießte der erste Flaum. „Du alte Strebersau hast bestimmt eine Menge Charlys übrig."

„Vierundzwanzig." In Helens Federmäppchen tummelten sich die abgestempelten Blättchen Papier, auf die der Lehrer sein Handzeichen mit grünem Stift gemacht hatte. Für besondere Fleißarbeit, ein gutes Referat, überhaupt für Engagement in der Schule bekam man einen Charly, eines der Bildchen. Die waren eine Menge wert, denn wer seine Hausaufgaben, den Sportbeutel oder etwas anderes vergessen hatte, musste entweder eine saftige Nacharbeit liefern oder sich mit einem Charly freikaufen. „Vierundzwanzig."

„Vierundzwanzig." Das Kinn ihres Gegenübers begann vom vielen Kratzen schon rot zu werden. „Die kaufe ich dir alle ab, du alte Strebersau. Wie viel willst du für einen?"

„Wie viele Hausaufgaben verbummelst du denn durchschnittlich in einer Woche?" Helen rechnete nach, wie viele Wochen es zum Schuljahresende waren.

„Beinahe alle", zuckte er die Schultern. „Den Dreck soll machen, wer will. Ich übernehme mal das Geschäft von meinem Vater, da brauche ich mir meinen Kopf nicht jetzt schon zu zermattern."

„Ich *zermartere* mir meinen Kopf ganz gern", gab Helen zu und knöpfte ihm von da an für vier Charlys so viel Geld ab, wie sie für eine Ausgabe der spannenden Internatsbücher brauchte.

„Jedenfalls", sagte Devendra, „war ich ein ganz kleines Mädchen und Ottokar ein erstaunlicher Mensch mit einem ziemlichen Dachschaden. Wir dachten alle, die ihn kannten oder mit ihm zu arbeiten versuchten, er hätte nicht alle Latten am Zaun. Wenn der Chef ihn zum Supermarkt schickte, um am schwarzen Brett ein Poster aufzukleben, dauerte es einen ganzen Tag, bis O wieder da war. Samt Poster. Er hatte stundenlang auf das schwarze Brett geguckt und einen Platz für das Poster gesucht. Natürlich gab es keinen. Jeder normale Mensch hätte das Poster einfach obenauf geklatscht und fertig. Ottokar wartete, bis der Supermarkt schloss und ihn bat zu gehen. Wenn man ihm zwischen den Wohnwagen begegnete, blickte er durch einen durch. Sollte er Kaffee kochen – damals machte man das mit Filter und Wasserkocher – wurde er niemals fertig, weil in der Anleitung stand, pro Tasse solle man einen Löffel Pulver verwenden und er mit dem Begriff „Löffel" nix anfangen konnte. Nicht mit dem Gerät an sich. O wusste Bescheid, was es mit dem Besteck auf sich hatte." Devendra stützte sich auf die andere Armlehne. „Ein Löffel, Frau Jäger, kann mal mehr, mal weniger sein, ist Ihnen das bewusst?"

„Natürlich", nickte Helen. „Ein Umstand, den die meisten Menschen gekonnt ignorieren. War Ottokar Autist?"

„Keine Ahnung." Devendra hob die Schultern. „Er war nie bei einem Arzt. Erstens waren wir nicht lange genug an einem Platz, um einen Termin zu bekommen, und zweitens kamen wir ja ganz gut mit ihm zurecht."

„Wie haben Sie das Kaffeeproblem gelöst?"

„Mit sehr viel Genauigkeit." Devendra tat, als hielte sie einen Löffel in der Hand, auf den sie etwas rieseln ließ. „Wir sagten ihm, ein Löffel Kaffee solle sieben Gramm Pulver enthalten. Für zehn Tassen Kaffee brauchte es also siebzig Gramm. Damit konnte er was anfangen."

Helen hob skeptisch eine Augenbraue. „Sie gaben ihm eine Waage?"

„Selbst ohne Waage", erinnerte sich Devendra, „erwischte er immer genau sieben Gramm für jede Tasse und exakt zweihundert Milliliter Wasser. Erst konnten wir es nicht glauben und haben nachgemessen, aber es stimmte jedes Mal."

„Erstaunlich." Helens Blick glitt über den Zirkusbau und die Menschen, von denen die meisten tot in den Reihen saßen. „Wirklich erstaunlich."

„Sie", sagte Devendra, „sind ähnlich gut im Schätzen."

„Bei weitem nicht."

„Na!" Sie verschränkte die Arme locker vor der Brust. „Untertreiben Sie mal nicht. Ich sehe, wie es in Ihrem Hirn arbeitet und das, was von Ihren Lippen kommt, ist nur das Ergebnis. Der beeindruckende Werdegang entgeht mir ja völlig. Leider."

Die Frau mit dem aufgewickelten Knäuel vermochte nicht zu lachen, sie weinte immerzu und der dumme August suchte sich eine andere Nummer. Er hielt ein Stück Seil in den Händen, das er wie eine Schlange mit einer Flöte zu manipulieren versuchte. Das Seil war mit einem dünnen Faden an der Flöte festgemacht, den die Zuschauer natürlich sehen konnten. Es wäre dank der Grimassen und Späße eine tolle Nummer gewesen, wenn ihm nicht so viele Tote zugesehen hätten. Helen versuchte diese Tatsache zu ignorieren und fand ihn für einen Moment richtig lustig.

Schließlich hatte der dumme August genug von seinem Publikum. Er gab vor das Seil hinaufzuklettern und in schwindelerregender Höhe zu balancieren, worüber niemand lachen konnte. Da packte der dumme August das Seil, legte es der weinenden Frau von vorhin blitzschnell um den Hals und begann sie zu erdrosseln. Ein kräftiger Zug am Seil und die Frau wurde kirschrot im Gesicht. Sie japste, verdrehte die Augen und verlor binnen Sekunden das Bewusstsein.

Zuerst dachte Helen, die Frau wäre tot, doch dann hätte der dumme August das Seil von ihrem Hals lösen können. Das tat er nicht. Er verdrillte das Seil und machte einen festen Knoten, an dem er rüttelte, bis ihm ein Requisiteur ein neues Seil reichte. Damit wandte der dumme August sich einem Mann zwei Reihen hinterhalb zu und erdrosselte auch ihn. Bis zum Eintritt der Bewusstlosigkeit vergingen bloß Sekunden, das Seil blieb trotzdem fest um den Hals geknotet.

Schaudernd sah Helen, wie ihm Seil um Seil zugereicht wurde. Jedes etwa einen Meter lang, sehr stabil, weiß, mehrfach geflochten. Die Enden waren ausgefranst, kürzere Stücke eines ursprünglich langen

Seils.

Ein Toter nach dem anderen. Manche starben nicht durch das um den Hals gelegte Seil, sondern wurden erschossen, sobald sie zu fliehen versuchten. Einige blieben sitzen und wurden erschossen, wenn sie sich das Seil nicht wehrlos umlegen ließen.

Dem dummen August lief der Schweiß in Strömen vom Gesicht. Es war ohnehin heiß im Scheinwerferlicht, dazu kam die körperliche Anstrengung. Es war kein leichtes Unterfangen, zweiundvierzig Menschen zu erdrosseln, ebenso viele Knoten festzuziehen und im treppenförmig aufsteigenden Zuschauerbereich nach den richtigen Opfern zu suchen. Der dumme August wählte keine Kinder aus. Ihm fielen ausschließlich Frauen zum Opfer, Frauen um die dreißig.

„Oh", entfuhr es Helen.

„Mhm", machte Devendra. „Ich sagte ihm, es wäre kein Kinderspiel. Man braucht Kraft, um das Seil sehr schnell sehr fest zu ziehen. Ist man nicht energisch genug, dauert es zu lange, bis das Opfer bewusstlos wird. Zuvor schlagen und treten die Menschen panisch um sich. Das ist gefährlich. Sehen Sie, wie seine Arme und Beine zittern? Er ist am Ende seiner Kräfte." Devendra hob die Hand und winkte ein junges Mädchen heran. „Könntest du mir wohl einen Kaffee bringen? Bis zur Pause ist bleibt eine Dreiviertelstunde; so lange halte ich nicht durch. Für Sie auch, Frau Jäger?"

„Nein, danke", lehnte Helen ab.

„Bedaure." Das Mädchen, das in seinem Bauchladen Eiskonfekt und anderen schokoladigen Süßkram anbot, knickste. „Ich darf auf keinen Fall meinen Posten verlassen. Hat der Boss persönlich angeordnet. Ich muss verkaufen, verkaufen, verkaufen und..." Das höchstens sechzehn Jahre alte Mädchen stockte. „Ich soll strikt nach Anweisung verkaufen." Sie drehte ihr bildhübsches Gesicht mit ihrem umwerfenden Lächeln

Helen zu. „Eiskonfekt? Nugat? Türkischer Honig? Schokoherzen?"

Ein ganz junges Ding, sehr charmant, sehr freundlich und herzlich. Bildhübsch. Gerade in dem Alter, wo man schon eine Ahnung hatte, was für eine tolle Frau sie in ein paar Jahren sein würde. Sie war gewinnend, ihr Lächeln einladend. Es passte nicht zu dieser obskuren Vorstellung, ebenso wenig wie Helens Antwort: „Eiskonfekt, bitte."

„Macht vier fünfzig", lächelte das Mädchen. „Vielen Dank, meine Dame."

Helen reichte ihr einen Fünfer und lehnte mit einer Geste das Wechselgeld ab.

„Vielen Dank, meine Dame!", strahlte sie und ging weiter zur nächsten Reihe. „Eiskonfekt? Nugat, Türkischer Honig? Schokoherzen für Sie, mein Herr? Vorzüglich und absolut empfehlenswert."

„Süßigkeiten!", stieß er aus und warf die Arme in die Höhe. „Wenn du dummes Gör mir was Gutes tun willst, ruf gefälligst die Polizei!"

„Nur vier fünfzig."

„Wenn du mir nicht helfen willst, geh mir aus den Augen, Flittchen." Er durfte nicht von seinem Platz aufstehen, so viel hatte er begriffen. Um seinen Worten Nachdruck zu verleihen, schlüpfte er aus seinem braunen Halbschuh und schleuderte ihn nach dem Mädchen.

„Hey!", entfuhr es Helen und Devendra gleichzeitig und Helen fuhr fort: „Lassen Sie das Mädchen in Ruhe! Sie können nicht wissen, ob Ihre Wut bei ihr auf die richtige Adresse trifft."

„Scheiß Psycho-Tante!", schleuderte er zurück.

„Bei mir rennen Sie offene Türen ein, guter Mann", konterte Helen. „Bewahren Sie Ruhe und bemühen Sie sich um Fassung, anstatt mit aller Kraft Ihrem Ableben zuzuarbeiten."

Der Mann begann sich mit dem Zeigefinger heftig gegen die Stirn zu hacken. „Sie sind ja völlig verrückt!" Er hatte schon einen roten Fleck bekommen, wo er sich mit dem Finger immer wieder traf. „Die Ereignisse treiben Sie wohl in den Wahnsinn?"

„Wahrscheinlich", sinnierte Helen, „wird es nicht spurlos an mir vorübergehen, was mit Sicherheit kein Grund ist, um mein gutes Benehmen zu vergessen." Sie blickte ihn scharf an. „Es bleibt Ihnen unbenommen Ihre Wut über die richtigen Personen auszuschütten. Anstatt auf unschuldige Mädchen loszugehen, sollten Sie Ihre Stärke nutzen, um denjenigen Halt zu geben, die weniger zuversichtlich sind." Sie zeigte auf eine ältere Dame, die neben ihm saß, nur einige Sitzplätze entfernt. Schnappatmung. Weit aufgerissene Augen. Ihre braunen Haare lagen in perfekten Dauerwellen, der Schmuck glitzerte an ihren Fingern und Handgelenken, an den Ohren trug sie dicke Kreolen, die nicht nach Modeschmuck aussahen. Ihr stand Schweiß in kleinen Perlen auf der Stirn. Neben ihr im Sitz lag tot ein Kleinkind. Vermutlich ihr Enkelsohn. Helen suchte die Reihen ab, ob sie jemanden entdeckte, der Vater oder Mutter des kleinen Kindes war. Was würden die Eltern sagen, wenn Sie der Oma mit dem Enkel einen Nachmittag im Zirkus gönnten und das geliebte Kind nur mehr tot zurückbekamen?

„Hey!", sagte der Mann zu der alten Dame. „Wenn Sie mehr Luft schlucken als atmen, ist das schlecht für die Verdauung. Das macht Blähungen, die nicht immer in Flatulenzen abgehen können. Heftige Schmerzen sind die Folge, die in Ihrem Alter gern mit Koliken verwechselt werden. Wenn Sie damit ins Krankenhaus kommen, gute Nacht. Man wird Sie völlig falsch behandeln."

Die alte Dame wandte den Kopf und guckte ihn mit großen Augen an. Nach einigen Sekunden zwinkerte sie. „Sind Sie Arzt?"

„Gastroenterologe." Mit einer ungelenken Bewegung streckte er ihr die Hand entgegen. „Doktor Eduard Bergoben."

„Emma Ermling." Die alte Dame hatte die Augen immer noch weit aufgerissen. Sie ergriff die Hand des Arztes und schüttelte sie schwach. „Ich glaube, ich bin in der Hölle gelandet."

„Atmen Sie langsam und tief aus." Dr. Bergoben tätschelte ihr den Handrücken. „Langsam und so lange Sie können."

„Da wird mir schwarz vor Augen."

„Na." Bergoben versetzte ihr einen starken Klaps auf die Hand. „Wenn Sie vom Stuhl kippen, wird Ihnen auf ewig schwarz vor Augen."

Wenige Atemzüge später hatte Frau Ermling wieder Farbe im Gesicht. Ihre Augen blickten normal aufmerksam um sich und der Schweiß war auf ihrer Stirn getrocknet. Ihre rechte Hand legte sich zitternd auf den Kopf des toten Kleinkindes. „Mein armer Schatz, mein armer kleiner Schatz."

„Ihr Enkel?", fragte Helen über die beiden zwischen ihnen liegenden Sitzreihen hinweg. In der Reihe direkt hinter ihr waren vier junge Frauen am Leben, zwischen denen zwei tote Männer lagen. Ein altes Ehepaar, das am Rand saß, lebte ebenfalls. Sie hielten einander an den Händen, fest umklammert, kein Blatt Papier hätte zwischen die beiden gepasst. In der anderen Reihe saß eine Mutter mit ihren beiden Kindern neben der Frau, die vorhin aus Ermangelung einer Toilette auf den Boden gepullert hatte. Die übrigen Menschen in diesem Block waren tot. Dreiundsechzig, schätzte Helen.

„Timotheus." Frau Ermling stiegen Tränen in die Augen. Immer wieder strich sie über das dunkelbraune Haar des Kindes. „So oft ich konnte, bin ich von Norddeutschland hierhergekommen, um ihn zu sehen und Zeit mit ihm zu verbringen. Wissen Sie, am Leben der Enkel nimmt man viel intensiver teil. Man hat mehr Geduld und Nachsicht mit den Enkeln." Sie machte einen tiefen Atemzug. „Meinem Sohn und meiner Schwiegertochter wird es das Herz brechen." Zwei dicke Tränen quollen über ihre Wangen. „Timotheus ist ihr einziges Kind, der einzige Erfolg einer langen Reihe an künstlichen Befruchtungen, an Jahren zwischen Hoffen und Verzweiflung. Sein Leben hat einige tausend Euro gekostet."

Sie zuckte die Schultern. „Wissen Sie, jetzt ist von all dem riesengroßen Glück, in letzter Minute ein Kind zu bekommen, gar nichts mehr übrig."

Sie hob ihre tränenüberfluteten Augen zu Helen. „Haben Sie Kinder? Können Sie diesen Schmerz nachvollziehen?"

Helen versuchte es zu vermeiden. „Eine Tochter."

„Lebt sie?", begann Frau Ermling die Reihen abzusuchen. Schließlich blieb ihr Blick an Devendra hängen. „Sind Sie ein lesbisches Paar?"

Amüsiert lachte Devendra auf. „Nein. Ich bin in diesem Block zwischen Reihe eins und zwölf der Bösewicht."

„Oh!", machte Frau Ermling.

„Dreckstück!", schleuderte ihr Bergoben entgegen.

Devendra behielt ihr Lachen. Sie drehte sich zurück nach vorn und verschränkte lässig die Arme vor ihrer Brust.

Mittlerweile war der dumme August zu einem Ende gekommen. Er war reihum gegangen, eine Runde um die Manege. Mal hatte er dort einen Spaß gemacht, mal einen Zaubertrick vorgeführt. Nichts, das Helen vom Hocker riss. Wäre die Atmosphäre entspannt lässig gewesen, hätten die Zuschauer gelacht und seine Scherze geteilt. Der alte Herr, dem eine Blume ins Gesicht spritzte, hätte geschmunzelt, und die Dame, der Konfetti über den Kopf geworden wurde, hätte gelächelt. Stattdessen weinten und starben sie. Der dumme August tötete jene, die sich zu keinem Lachen zwingen konnten und das vermochte niemand. Er legte die Seilabschnitte, die er zugereicht bekam, um die Hälse, zwirbelte, knotete, tötete. Am Ende seiner Runde gab es zweiundvierzig Lebendige weniger.

Natürlich versuchten andere Zuschauer zu fliehen. Sie sprangen von ihren Sitzen auf und wollten davonlaufen, wenn sie der Blick des dummen Augusts traf oder er sich annähernd in ihre Richtung bewegte. Es schlug erneut die Stunde der Requisiteure. Helen hörte die Schüsse knallen, roch das Pulver und den Gestank, den die Kugeln verursachten, wenn sie mit unglaublicher Geschwindigkeit durch den Pistolenlauf flitzten, in Körper drangen und Gewebe zerfetzten. Moderne Waffen, hatte ihr eine Ärztin einmal erklärt, beschleunigten die Kugel auf sehr hohe Geschwindigkeit und damit rissen sie gewaltige Verletzungen. Die Opfer verbluteten binnen Sekunden, da konnte kein Arzt helfen. Wenn die Ärztin Notdienst schob und an solche Tatorte kam, waren die Opfer DOA, dead on arrival.

„Eine Tochter", murmelte Devendra.

Eine Weile blickte Helen Frau Ermling an, die unablässig ihrem toten Enkel über den Kopf strich. Ihre andere Hand hielt Dr. Bergoben über zwei leere Sitze hinweg. Er nickte Helen knapp zu. Die Professionalität, mit der ein Arzt in für seine Patienten lebensbedrohlichen Situationen reagierte, schien von ihm Besitz ergriffen zu haben. Er war völlig ruhig und seine Aufmerksamkeit auf das fokussiert, was um ihn herum passierte. Helen bemerkte, wie er seine freie Hand in seine Jackentasche schob und dort etwas ergriff. Wahrscheinlich ein Smartphone, das ihm ebenso wenig etwas nutzen würde wie den anderen Leuten im Zirkus.

Andererseits... Technische Geräte, besonders die klug programmierten, waren geradezu prädestiniert dafür, eben nicht so zu handeln wie man es erwarten mochte. Vielleicht hatte Dr. Bergoben ein solches Smartphone in der Tasche, eines, das wirklich smart war und einen Weg nach außen finden konnte. Es wäre nur eine Frage von Minuten, ehe die, die bisher überlebt hatten, aus diesem Albtraum geweckt wurden. Helen drehte sich zurück nach vorn und richtete ihre Aufmerksamkeit scheinbar auf die Verbeugung des dummen Augusts. Mit weit ausgebreiteten Armen neigte er den Kopf tief. Als er sich aufrichtete, war es nur der aufgemalte Mund in seinem runden Gesicht, der lachte.

Die weiße Schminke wurde von seinen Tränen aufgeweicht, mischte sich mit dem Rot, das den Mund bildete, und verschwamm zu einer grässlichen Fratze. Helen hatte die Hände erhoben und applaudierte mechanisch. Klapp. Klapp. Klapp.

Devendra hingegen war aufrichtig begeistert und klatschte heftig.

„Straff durchgezogen."

„Im wahrsten Sinne", murmelte Helen.

„Er dachte", ließ Devendra ihren Applaus verhallen, „er würde es nervlich und körperlich nicht schaffen. Es nicht übers Herz bringen oder nach der ersten Tat nicht mehr genug Schmalz im Bizeps für die weiteren Taten finden, Sie verstehen?"

„Ehrlich gesagt, nein."

Devendra legte ihre Hände in den Schoß und stützte gleichzeitig ihren linken Ellbogen auf die Armlehne. „Egal wie gut er ist, er hat einen ziemlich undankbaren Job. Während er seine Nummer ablaufen lässt, bauen die Requisiteure die Manege um. Der Zuschauer soll möglichst nicht auf das blicken, was dort passiert. Es wäre langweilig, müsste der Gast warten, wie ein Teppich immer wieder auseinander- oder zusammengelegt wird. Immer wieder. Wegen der Nummern. Tiere brauchen Spreu in der Manege, damit sie sich die Pfoten oder Hufe nicht verletzen, Artisten den Teppich, damit die Nummer besser wirkt. Sehen Sie, Frau Jäger, die Requisiteure bauen auf und ab, richten her, räumen weg, sie wuseln unentwegt herum, damit die Vorstellung läuft. Der dumme August lenkt die Aufmerksamkeit der Zuschauer auf sich, unterhält sie und vertreibt ihnen die Zeit, bis der Kollege bereit für seinen Auftritt ist." Sie knibbelte an ihren Fingernägeln und verursachte dabei knackende Geräusche. „Als wäre er ein Hilfsarbeiter. Verstehen

Sie das Dilemma, Frau Jäger?"

Helen schüttelte leicht den Kopf.

„Mögen Sie Clowns, Frau Jäger?"

Mit denen konnte Helen nichts anfangen. „Ich bin ein durch und durch ernster Mensch."

„Wenn", hob Devendra einen Zeigefinger, „der dumme August Ihnen seine Aufmerksamkeit schenkte…"

„….hätte ich Todesangst."

Devendra winkte diesen Einwand zur Seite. „Unter normalen Umständen, Frau Jäger, was würden Sie tun?"

Helen begann nachzudenken.

„Der soll sich zum Teufel scheren!", schnauzte Dr. Bergoben von hinten ziemlich laut. Weil die Sitzreihen wie in einem antiken Theater angebracht waren, thronte er über Helens Sitzreihe. Sie schaute über die Schulter zu ihm und sah seine dunklen Augen funkeln. „Mal ehrlich", fuhr er gedämpft fort, „ich bezahle kein Heidengeld, um mir einen Trottel im bunten Gewand anzusehen, der so lustig ist wie eine Darmspiegelung. Diese dämlichen Spielchen, die so ein August treibt, sind was für kleine Kinder. Sie sollen darüber lachen, wenn ein Clown rein aus Versehen in einen Kübel Wasser steigt oder sich mit einem anderen Clown auf niederstem Niveau duelliert. In einem seriösen Zirkus haben solche Idioten nix verloren. Die Zuschauer sind schließlich gekommen, um sich von Artisten unterhalten zu lassen. Um über atemberaubende Kunststücke zu staunen." Er zupfte den Kragen seines hellblauen Hemdes zurecht, obwohl dieser von kleinen silbernen Knöpfchen in der richtigen Position gehalten wurde. „Letztes Jahr haben sie uns hier einen Typen präsentiert, der vorgegeben hat, der stärkste Mensch der Welt zu sein. Hat Hufeisen verbogen und Nägel mit bloßen Händen in Stein geschlagen. Er hat eine Eisenstange verbogen!"

Dr. Bergoben schnaubte. „Von mir aus nehmen Sie es mir übel, Sie böse Frau, aber das halte ich für einen jämmerlichen Trick."

Devendra hatte sich alles ruhig angehört. „Was hat der Eisenmann mit dem dummen August zu tun, wenn Sie die Nachfrage gestatten?"

„Verarsche!", blaffte Dr. Bergoben zurück. „Es ist eine Unverschämtheit, wenn ein Zirkus, der so viel Geld für eine Eintrittskarte verlangt, einem Zuschauer Nummern wie den Herkules oder den dummen August serviert. Darum geht es! Da braucht der Clown sich nicht zu wundern, wenn ihm niemand zuhört außer den kleinen Kindern. Also ich", betonte er, „ich gehe aufs Klo, wenn die Clownsnummer kommt."

„Ach ja?", begann Devendra zu schmunzeln. „Diese Gelegenheit haben Sie verpasst, denn der dumme August ist mit seiner Nummer fertig. Aus gegebenem Anlass wird er heute kein zweites Mal auftreten."

Bergoben blickte sie aus zusammengekniffenen Augen an. Sein Blick war scharf wie ein frisch geschliffenes Messer und Helen hätte es nicht gewundert, wenn Devendra tot vom Sitz gepurzelt wäre. „Aus gegebenem Anlass", zischte Bergoben durch zusammengebissene Zähne, „komme ich nicht zu Ihnen, um Ihnen die Visage zu polieren."

„Hm", machte Devendra, „es ist Ihre Entscheidung, ob Ihre Missachtung für den Clown Ihr Leben wert ist." Erneut wandte sie sich dem Geschehen in der Manege zu. „Warum mögen Sie keine Clowns, Frau Jäger?"

Helen beobachtete, wie der dumme August nach seinem Auftritt mit hängenden Schultern zum schweren Vorhang schlich und die Manege verließ. Seine verlaufene Schminke hatte auf den Teppich getropft, der nun zwei rot-weiß melierte Tupfen trug.

Kapitel 4

Die Kapelle schmetterte ein flottes Lied und durch den Vorhang, durch den der dumme August eben gegangen war, joggten ein Mann und eine Frau. Der Mann trug einen schwarzen enganliegenden Anzug, der über und über mit dunklen Pailletten bestickt war. Das weiße Kleidchen der Frau war sehr knapp und reichte gerade über ihren Po. Sie trug eine Leggings darunter, die ihre Muskeln betonte und zeigte, wie unglaublich dünn sie war. Ihre Fingernägel waren weiß lackiert und um die Augen trug sie glitzernde Strasssteinchen. Beide lächelten strahlend und sonnten sich im wenig überschwänglichen Begrüßungsapplaus, bis von oben ein Seil herabgelassen war.

„Eine meiner liebsten Nummern", schwärmte Devendra. „Nils und Kathi. Es wird Ihnen gefallen, Frau Jäger, was die beiden am Seil zu leisten vermögen."

„Am Seil." Helen spürte plötzlich ihren Hals eng werden. „Damit hat der dumme August gerade sein abscheuliches Werk getan."

Von der Seite hörte sie dunkles Lachen. „Bekommen Sie es mit der Angst, Helen? Ich dachte, Ihre Chancen wären nach der Nummer des dummen Augusts erneut gestiegen?"

„Auf ungefähr 1:245." Helen spürte ihre Gedanken weggleiten. Sie erinnerte sich an das gemalte Bild, das ihre Großmutter in der Küche hängen hatte. Es zeigte ein übergroßes lachendes typisches Clownsgesicht. Rote Wuschelhaare umrundeten eine Halbglatze, mitten im weißen Gesicht gab es eine rote Knollennase über einem großen lachenden Mund. Die Augen waren in Comicmanier übermalt und wirkten übergroß. An einem Abend kam Helen sehr spät von ihrer Freundin nach Hause. Sie war acht Jahre alt und weil die Sommerferien länger waren als der Jahresurlaub ihrer Eltern, verbrachte sie zwei

Wochen bei ihrer Großmutter und ihrem Großvater im Nachbardorf. Jeden Sommer. Sie war nicht gern dort. Überhaupt konnte ihre Mutter sie nur wegen Celia überreden zu Oma und Opa zu ziehen. Celia war auf den Tag genau ein Jahr älter als Helen, trug pechschwarze Zöpfe, hatte dunkle Augen und ein strahlendes Lachen. Ihre Familie war riesig. Sie hatte vier Brüder und zwei Schwestern, die Eltern ihrer Mutter lebten im selben Haus wie sie und sogar eine Großtante gab es, die bei ihnen ein Zimmer bewohnte. Das große Haus schien ständig aus allen Nähten zu platzen, denn die Familie blieb selten unter sich. Ständig gab es Besuch, Freunde oder Verwandte, jeder war stets willkommen und über jedes neue Gesicht freute Celias Mutter sich aufrichtig von Herzen.

Celias ältere Schwestern waren sehr viel älter. Eine der beiden studierte, die andere war mit ihrer Ausbildung fertig und suchte eine eigene Wohnung, die nicht zu weit von daheim weg war und trotzdem in der Nähe ihres Arbeitsplatzes lag. Die beiden Mädels spielten nie mit Celia und ihre Brüder waren ihr zu wild. „Wenn die raufen", sagte Celia einmal, während sie ein Bild mit besonders dünnen Stiften unglaublich schön ausmalte, „wächst kein Gras mehr. Peter zieht mich an den Zöpfen, Kasper beißt, sobald er sich unbeobachtet fühlt, Franjos Schwitzkasten ist die Hölle auf Erden und wenn Markus mit seinem Freund Ole mitmischt, kannst du dich gleich ins nächste Krankenhaus einweisen lassen." Sie kratzte sich lange und ausgiebig am Kopf, wo eine alte Platzwunde Schorf gebildet hatte. „Ich könnte prima mit ihnen allen auskommen, wenn diese Prügeleien ein seltenes Ereignis wären. Leider prügeln sie sich ständig." Dabei hob sie den Blick vom Tisch weg auf die Wiese. Sie saßen auf der Terrasse, neben ihnen die schwerhörige Großtante, die selig lächelnd die Kinderschar im Auge behielt, auf der anderen Seite Großpapa, der im Schaukelstuhl schlief. Celias Mutter und Großmutter waren hinterm Haus mit Stöbern beschäftigt. Das hieß, sie räumten die Garage und den Schuppen kräftig um und sortierten alles aus, was kaputt war oder nicht mehr benutzt wurde. Dieses Zeug sollte am nächsten Tag ein extra angefordertes Sperrmüllauto holen.

Wenn Celias Mutter mitbekommen hätte, wie ihre Söhne sich auf der Wiese prügelten, wäre sie dazwischen gegangen. In dem Gewühle aus Armen und Beinen war nicht mehr zu erkennen, welches Körperteil zu wem gehörte. Einer schrie: „Hört auf, ich blute schon!" Wenig später kam der gleiche Schrei von ziemlich weit unten im Haufen aus Armen, Beinen und Jungenkörpern.

„Siehst du, was ich meine?" Mit der Spitze ihres Stiftes zeigte Celia auf die Jungs. „Für den ganzen Krawall gibt es überhaupt keinen Grund. Nach dem Essen, kurz bevor du gekommen bist, haben Peter und Markus sich angesehen und Peter fragte: Sollen wir uns prügeln? Markus war einverstanden und sie gingen in den Garten und legten los."

Helen schmulte auf die Uhr. Es war halb drei und sie fand, wenn die Jungs sich erst seit einer halben Stunde prügelten, hatten sie ihren eigenen Rekord lange nicht eingestellt. Der lag bei einem *ganzen* Nachmittag.

Die Mädchen malten weiter. Winzige Kreise, sehr kleine Flächen, überhaupt schienen diese Ausmalbilder für extrem lange und langweilige Ferientage gemacht. Helen liebte sie dafür, malte, probierte mit den Farben, welche besonders gut zueinander passten und welche nicht, und genoss die Wärme jenes Sommers.

„Immerhin", sagte Celia später, als sie den Kopf ihres Elefanten in verschiedenen Grautönen ausgemalt hatte, „bin ich die Jüngste. Irgendwann also sind alle anderen ausgezogen und ich habe das Haus und meine Eltern, meine Großeltern und meine Urgroßtante für mich allein." Sie lächelte zu der alten Großtante hinüber. „Naja, vielleicht ist Urgroßtante Elli bis dahin auch schon gestorben. Papa hat neulich den Totengräber ins Leichenhaus gehen sehen. Schlechtes Zeichen. Wenn man den Totengräber ins Leichenhaus gehen sieht, ist immer binnen drei Tagen jemand gestorben."

Helen schaute Celia mit großen Augen an und vergaß an ihrer Blumenwiese weiter zu malen. „Echt?"

„Ja!" Celias Striche beim Malen wurden knapper und eifriger. „Das stimmt wirklich. Mein Onkel Michael hat den Totengräber auch mal ins Leichenhaus gehen sehen. Er war völlig entsetzt deswegen und wollte es uns gleich erzählen. Er stürmte über die Straße, da kam ausgerechnet ein LKW und hat ihn niedergemacht." Sie beugte sich tiefer über ihr Bild und malte mit einer hellen grauen Farbe weiter am Elefantenschwanz. „Es stimmt also, was man über den Totengräber sagt."

„Oje", seufzte Helen, „hoffentlich ist nicht dein Papa der Nächste. Immerhin hat er den Totengräber hineingehen gesehen."

„Iwo." Celia winkte ab. „Sei nicht abergläubisch."

Gerade wollte Helen ihr erklären, wer von ihnen beiden die Abergläubische war, als von dem sich prügelnden Jungshaufen lautes Geschrei tönte. Naja, das Geschrei war immer laut, diesmal hatte es einen Unterton, der ihr nicht gefiel.

„Boah!", brüllte Peter, „du Sackgesicht! Du hast mir einen Zahn ausgeschlagen!"

„Selber Sackgesicht!", brüllte Franjo zurück. „Du kriegst eins auf die Nase, wenn du Schimpfwörter zu mir sagst!"

„Mama!", stellte Peter sein Geheul an, „Franjo hat mir einen Zahn ausgeschlagen!"

„Gar nicht wahr!"

„Ja", stimmte Markus zu. „Den Zahn habe ich dir ausgeschlagen. Siehst du, mein Ellbogen ist voll mit deinem Blut."

„Du Sackgesicht!", brüllte Peter und stürzte sich auf Markus. „Zahn um Zahn!"

„Herrje", seufzte Celia. „Ein frisch ausgeschlagener Zahn sollte samt Patienten sofort zum Zahnarzt gebracht werden. Mit ein wenig Glück kann man ihn wiedereinsetzen." Sie ließ die Hand mit dem Stift sinken. „Die prügeln sich ja schon wieder. Siehst du, es geht immer sofort in die nächste Runde."

Als die Jungs sich endlich unter Kontrolle hatten und Peter mit seinem ausgeschlagenen Zahn zu seiner Mutter wollte, damit sie ihn zum Arzt fahren konnte, bemerkte Peter seinen Irrtum. Die ganze Zeit über hatte er gedacht, er hätte den Zahn in seiner fest geschlossenen Faust. Dabei war die leer. „Mist!", brüllte er, „der Zahn muss irgendwo im Gras liegen. Los, helft suchen!"

Eine Weile schauten Celia und Helen zu, wie die Jungs auf allen Vieren durchs Gras krabbelten und den Zahn suchten. „Sollen wir mithelfen?", fragte Helen. „Immerhin ist es der Schneidezahn vorne, das sieht doof aus, wenn eine Lücke bleibt."

Celia tippte sich mit dem Stift an die Stirn und bekam an der Stelle einen grauen Fleck. „Verrückt geworden?", konterte sie. „Du kannst von zehn rückwärts zählen, bis sie die nächste Prügelei anfangen."

Wenig später war die Menge am Kochen. Irgendwer war jemand anderem auf die Hand getrampelt, woraufhin ein Wort das nächste ergab und sich eine neue Prügelei entwickelte.

„Wusste ich es nicht?", seufzte Celia. Sie beugte sich kopfschüttelnd tief über ihr Bild. „Ich verabscheue meine Brüder für ihr gewaltorientiertes Verhalten. Das entbehrt jeglicher Würde. Sollen wir uns ein Eis holen?"

„Au ja!"

Celia und Helen ließen die Bilder liegen. Helen warf einen Blick auf ihre Armbanduhr und freute sich. Es war erst fünf vor drei. Prima. Der ganze Nachmittag mit Celia lag vor ihr.

Unten im Keller stand ein großer Gefrierschrank, den Celias Mutter immer mit Eiscreme gefüllt hatte und mit tiefgekühlten kleinen Erdbeerpasteten. Mit Sahnetorte, die man nicht auftauen musste, ehe sie hervorragend schmeckte. Helen liebte diesen Gefrierschrank und nahm sich einen Becher vom Schokoladeneis. Celias Mutter kaufte das beste Eis im ganzen Bekanntenkreis und vor allem gab es bei Helens Oma niemals Eiscreme. „Da steckt zu viel Chemie drin." Helen liebte diese Art von Chemie über alles.

Die Kinder verkrümelten sich in den Aufbewahrungskeller, den Helen mindestens so sehr liebte wie den Gefrierschrank. Jeder der Familie nutzte den Aufbewahrungskeller. An den Wänden gab es Regale und Kisten. Alles war vollgestopft mit kuriosen oder wertvollen oder albernen Dingen. Es gab eine Kiste mit Spielzeugautos, eine mit alten Kuscheltieren. Es gab Altkleiderkisten, aus denen sich jeder bedienen durfte, der etwas brauchte. Es gab Kisten voller altem Spielzeug, CDs, die niemand mehr anhörte und es gab sogar einen CD-Spieler. Den fanden die Mädchen und während sie sich den Superpapagei anhörten, bauten sie aus Decken und Leintüchern eine Höhle.

Es war der schönste Nachmittag ihres Lebens, der jäh von Celias Mutter beendet wurde: „Essen ist fertig!"

Helen spürte auch Jahre später den Stich, den dieser Ruf ihr im Magen versetzte. Natürlich hätte sie jederzeit bei Celias Familie mitessen dürften. Die Mutter machte immer Berge von Essen, damit es auch für unvorhergesehene Besucher reichte. Allerdings aß Celias Familie deutlich später als Helens Großeltern zu Abend. Was bedeutete...

„Heiliger Bimbam!", stieß Helen aus. „Ich habe die Zeit vergessen!"

„Oje", machte Celia.

Helen raffte schnell zusammen, was ihr gehörte, was nicht viel war. Nur ein paar Schlappen, die vor der Höhle lagen. „Oma wird mich umbringen. Celia, wir sehen uns morgen wieder. Tschüs."

Am nächsten Tag allerdings sahen die Mädchen einander nicht. Helen hätte um halb sechs daheim sein sollen, wie immer. Anstatt sie zu holen oder anzurufen, hatte Oma mit dem Kochlöffel in der Hand auf sie gewartet. Sie saß im Halbdunkel der Küche und ließ die Vorderseite des Holzlöffels zweimal in ihre hohle Hand patschen, ehe sie aufsprang und Helen damit verdrosch. Die Kleine wollte weglaufen, doch die Großmutter hielt sie mit einer Hand am Haar fest.

„Dich werde ich lehren", zischte sie, „du wirst nie mehr zu spät kommen!"

Immer wieder sauste der Kochlöffel auf Helen hernieder. Sie riss die Arme hoch, um ihren Kopf zu schützen. Sie wollte sich klein und rund machen. Oma war stärker und sie hatte den besseren Griff und Helen schaute direkt auf das Clownsbild.

„Du wirst... nie wieder... zu spät kommen!", schimpfte die Großmutter abgehakt zwischen immer neuen Schlägen.

Das Lachen des Clowns verschwamm in Helens Tränen und ihre Schreie töteten seine Heiterkeit.

Sie hätte am nächsten Tag zu Celia gehen können, das wäre Oma egal gewesen, schließlich hatte sie ihre Lektion bekommen. Helens Hintern tat fürchterlich weh und die Striemen vom Kochlöffel waren auch auf dem Rücken zu sehen, an den Oberschenkeln und den Armen, eben überall dort, wo Oma die blanke Haut erwischt hatte. Das rechte Ohr war feuerrot und über einer kleinen Wunde an der Stirn hatte sich eine Kruste gebildet. Wenn Celia das gesehen hätte... Sie hätte fürchterlich geheult.

„Wie alt ist Ihre Tochter?" Ihrem Gesicht nach hatte Devendra diese Frage bereits gestellt.

Helen rutschte höher im Stuhl und sammelte ihre Gedanken. Sie zwang sie weg von Celia, der allerbesten Freundin, die sie je gehabt hatte. An die schönen Zeiten wollte sie sich erinnern. An das Malen auf der Terrasse, die Höhlen, die sie im Keller gebaut hatten. Einmal spielten sie ihren Brüdern einen fiesen Streich und schraubten von allen Fahrradventilen die Kappen herunter. Als die Brüder sich wieder einmal auf in den Wald machten, mussten sie den ganzen Heimweg ihre Räder schieben und gaben sich gegenseitig die Schuld an der fehlenden Luft in den Schläuchen. Celia und Helen hatten sich weggeworfen vor Lachen und auch Großtante Elli war ein Schmunzeln entwischt.

Unbedingt wollte Helen in der Schule neben Celia sitzen, die eine Klasse höher war. Helen paukte und übte wie besessen ein ganzes Jahr lang, um die nächste Klasse zu überspringen und zu Celia zu rutschen. Sie wollten nebeneinandersitzen, miteinander lernen und unzertrennliche Freundinnen bleiben. Für ewig. An einem wunderschönen Sommernachmittag saßen sie mit Eiscreme in ihrer Höhle, malten sich die schönsten Schultage aus und wie sie bis in alle Zeiten zusammen sein würden. „Wenn wir mal studieren", sagte Celia, „tun wir das in derselben Stadt. Wir werden in einer Wohnung wohnen und alles miteinander machen."

Leider übersah Celia zwei Tage nach diesem allerschönsten Nachmittag beim Radfahren ein Auto. Sie raste aus der Straße, gejagt von ihren Brüdern, die sie neckten und triezten. Der Autofahrer bremste; der Gummiabrieb war viel länger zu sehen als der Blutfleck, den Celias zerplatzter Körper hinterließ. Gerade hatte Helen sie besuchen wollen. Sie sah sie radeln und überlegte, ob sie ihr Fahrrad auch holen sollte, aber ihr Rad war klapprig und alt und außerdem quietschrosa. Egal, wo sie sich damit blicken ließ, sie wurde immer ausgelacht. Da tat es einen gellenden Schrei, dem ein Knall folgte, und aus Celias Körper sickerte alles Blut auf den Asphalt. Es breitete sich in einer großen Lache aus, erreichte einen Gully und Helens allerbeste Freundschaft verschwand im Abwasser.

Ein letztes Mal musste sie die Sommerferien bei ihren Großeltern verbringen. Sie schaute bei Celias Familie vorbei. Im Stuhl auf der Terrasse saß die alte Großtante Elli und rührte sich nicht. Nach Celias Unfalltod hörte sie das Lachen auf und reagierte überhaupt nicht mehr auf jegliche Ansprache. Sie aß, wenn man sie fütterte, schlief, wenn man sie ins Bett legte, machte in die Windel, wann immer ihr danach war. Der Großvater schlief nicht mehr, wenn seine Enkel spielten. Er sprang von seinem Platz auf und schimpfte die Meute in den Garten zurück, sobald sich die Jungs der Straße näherten. Aus dem Wohngebiet wurde ein verkehrsberuhigter Bereich gemacht, nachdem – nur ein paar Wochen nach Celias Tod – der Hund eines Gemeinderats vor ein Auto gelaufen war. Helen bekam ein Eis von Celias Mutter.

„Wäre zuerst der dämliche Hund unter die Räder gekommen, würde mein Mädchen leben und mit dir die Ferien genießen."

„Vierzehn", antwortete Helen. „Sie wird im Sommer fünfzehn."

„Vierzehn!" Devendra verzog das Gesicht. „Wie alt waren Sie, als sie geboren wurde?"

Helen drehte den Kopf und schaute sie vorwurfsvoll an. „Unterstellen Sie mir, ich hätte mit meinem Alter geschwindelt?"

„Das tun Frauen ständig." Devendra hob Zeige- und Mittelfinger ihrer rechten Hand in die Höhe. „Beim Alter machen sie sich jünger, beim Gewicht leichter. Was wiegen Sie?"

Helen konnte den Anflug eines Lächelns nicht verhindern. „Weiß ich nicht genau. Schätzen Sie."

Devendra schaute zurück zur Darbietung. „Ich bin nicht gut im Schätzen und würde Sie ungern beleidigen. Außerdem sind Nils und Kathi bereit für die Vorstellung."

Bei all dem, was ihr in den letzten Augenblicken durch den Kopf gegangen war, hätte es Helen nicht gewundert, wenn sie den Auftritt am Seil komplett verpasst hätte. Stattdessen standen Nils und Kathi in der Manege, beide lächelten strahlend und ließen sich vom Publikum beklatschen. Die meisten Zuschauer hatten kapiert, wie viel sicherer es für sie war, wenn sie das makabre Spiel guthießen. Hin und wieder gab es einen Schuss, wenn jemand sich unbeobachtet glaubte und von seinem Platz huschte.

Während Nils sich mit kräftigen Bewegungen am Seil nach oben zog, fragte Helen sich, ob der Vater mit seinem Kind die Flucht geschafft hatte. Lagen die beiden tot auf den Stufen, die nach unten zum Eingang führten? War es ihnen geglückt die Polizei zu informieren und kauerten die beiden nun vor einem Psychologen, der ihnen durchs Trauma half? Sie drückte die Daumen und hoffte das Beste.

Nils' Oberarme waren bemerkenswert muskelbepackt. Ohne seine Beine zu benutzen, hangelte er sich mit kräftigen Klimmzügen das Seil hinauf. Lächelnd. Die Beine hielt er gerade gestreckt, er brauchte sie nicht, um Schwung zu holen oder seine Position zu stabilisieren. Ihm folgte Kathi in die Höhe. Sie wirkte drahtig, sehnig, von Kopf bis Zeh durchtrainiert und straff. Bei Nils oben angekommen, verhakte sie ihre Füße im Seil und drehte sich im Kreis. Sie ließ sich fallen und als Helen dachte, sie stürze ab, erwischte Nils sie am Knöchel und hielt sie. Beide lächelten; es war Teil der Show. Im Publikum atmete nicht nur Helen auf.

„Wie finden Sie es?", flüsterte Devendra. Kathi baumelte gerade mit nur einer Schlaufe am Hinterkopf und breitete die Arme aus. Sie wirbelte um das Seil wie eine Tänzerin um ihren Partner.

Helen ertappte sich dabei, wie sie mit großen Augen und offenem Mund starrte und dabei selbstvergessen in die Hände klatschte. Schnell klappte sie ihren Kiefer nach oben und zwinkerte. „Beeindruckend."

Das Kunststück hatte seinen Höhepunkt erreicht, unversehrt hingen Nils und Kathi wie geplant am Seil. Helen klatschte aufrichtigen Beifall. Devendra sparte sich diesmal den Applaus. „Für genau dieses Zuschauergesicht proben die Artisten."

Helen drehte sich nicht zu ihr. Sie wollte keine Sekunde der Vorstellung verpassen, obwohl ihre Nerven zum Zerreißen angespannt waren. So oft fürchtete sie das Schlimmste für Kathi, sah sie weggleiten, fallen, stürzen. Immer griff Nils rechtzeitig zu und erwischte die unbeschwert lächelnde Kathi. „Sie suchen in den Zuschauerreihen nach dämlichen Glotzgesichtern, deren Besitzer um das Wohl der Artisten bangen?"

„Nach Gesichtern", sagte Devendra, „in denen sich Respekt und Anerkennung ausdrücken. Applaus, Frau Jäger, bekommen die Artisten immer, selbst wenn er nur höflich gemeint ist. Ihrem Gesicht konnte man gerade die unverhohlene Anerkennung ansehen. Sie *sind* beeindruckt."

„Sehr." Für kurze Zeit ließ sie die Hände ruhig im Schoß liegen. Nils und Kathi verschnauften in der Höhe, indem sie einige Pirouetten drehten, mal mit gestreckten Beinen, mal mit angewinkelten Knien. Gerade hatten die beiden einander herzlich angelächelt, nun wirkte das Lächeln wie eine Maske. Es gehörte zum Auftritt, auch wenn es nicht ihrer Stimmung entsprach.

Kathi ließ sich rückwärtsfallen und hing mit einem Fuß im Seil fest. Nils begann das Seil zu drehen. Ein Bogen entstand. Der lose Teil des Seils bewegte sich immer stärker und holte immer weiter aus, bis er schließlich durch die Luft wirbelte. In einer atemberaubenden Bewegung ließ Kathi sich fallen. Sie kullerte den Bogen entlang, wirbelte dabei um ihre Achse – und wurde knapp vor dem Aufschlag am Boden vom Seil gehalten. Dieses Kunststück schien der Schwerkraft zu widersprechen. Es war phänomenal.

Helen klatschte überwältigt. Nach diesem grandiosen Finale standen die beiden Artisten in der Anerkennung des Publikums, das glatt vergessen zu haben schien, welche Richtung die Kunststücke immer nahmen.

Diesmal kam das Ende der Heiterkeit genauso unabwendbar wie zuvor. Aus dem Hintergrund schleppten Requisiteure eine Gitterbox heran, die mit silbern glänzenden Stäben gefüllt war. Um welche Stäbe genau es sich handelte, konnte Helen nicht sagen. Sie waren etwa einen halben Meter lang, unten spitz und am oberen Ende mit einem Kopf, der den ganzen Stab wie einen übergroßen Nagel wirken ließ. Ein funkelnder übergroßer Silbernagel mit dem Durchmesser eines Teelichts.

Kathi war es, die den ersten Zuschauer tötete. Es ging sehr schnell. Sie suchte sich einen Teenager aus, der mit einem schief sitzenden Käppi auf dem Kopf in sein Smartphone murmelte. Er bemerkte sie erst einen Schritt von sich entfernt. Er schaute hoch, Kathi holte aus und rammte ihm den Silbernagel in die Brust. Ein widerliches Knacken erfüllte die Luft, als das Metall die Rippen durchbrach, ein Sturzbach an Blut sprudelte aus der Wunde und floss über die Vorderseite des Teenagers auf den Boden.

Nils spießte einen alten Herrn auf, der im Sterben ausstieß: „Ein paar Monate, hat der Arzt gesagt!"

Teenager, Mann, Frau, Frau, Kind, Mann, Mann. Helen verfolgte, wie Nils und Kathi sich den Weg bahnten. Immer wieder starb jemand. Es war nicht vorherzusehen, wer der nächste war. Es gab kein Muster. Die

Anzahl der Sitzplätze zwischen den Opfern war ebenso willkürlich wie die Frage nach dem Geschlecht oder Alter oder der Kleidung oder der Haarfarbe. Helen fand nichts, das auf ein Muster hindeutete. Sie zählte die Toten. Zwanzig. Es waren Spieße übrig. Manche der Opfer zappelten, die meisten waren augenblicklich tot.

Den Mördern war nichts anzusehen. Jedes Mal holte Kathi weit aus und vollführte einen gekonnten Stich, der durch den gesamten Brustkorb drang. Sie schien nicht an Kraft zu verlieren und kein Mitleid zu gewinnen.

„Sie trainieren viele Stunden täglich." Devendra überschlug ihre Beine und fasste das obere Knie mit den Händen. „Ich hätte mir wirklich einen Kaffee mitnehmen sollen. Um diese Zeit trinke ich gewöhnlich immer einen Kaffee."

„Ach?" Ein gewisses Maß an Sarkasmus konnte Helen sich nicht verkneifen. „Hätten Nils und Kathi nicht Sie herausgepickt und erstochen?"

„Mich?"

„Immerhin", zeigte Helen auf einige andere Zuschauer, „konzentrieren sich nicht alle auf die Vorstellung. Es gibt immer welche, denen etwas anderes wichtig ist. Wie diese Frau dort, die mit ihrem Smartphone hantiert."

„Egal", winkte Devendra ab. „Hier drin ist alles abgeschirmt. Niemand kann mit dem Telefon Hilfe holen."

„Hat sie gar nicht versucht." Helen schaute schräg hinunter zu der Frau in ihrem Alter. Sie hatte raspelkurzes braunes Haar mit dunkelroten Strähnchen. Große Ohrringe, die bis fast zur Schulter baumelten. Ihr weißer Pulli war zu warm für die Hitze im Zelt und das schreckliche Geschehen. Sie hätte es sich denken können, doch eben dieser Pulli passte hervorragend zu der schwarzen Marlenehose und den

Stiefeletten. „Die Art", fuhr Helen fort, „wie sie über ihr Smartphone wischt, lässt mich auf Running Frog tippen."

„Ist das ein Wettbewerb, bei dem man sich die dümmsten Indianernamen ausdenken soll?", fragte Devendra.

„Ein Jump-and-Run-Spiel", erklärte Helen. „Man muss einen Frosch durch einen Hindernisparcours dirigieren und dabei möglichst viele Fliegen, Libellen und Schmetterlinge fressen. Bienen und Wespen bringen Punkteabzug. Bei genügend Punkten beginnt der Frosch auf zwei Beinen zu laufen. Das sieht irre komisch aus und wenn es einem gelingt, den Frosch in dieser Zeit eine gewisse Strecke überwinden zu lassen, winkt ein Gutschein über fünf Euro für Zirena."

„Zirena." Devendra drehte eine lose Haarsträhne ein. „Da kaufen die Leute online Schuhe und Klamotten."

„Sie nicht?"

„Niemals." Ihr charmantes Lächeln traf Helen unvorbereitet. Sie zwinkerte ihr sogar zu. „Nein, liebe Helen, ich kaufe meine Schuhe, Hosen, Blusen und sämtliche anderen Dinge sehr klassisch in einem Geschäft." Sie beugte sich etwas näher zu Helen. „Ehrlich gesagt auch wegen der Verkäuferinnen. Die geben sich so unglaubliche Mühe, sind sehr nett und mit ihrer Meinung absolut ehrlich. Keine reale Verkäuferin würde mir eine Hose empfehlen, die meinen Hintern dick aussehen lässt. Oder eine Bluse, in der ich burschikos wirke." Sie lachte. „Wo kaufen Sie Ihre Kleidung ein? Internet oder Realität?"

„Wo ich gerade bin." Mittlerweile hatten Nils und Kathi die Running-Frog-Frau entdeckt und ihr den Nagel in die Brust getrieben. Das Smartphone war auf den Boden gefallen und lag mit dem Display nach oben. Es blinkte und blitzte. Der Frosch lief auf der Stelle, um das Spiel fortzuführen. Wahrscheinlich hatte sie schon ein paar Gutscheine gesammelt und nun leider die Gelegenheit zum Einlösen verspielt.

Mit einem Schaudern sah Helen die Leute aufgespießt in ihren Sitzen lümmeln. Nils und Kathi, die keine weiteren übergroßen Nägel mehr in der Gitterbox hatten, standen auf dem Boden und warteten auf Applaus. Fünfundzwanzig Tote insgesamt.

Die beiden waren großartig. Nicht, was das Töten von Menschen betraf, sondern in ihren Fertigkeiten am Seil. Helen bewunderte ihre Körperbeherrschung und die antrainierte Kraft. Darauf konzentrierte sie sich, nicht auf das Morden.

„Finden Sie es kreativ?", fragte Devendra.

„In erster Linie makaber und grausam." Helen klatschte nicht mehr ganz so begeistert wie vorhin. „Im engeren Sinne der Definition durchaus kreativ. Ich habe nie von Mördern gehört, die ihre Opfer während einer Zirkusvorstellung mit silbernen Nägeln aufspießen."

„Das", nickte Devendra zufrieden, „wird die beiden freuen." Sie lachte nach vorn. „Bravo!", rief sie Nils und Kathi zu und reckte beide Daumen in die Höhe. „Bravissimo!"

In Gedanken überschlug und rechnete Helen, wie viele Zuschauer nach den fünfundzwanzig Toten übrigblieben. Ihre Chancen waren auf etwa 1:240 geklettert. Sie hob die linke Hand und presste mit den mittleren drei Fingern gegen die Stirn. Links oberhalb der Schläfe war ein plötzliches Stechen aufgetreten. Sehr heftig, sehr schmerzhaft und vor allem resistent gegenüber sämtlichen Kopfschmerztabletten, die sie in den letzten Wochen ausprobiert hatte. Vollgepumpt mit wirkungslosen Medikamenten war es erstaunlich, wie effektiv ein kräftiger Druck mit drei Fingerspitzen sein konnte. Umso besser, wenn die Finger kalt waren.

Sie drückte fest. Was sie momentan mit den Freileitungsmonteuren gemein hatte, die ihr durch den Kopf gingen. Sie litten häufig unter heftigen stechenden Kopfschmerzen und hatten unter gewissen

Gesichtspunkten eine ähnliche Todesrate wie Helen im Moment. Jene Leute, die beruflich auf Hochspannungsmasten kletterten und an den armdicken Stromkabeln hantierten, hielt sie persönlich in einer stillen Ecke ihres Gefühls für völlig verrückt. Die Höhe. Der Strom. Fehler der Kollegen. Da grenzte es an ein Wunder, wenn man den Ruhestand erlebte. Man glaubte eine Strecke abgeschaltet, begab sich in die Nähe und wurde vom Schlag getroffen, ehe man überhaupt die Leitung selbst erreicht hatte. Derjenige, der wieder Strom auf die Leitung schaltete, nahm an, seine Kollegen seien längst auf dem Rückweg zum Büro, dabei waren sie gerade auf dem Rückweg zum Erdboden, hinunter vom Mast, und schon war es passiert. Mathematisch gesehen war Helen ein tabakkonsumierender Freileitungsmonteur mit einem Hang zu fettigem Essen und dieses Wissen brachte den Kopfschmerz erst recht zum Zwicken.

„Alles in Ordnung?"

Helen machte die Augen auf und nahm die Hand von ihrer Stirn.

„Ein Tumor?", hakte Devendra nach.

Helen runzelte die Stirn, die eben so heftig geschmerzt hatte. „Wie kommen Sie darauf?"

Sie zeigte auf die Stelle an Helens Kopf, ohne sie zu berühren. „Sie fassen sich ständig dorthin und drücken gegen einen heftigen Schmerz an. Waren Sie beim Arzt?"

„Pf", machte Helen, „natürlich."

„So natürlich ist das nicht."

„Bei starken Kopfschmerzen, die länger als ein paar Tage andauern und auf eine bestimmte Region im Kopf begrenzt sind, die obendrein auf die gängigen Schmerzmittel nicht reagieren, sollte jeder zum Arzt gehen."

Devendra schmunzelte. „Aha."

Das Stechen in Helens Kopf ließ nach. Mit jedem Herzschlag wurde es sanfter und schließlich war es verschwunden. Wie so oft in letzter Zeit. Sie kannte das, nur konnte sie leider nicht vorhersehen, wann die nächste Attacke kam und ob sie ein paar Sekunden oder eine halbe Stunde dauern würde.

„Ärztin sind Sie also nicht."

Unten in der Manege wurde das Seil, an dem Nils und Kathi geturnt hatten, langsam von der Decke gelassen. Helen schaute sich nach dem Requisiteur um, der die Seilwinde bediente, und entdeckte einen, der nicht weit entfernt von ihr stand und keine Knarre, sondern eine Fernbedienung in der Hand hielt. Er hielt die Augen fest auf den oberen Teil des Seils gerichtet, wo zwei Karabiner ineinandergriffen.

Manchmal reflektierten diese Karabiner das Licht der tanzenden Scheinwerfer und die Blitze trafen auf die toten Zuschauer mit den Silbernägeln in der Brust. Nur ein paar der fünfundzwanzig Toten hatten die Augen geschlossen, die übrigen glotzten.

„Mama", hatte ihre Tochter Pheme in dem fragenden Tonfall angefangen, den Kinder an den Tag legten, wenn sie etwas nicht verstanden und es ungern zugaben, weil sie sich mit zehn, elf Jahren für absolut erwachsen und allwissend hielten. „Mama", also, sehr gedehnt und langgezogen. Vor ihnen lag in der kleinen blauen Transportbox einer der drei Degus. Abgemagert. Er hatte seit Tagen nichts mehr gefressen. Offene Augen. Keine Atmung mehr. Das Leckerli, das sie ihm hingelegt hatte, würde eher verfaulen als gegessen werden. „Mama, ich dachte, wenn jemand stirbt, macht er die Augen zu."

„Das Schließen der Augen", sagte Helen, „wird von Muskeln erledigt. Wer mit offenen Augen stirbt, kann sie nicht mehr schließen."

„Im Film machen immer alle die Augen zu, ehe sie sterben."

„Filme", schniefte Helen und strich dem toten Nager übers weiche Fell,

„zeigen nur eine Möglichkeit der Realität. Wie sehr sie an die Wirklichkeit rankommen, liegt am Drehbuchautor, dem Regisseur und den Schauspielern."

„Und ich dachte", fuhr Pheme fort, „wenn jemand stirbt, ist er völlig steif und starr." Was der Degu unter ihren Fingern nicht war. Sie rollte ihn vorsichtig ein wenig zusammen, damit er es kuschliger hatte. Die Vorderpfoten sahen aus wie die eines Eichhörnchens, die Hinterläufe glichen denen einer Ratte. Der Kopf hätte einem kleinen Meerschweinchen gehören können, der Körper einer flauschigen Maus. Schwarzer, buschiger Schwanz. Kein Allerweltshaustier. Die meisten Leute hielten Degus beim ersten Anblick für Chinchillas.

„Erst nach und nach", erklärte Helen, „werden die Muskeln fest und hart. Es dauert, bis der gesamte Körper erstarrt ist."

„Gruselig", fand Pheme, „ewig steif im Grab zu liegen."

„Nach einer Weile hört das auf. Der Körper zersetzt sich und auch in den Muskeln werden die festen Fasern zersetzt."

Pheme schüttelte sich. „Freaky."

Helen legte ihren Arm um ihre Schultern und drückte ihr einen Kuss auf die Wange. „Im Garten unterm Buchsbaum ist ein herrlicher Platz. Sollen wir ihn dort begraben?"

Pheme stand auf. „Ich habe eine Schachtel oben, in die müsste er passen."

„Malst du sie an?", fragte Helen. Seit acht Jahren lebten die drei Degus – jetzt nur mehr zwei – im Käfig im Wohnzimmer. Pheme konnte sich an ein Leben ohne die drei gar nicht erinnern. So viel gemeinsame Zeit verband, wenngleich die drei Nager niemals Haustiere gewesen waren, mit denen man kuscheln konnte. Streicheln ging, aus der Hand fraßen sie auch, aber sobald sich eine Gelegenheit zum Türmen bot, waren sie weg und mussten mühsam mit Leckerlis angelockt und eingefangen werden. So schnell wie möglich, denn sie bissen sofort alles an, waren blitzschnell und besaßen eine Intelligenz, die Helen manchmal unheimlich wurde. Gemeinsam mit ihrem Mann hatte sie den Käfig mehrfach verstärkt und optimiert und war ihnen trotzdem zweimal auf die Schliche gekommen, wie sie einen Fluchttunnel hatten anlegen wollen. Da musste an alles gedacht sein.

Das erste Laufrad, das die Jägers ihnen in den Käfig hängten, wurde binnen vierundzwanzig Stunden zerlegt und lag in sämtlichen Einzelteilen im Käfig. Das zweite war speziell für Degus konzipiert und hielt trotzdem keine Woche. Sie kauften schließlich eines, das sündhaft teuer war, von jemandem, der selbst Degus hatte. Das hielt. Der Verkäufer des anderen Laufrades wollte sich rausreden, für solche Viecher sei das Rad eben nicht gemacht, aber dann hätte er es nicht als Degu-Laufrad verkaufen dürfen. Punktsieg. Geld zurück.

Der tote Degu bekam den schönsten Sarg, den Helen je gesehen hatte. Über und über bestückt mit Schmucksteinen, Gemälden und Aufklebern. Ausgestattet mit dem besten Heu und den köstlichsten Leckerlis wurde der Sarg samt Degu bei strömendem Regen unterm Buchs begraben. Für einen banalen Nager war es viel Aufwand, der der Trauer einer Elfjährigen gerade genug Rechnung zollte. Die Alternative wäre eine Bestattung in der Biotonne gewesen. „Dort", sagte Pheme, „landen die Fische aus dem Aquarium. Das ist beschämend genug."

Ob die Toten, die in der Manege lagen, auch Särge bekamen, die mit Erinnerungen ausstaffiert waren? Wurden sie bei Kälte beerdigt und beweint von vielen, die sie liebten? Helen hatte beim Ausheben des kleinen Grabes mit dem Spaten innerlich zutiefst geflucht, weil ihr der strömende Regen hinten in den Kragen lief und über ihren Rücken bis zu den Füßen rann. Ein Loch im Morast war obendrein kein schöner

Anblick. Wie sehr würde erst der Totengräber fluchen, wo die Grube, die er für einen Menschen auszuheben hatte, deutlich größer, tiefer und hübscher sein musste? Selbst mit einem Bagger war das keine einfache Aufgabe.

Bevor man sie begraben konnte, sinnierte Helen weiter, mussten die langen Nägel entfernt werden. Es gab keinen Sarg, der hoch genug für ein solches Accessoire war und wahrscheinlich gab es keinen trauernden Hinterbliebenen, der mit jedem Blick auf den Sarg an die schrecklichen Todesumstände erinnert werden wollte.

Zu Helens Erleichterung begannen die Requisiteure reihum zu gehen und die Silbernägel aus den Toten zu ziehen und zu zerren. Das war leicht gesagt. Die Spieße flutschten nicht ohne Kraftaufwand aus den Körpern. Mehrmals musste ein Requisiteur sich mit dem Fuß am Sitz oder am Toten abstützen, um genügend Kraft aufwenden zu können. Bei einem Mann ziemlich weit vorn am Zirkusrund schaffte es trotz mehrmaliger Versuche niemand. Es kam schließlich jemand gelaufen, der mit einem gewaltigen Bolzenschneider den Nagel abzwickte. Der Requisiteur zupfte die Jacke des Toten zurecht, damit der funkelnde Rest des Spießes nicht mehr zu sehen war.

Im Rahmen der Möglichkeiten wurde sehr respektvoll mit den Toten umgegangen. Helen biss die Zähne zusammen und machte sich bewusst, es wäre besser gewesen, mit den Lebenden respektvoll umzugehen, anstatt sie um die Ecke zu bringen. „Wollten Sie mir", fragte sie, „nicht die tragische Hintergrundgeschichte des dummen Augusts erzählen?"

„Falls", wandte Devendra ihre Aufmerksamkeit Helen zu, „Sie sich dafür interessieren?"

„Sollte Sie", murrte eine dunkle Stimme von hinten. „Immerhin hat der dappige Clown eine ganze Menge Leute auf dem Gewissen. Da wäre es schon interessant seine Beweggründe zu erfahren."

„Da hat Dr. Bergoben recht", meinte Helen. „Also, Devendra, wir hören Ihnen zu."

Ihr Lächeln wurde breiter. „Meistens hört mir nicht mal ein Mensch richtig zu, geschweige denn zwei."

„Drei", verbesserte Frau Ermling mit nicht ganz so lauter Stimme wie Dr. Bergoben. „Mir entgeht kein Wort, das Sie sagen."

„Drei aufmerksame Zuhörer. Respektabel."

„Nun legen Sie schon los." Helen war es leid ihre leere Eiskonfektpackung in den Händen zu halten und bückte sich, um den Abfall in ihrer Tasche zu verstauen. Sie hielt immer ein Fach leer für Müll jeglicher Art, der anfiel und den Weg zum Abfalleimer erst finden musste.

Devendra drehte sich halb im Sitz herum, damit Dr. Bergoben und Frau Ermling sie besser verstehen konnten. „Das ist schnell erzählt", sagte sie. „Giovanni hat als kleiner Junge seine Liebe zum Publikum entdeckt. Seine Freunde sind vor Angst fast gestorben, wenn sie in der Kirche eine Fürbitte vorlesen sollten, Giovanni hingegen hat die Fürbitte unter den Tisch fallen lassen und stattdessen Geschichten erzählt und eine bessere Predigt gehalten als der ehrwürdige Monsignore. Bald kamen die Leute nur seinetwegen in die Kirche. Er brachte sich selbst das Jonglieren bei und einige Zaubertricks, um etwas zu haben, mit dem er sein Publikum begeistern konnte. Sein Weg sollte übers Schultheater auf die große Bühne führen. Leider liegen ihm die festgeschriebenen Rollen gar nicht. Er verlegte sich auf moderne Comedy und aufs Kabarett, doch die Wirtschaftskrise schlug erbarmungslos zu und das erste, was die Leute sich sparen, sind Besuche in irgendeinem Kabarett. Giovanni heuerte aus der Not heraus bei einem kleinen, mickrigen Zirkus an. Seine Clownsnummern waren phänomenal gut und die Leute kamen, um ihn zu sehen. Er brachte alle zum Lachen, wechselte zu einem größeren Zirkus und als die Konjunktur besser lief, zog es ihn zurück zum Theater und dem Kabarett. „Nix da", meinten alle Bosse und Manager. „Du Lachnummer bist im Zirkus genau richtig und da solltest du bleiben." Mittlerweile verdiente Giovanni gutes Geld und war unter seinesgleichen gottgleich berühmt. Ein Teil seines Herzens sehnte sich zum Kabarett. Dieser Teil wurde ruhiger und kleiner. Giovanni lernte eine wunderbare Frau kennen, die er vergötterte und für die er alles getan hätte. Es hat ihn damals wirklich erwischt, er träumte von einer Hochzeit, von Kindern und dem ewigen Glück. Als seine Angebetete von seiner Arbeit im Zirkus erfuhr, war es vorbei mit der Liebe. Clown, das war weit unter ihrer Würde. Mit einem Unterhaltungskünstler hätte sie es aushalten können, mit einem Clown nicht. Sie machte sich lustig über Giovanni und seine Arbeit, verspottete ihn, zog ihn ins Lächerliche und um allem die Krone aufzusetzen, trieb sie das Kind, das sie erwartete, ab. Es brach Giovanni das Herz."

„Abgetrieben", seufzte Frau Emerling. „Das ist furchtbar."

„Wissen Sie", stützte Devendra einen Arm auf die Rückenlehne ihres Stuhls, „wenn sie ihm wenigstens seine Würde gelassen hätte. Verspottet zu werden für das, was man gern tut und gut kann, ist ein fürchterliches Erlebnis."

„In der Tat." Helen konnte nachfühlen, wie es um die Gefühle des Clowns bestellt war. „Allerdings kein Grund, um an einem Publikum Rache zu nehmen, das nichts für die Schmach kann."

Devendra drehte den Kopf in Helens Richtung. „Giovanni machte dieser unsäglichen Frau während der Vorstellung einen Heiratsantrag. Er nahm seine Clownsnase ab, ging auf die Knie und bat sie um ihre Hand. Wenn sie nur nein gesagt hätte... Oder zuerst ja und später nein... Stattdessen hat sie ihn vor dem gesamten Publikum lächerlich gemacht und beschimpft und verhöhnt. Und das Publikum? Es applaudierte und lachte. Diese Nummer endete zum ersten Mal, seit ich denken kann, mit üblen Buh-Rufen für den Clown. Für unseren dummen August. Für Giovanni, in dessen Wohnwagen mehr Auszeichnungen und Preise stehen als in jedem anderen Wohnwagen und dessen Geldvermögen größer ist als das der meisten Zuschauer. Für diese Buh-Rufe", hob sie den Zeigefinger, „für diesen Spott ließ er heute das Publikum bezahlen."

„Verstehe", sagte Helen.

„Tun Sie nicht", widersprach Devendra.

„Ich auch nicht." Dr. Bergoben beugte sich in seinem Stuhl nach vorn und legte die Hände auf die Rückenlehne seines toten Vordermannes. „Was bringt Rache, wenn sie die falschen Leute trifft? Es wird keiner aus der unseligen Vorstellung von damals heute anwesend sein."

„Doch", widersprach Devendra. „Giovannis große Liebe war hier. Sie hatte Freikarten bekommen und war mit drei Freundinnen da."

„Oje." Helen schwante Schlimmes.

„Naja", hob Devendra die Schultern. „Gleich zu Beginn des Tumults haben sie alle zu fliehen versucht und wurden erschossen." Sie ließ die Schultern fallen. „Die Rache lief nicht wie geplant. Der Moment, in dem Giovanni ihr Leben vernichtet, wie sie seines vernichtet hatte, ist ausgefallen. Ich hoffe, er kommt darüber hinweg."

„Selbst, wenn", sagte Dr. Bergoben, „sobald die Polizei von diesen Machenschaften hier erfährt, wird er als Knastclown auftreten können."

„Oh", winkte Devendra lässig ab, „wer sollte unseren Plan denn vereiteln? Sie? Frau Ermling?" Sie schaute zu Helen. „Oder Sie?"

Kapitel 5

Ordentlich zusammengefaltet wurde das Seil wieder nach oben unter die Kuppel gezogen und verschwand im Dunkeln. Einmal klapperten die Karabiner, ehe der Motor abschaltete und der Requisiteur die Fernbedienung weglegte.

Ein kreisrundes Podest wurde hereingebracht, an dessen Seiten die Requisiteure Pfähle befestigten. Für einen Moment schauderte Helen. Diese Pfähle, diese Nägel waren ihr vertraut. Silberfarben. In einem Brustkorb steckte der Rest eines solchen Nagels.

In der Mitte des Podestes wurde eine Stufe angebracht, außerdem an den Seiten eine Treppe mit sehr schmalen Tritten, die auf keinen Fall breit genug für einen Fuß waren. Es waren keine Nägel im eigentlichen Sinne, es waren Haltevorrichtungen für jemanden, der balancierte, und dazu nicht seine Füße benutzte.

Auf den Tusch der Kapelle hin kündigte der Große Ultor zwei junge Männer aus Kasachstan an, die Zirkuszuschauer in aller Welt bereits begeistert hätten.

„Stimmt das?", fragte Helen. „Kommen die Artisten wirklich von dort?"

„Kasachstan", winkte Devendra ab, „keiner von uns war je dort." Sie zeigte auf das Programmheft, das seitlich in Helens Stuhl steckte. „Falls Sie in der Pause das Heft durchblättern, tun Sie es aufmerksam und blicken Sie den Artisten in die Gesichter, nicht nur auf die Kostüme." Mit einem breiten Lächeln schaute sie nach vorn zu den beiden jungen Männern. „Beeindruckend, in welch körperlicher Verfassung die beiden sind. Zu jeder Vorstellung schaffen sie es auf den Höhepunkt ihrer Fitness."

Das musste Helen zugeben. Die schwarzen Pluderhosen kaschierten kaum die Muskeln an den Beinen. Die nackten Füße, die zu sehen waren, strotzten vor Kraft. Unglaublich, wo es sich nur um Füße handelte. Jede Zehe schien über einen eigenen Motor zu verfügen, der sie bewegte. Die beiden Männer standen einfach nur auf dem Teppich vor dem Metallpodest und Helen bekam allein vom Anblick dieser kräftigen Zehen und Füße ein schlechtes Gewissen.

Ihre Füße trugen Helen durch den Alltag und dreimal die Woche zehn Kilometer übers Laufband. Manchmal, wenn sie in Mails oder Memos vertieft war, übersah sie die Zehn-Kilometer-Marke und joggte elf oder zwölf Kilometer, wobei sich bei guten elf Kilometern das rechte Knie mit einem Stechen meldete und mahnte, es sei nun genug gejoggt. Manchmal beantwortete sie auf dem Tablet ihre Mails. Gute Antworten schaffte sie nie, dazu war ihr Laufstil zu unruhig. Sie beschränkte sich aufs Lesen und Nachdenken und traf Entscheidungen.

Das, was sie jede Woche lief, war nicht wenig, hatte sie immer gedacht. Schließlich war es schwer genug, diese dreimal eine Stunde freizuschaufeln und das Laufband im richtigen Zeitfenster anzuwerfen. Freilich, ein Marathonläufer würde sich für läppische zehn Kilometer nicht einmal die Laufschuhe anziehen. Helen wurde mindestens einmal die Woche nach wenigen Minuten durch eine dringende Mail oder einen Anruf vom Laufband getrieben. Die Beine der beiden Männer in der Manege schienen zehn Kilometer für ein leichtes Aufwärmtraining zu halten.

Bereits beim ersten Blick verglich Helen die Oberkörper. Nein, nicht mit ihrem eigenen, sondern mit dem ihres Gatten, des Mannes, der sich momentan hoffentlich mit Pheme und ihren Vokabeln ärgerte und nicht ahnte, wie viel größer sein Verdruss in wenigen Stunden vermutlich sein würde. Mit einer Wahrscheinlichkeit von 1:240 würde er die Geschäftsreise nach Amsterdam absagen und sich statt um juristische Feinheiten der Vermögensbewertung um die Bestattung seiner Frau kümmern. Pheme würde keinen Gedanken an das Referat über die Schriftstellerin, deren Namen Helen vergessen hatte, verschwenden und schon gar nicht würde sie die vorgeschlagene Lektüre dazu lesen.

So schnell schweiften ihre Gedanken hin zu banalen Alltagsdingen und weg von ihrem Mann. Nur für den Hauch eines Moments hatte sie ihn mit nacktem Oberkörper vor ihrem inneren Auge gesehen. Er lümmelte auf der Strandliege und wischte über sein Smartphone.

„Ich", fauchte sie ihn an, „ich habe Smartphone, Tablet und Laptop zu Hause gelassen. Ich habe eine Abwesenheitsnotiz hinterlegt. Meine Mails werden gelöscht. Wer etwas Wichtiges für mich hat, soll sich nach meinem Urlaub erneut bei mir melden. Und du!"

Er guckte weiterhin angestrengt auf den Bildschirm. „Ich habe keine Lust, mich nach zwei Wochen Urlaub durch tausende Mails zu klicken und womöglich eine wichtige Nachricht zu verpassen. Diese Änderung in der Bewertungsstruktur, die wir vorgenommen haben, ist überaus vielversprechend. Am liebsten wäre ich bei einem so wichtigen Ereignis gar nicht in den Urlaub gefahren, sondern vor Ort geblieben."

„In Amsterdam", sagte Helen, „ist nicht vor Ort. Vor Ort, das ist daheim in München."

„Ich bin so oft in Amsterdam", winkte der Ehemann ab, „da fühle ich mich schon daheim."

Er schaute nicht hoch. Seine Füße überragten die Sonnenliege und hingen in der Luft. Der Schatten des Schirms erreichte sie nicht mehr.

„Du erkennst auf dem Display eh nichts vor lauter Sonne."

„Es geht."

Sie stand von ihrer Liege auf und rückte sie etwas weiter. Das Kopfteil würde im Schatten liegen, wenn sie zurück war. „Ich gehe eine Runde ins Wasser, schnorcheln mit Pheme."

„Okay."

„Willst du mit?“

„Ich war gestern im Wasser.“

„Deine Schultern werden rot.“

„Ich schmiere mich gleich ein.“

In ihren Badelatschen stakte sie zum Wasser hinunter. Das Meer war türkisblau und lag völlig ruhig, keine nennenswerten Wellen. Es war genauso, wie sie es sich immer vorgestellt hatte, wenn sie an einen traumhaften Badeurlaub dachte. Warmes Wasser, ein vorgelagertes Riff, jede Menge bunte Fische und hin und wieder eine Schildkröte, die vorbeipaddelte. Sie war extra auf Kontaktlinsen umgestiegen, um schnorcheln zu können, ohne sich eine teure Taucherbrille machen lassen zu müssen.

„Du warst nie schnorcheln“, hatte ihr Mann gesagt.

„Früher“, widersprach Helen. „Bevor ich die Brille brauchte, war ich in jedem Urlaub schnorcheln.“

„Du hast gesagt, es würde dir nicht fehlen.“

„Hat es nie“, seufzte Helen. Sie ließ ihre Badelatschen außerhalb der Reichweite der plätschernden Wellen stehen und nahm Flossen, Brille und Schnorchel mit ins Wasser. Sie zuckte keinen Augenblick zusammen, auch nicht, als die kleinen Wellen ihren Bauch erreichten, so warm war es. Pheme hatte sie entdeckt und winkte ihr zu. Sie war aus dem Wasser gar nicht rauszukriegen, besonders nicht, seit sie auf langärmelige Badekleidung umgestiegen war und mit der Sonne nicht mehr aufpassen musste.

Helen schaute zurück zu ihrem Mann. Er lag unverändert auf der Liege und wischte übers Smartphone. Dürr war er geworden, seit er das Projekt in Amsterdam übernommen hatte. Keine Zeit zum Essen. Sein ganzes Denken war mit dem Projekt beschäftigt und wenn sein Magen rebellierte und nach Energie gierte, gab es Latte Macchiato oder

Cappuccino. Kräftig oder gar muskulös war er nie gewesen. Jetzt wirkten seine Schultern schmaler, sein Kopf größer, sein Bauch eingefallen, seine Gliedmaßen knochig. Das schwarze Haar war von grauen Schlieren durchzogen. Hinter der Brille rutschten seine Augen hin und her und fütterten sein Gehirn mit Neuigkeiten. Ohne das Smartphone, überlegte Helen, wäre er nicht in Urlaub gefahren. Pheme und sie säßen bei Tisch allein und würden sich über die Fische und Korallen des indischen Ozeans unterhalten. Obwohl... genau das taten sie. Helen schlüpfte in ihre Flossen, zog die Brille über, schob sich das Mundstück des Schnorchels zwischen die Zähne und schwamm los.

Eine ruhige, herrliche Unterwasserwelt lag vor ihr. Fische, die sie vom Sehen kannte, kreuzten ihre Wege. Von manchen wusste sie die Namen, von den meisten nicht. Im Grunde nichts Neues, das es zu sehen gab. Nein, gefehlt hatte ihr das Schnorcheln nicht. Sie blieb nicht traurig am Strand zurück, wenn Pheme sich in die Wellen stürzte und den ganzen Tag nicht sattsehen konnte an den Fischen und dem Getier. Trotzdem hatte sie in diesem Urlaub wieder angefangen zu schnorcheln. Ihre Tochter wurde älter, entwickelte eigene Interessen und es gab immer weniger, das sie verband. Zeit mit ihr verbringen. Daheim klappte das prima, wenn Helen sie mit der Schule traktierte, was nicht in ihrer beider Interesse war. Manchmal gingen sie Shoppen und wühlten sich durch T-Shirts, Blusen, Hosen und diskutierten, ob es nun modern war, wenn der Schlüpfer oberhalb des Hosenbunds saß oder unanständig. Meistens verlor Helen mit ihren Mama-Argumenten haushoch.

Mit wenigen kräftigen Flossenschlägen holte Helen Pheme ein und winkte in die Unterwasserkamera. Pheme verzog samt Schnorchel im Mund die Lippen zu einem breiten Lächeln und hängte sich bei ihrer Mutter ein, um ein Selfie zu machen. Sie schüttelten sich, wenn sie

Salzwasser in den Schnorchel bekamen und sich verschluckten, und vor allem machten sie Blödsinn und lachten.

Um solche Oberarme und solche Brustmuskeln zu bekommen, überlegte Helen, würde ihr Mann ein ganzes Jahr täglich mehrere Stunden trainieren müssen. Er kriegte mit Mühe und Not ein Gurkenglas auf, wenn er sich anstrengte, was er nicht tat, denn er mochte keine eingelegten Gurken.

Helen stützte den Ellbogen auf ihre rechte Armlehne und legte den Kopf in die Hand. Was bedeuteten schon solche Oberarme, solche Muskeln, solche Kraft? Das war äußerlich, hielt einige Jahre, falls man am Ball blieb und trainierte, und im selben Maß, wie die Muckis irgendwann zwangsläufig schwanden, sollte große Liebe wachsen, wenn man sich eine Beziehung bis zum Lebensende wünschte. Trotzdem fand Helen diesen Anblick äußerst angenehm. „Beeindruckend."

„Wie meinen?", hakte Devendra nach.

„Diese Muskeln", erklärte Helen. „Kein Gramm Fett am Körper, ausschließlich Kraft, absolute Beherrschung jeder Faser im Leib. Beeindruckend."

„Bedauernswert."

„Ach?" Helen setzte sich wieder aufrecht. „Sagen Sie bloß, Sie hätten nicht gern solch einen Körper? Schönheit ist seit Menschengedenken das ultimative Mittel zu Einfluss, Macht und Reichtum, obendrein verhilft es zu ausschweifenden Sexualkontakten."

Obwohl diese Erklärung logisch schien, begann Devendra zu lachen. Ihre Schultern zuckten und sie rieb sich über die zart beflaumte Haut an ihrem Kinn. „Na, die beiden haben - obwohl sie mehr Muskeln haben als ich - deutlich weniger Sex."

„Sicher?" Nun war es an Helen zu schmunzeln. „Sie sind verheiratet.

Wenn ich mich recht erinnere, mit dem Trapezkünstler."

Devendras dunkle Augen funkelten, als sie an ihren Mann erinnert wurde. „Wir haben nicht mehr so oft Sex wie früher, was zum Teil an unserem Sohn und seiner nächtlichen Vorliebe für das Elternbett liegt. Ein anderer Aspekt wiegt schwerer: Stundenlanges Training. Die beiden Kraftprotze dort unten zum Beispiel. Vor dem Frühstück laufen sie einige Kilometer, zehn oder zwölf. Zur Belohnung gibt es einen eiweißreichen Kraftshake mit Quinoa und Vitaminen, was – ich habe es ausprobiert – genauso eklig schmeckt wie es sich anhört. Anschließend steht Krafttraining auf dem Programm. Die beiden stemmen Gewichte und beanspruchen Muskelpartien, von deren Existenz nur ausgezeichnete Anatomen etwas wissen. Dehnungsübungen sind ebenfalls wichtig. Dazwischen gibt es Kraftnahrung, die sie sich im Internet bestellen." Sie beugte sich näher zu Helen und tuschelte: „Böse Zungen behaupten, sie würden Kraftfutter für Stiere essen." Sie ging wieder auf Distanz. „Ich denke, es handelt sich schlicht und einfach um spezielle Eiweiß-Fett-Mischungen. Bei dem Kalorienverbrauch, den die beiden haben, würden sie bei normalem Essen wie Nudeln und Gemüse schlicht verhungern." Sie atmete tief durch. „Am Nachmittag, wenn keine Vorstellung ist, proben sie ihre Nummer, ansonsten ist Auftritt. Eine kleine Pause, Abendvorstellung. Frau Jäger, bei so viel Aktivität den ganzen Tag über fällt man spätestens um zehn todmüde ins Bett. Der Körper schmerzt, die Muskeln ziehen und sind heiß, das Gehirn ist leer, denn diese ganzen Übungen erfordern ein gewaltiges Maß an Konzentration. Sterbensmüde. Deshalb kein Sex. Wer fix und fertig ist, denkt ans Schlafen, nicht ans Vögeln."

Erst gestern Abend hatte Helen ihrem Mann Bernhard die Decke über die Brust gezogen und das Smartphone, das ihm aus der Hand gefallen war, in die Ladeschale am Nachttisch gestellt. Mit einem leisen Piepen bestätigte das Gerät: Akku wird geladen. Bernhard rollte sich im Schlaf herum, grub die Nase in seine Decke und ein herzhaftes Schnarchen ertönte; auch dieser Akku wurde wohl geladen. Helen schlüpfte unter ihre eigene Decke und lauschte nach nebenan, wo Pheme mittlerweile schlief und nicht länger im Buch schmökerte. Sie knipste das Licht aus, drehte sich auf die Seite und begann zu grübeln, wann Bernhard und sie zuletzt miteinander geschlafen hatten. Bevor sie allerdings zu einem Ergebnis kam, drängte sich ein neuer Gedanke in den Vordergrund: Wie groß genau war Südamerika und mit wie vielen verschiedenen Regierungsformen war es gesegnet? Welchen Einfluss hatten Naturkatastrophen auf das Leben der Menschen, welche Rolle spielte der Klimawandel und würde sich die Migration gen Norden fortsetzen? Helen schloss die Augen und schüttelte den Kopf, damit diese vielen Fragen sich nicht festsetzten. Sie hatten zweifellos das Potenzial dazu, schließlich kreisten sie seit Freitagvormittag in ihrem Gehirn und nutzten jede Chance, um sich in den Vordergrund zu spielen.

„Den Blick kenne ich."

„Welchen?" Helen zwinkerte und wunderte sich, wann die beiden Muskelmänner in der Manege auf das Podest geklettert waren und seit wann sie im Handstand von einem kleinen Vorsprung zum nächsten hüpften? Ja, sie hüpften tatsächlich. Es war ihnen wohl nicht schwierig genug auf den Händen in einigen Metern Höhe zu *staken*.

Einer der Artisten stieg auf den Händen die sehr schmalen Treppenstufen hinunter, wobei seine Beine absolut waagerecht und leicht gegrätscht zu den Seiten standen. Er zitterte überhaupt nicht. Er vollbrachte ein Lächeln, das freundlich und entspannt wirkte, wohingegen Helens Lippen sich zunehmend quälen mussten, um den lächelnden Ausdruck zu halten. Am Fuß der Treppe machte er keine

Pause, er drehte sofort um und stieg wieder hinauf. Helen zählte mit. Vierzehn Stufen. Er kletterte nicht hinauf, er nahm die linke Hand auf den Rücken und sprang Stufe für Stufe nach oben.

„Stellen Sie sich vor", sagte Devendra, „vor Ihnen steht eine riesige Schokoladentorte. Schokobiskuit, Schokocreme, Schokoladenguss. Garniert mit Schokospänen und kleinen Ornamenten aus Schokolade. Sogar die Sahne ist aus Schokolade."

„Was", fragte Helen zurück, „hat das mit meinem Blick zu tun?"

„Als würden Sie eine Schokoladentorte der feinsten Art ansehen und über die Herkunft der Zutaten sinnieren." Devendra zeigte nach vorn. „Ihre Gedanken, Frau Jäger, waren ganz wo anders."

„Tja."

„Wo waren sie?", bohrte Devendra nach. „Haben Sie in Gedanken einen kleinen Seitensprung riskiert? Sich gefragt, wie es mit den beiden Kraftkerlen im Bett wäre, sofern das Wunder geschieht und einer der beiden trotz totaler körperlicher Erschöpfung einen hochkriegt?"

Helen schaute zu, wie der Artist oben auf dem Podest nicht einmal daran dachte zu rasten. Er blieb auf einer Hand. Begleitet von einem Tusch der Kapelle stützte der zweite Artist sich mit der Hand auf den Kopf seines Kollegen. Seine Finger umfassten den blanken Schädel beinahe vollständig.

„Aha", flüsterte Helen, „daher dieser extreme Kurzhaarschnitt."

„Die beiden", sagte Devendra, „rasieren sich jeden dritten Tag die Köpfe. Das passt recht gut zu den Pluderhosen und man ziept sich nicht die Haare. Können Sie sich vorstellen, wie es ziepen würde, wenn sich Rafi so auf *Ihren* Kopf stützen würde?"

„Rafi?"

„Der, der oben ist", nickte Devendra zur Manege. „Er heißt Rafael. Der untere ist Angelo."

Helen schnaubte. „Nicht einmal die Namen sind aus Kasachstan. Das hört sich nach Italien an."

Devendra schaute mit einer hochgezogenen Augenbraue und beugte sich näher zu Helen. „Sie haben nicht an Sex gedacht. Sie sind kein bisschen rot geworden."

„Zum Glück ist es trotz intensiver Forschung völlig unmöglich, anderen Leuten ins Gehirn zu schauen und Gedanken zu lesen." Helen hob die Hände und klatschte, denn mittlerweile waren Rafael und Angelo unten an der Treppe angekommen. „Es ist beeindruckend, was man mit ausdauerndem Training und Leistungswillen erreichen kann."

Devendra fasste über die Armlehne hinweg und hielt Helens Hände fest. „Warten Sie, bis die Nummer zu Ende ist."

„Angelo ist bereits unten angekommen."

„Mit Rafi auf dem Kopf", nickte Devendra. „Trotzdem nicht das Ende."

Tatsächlich wendete Angelo, indem er dreimal auf der untersten Stufe hopste. Mit dem vierten Hopser nahm er die Treppe in Angriff und kämpfte sich nach oben. Helen hielt die Luft an. Die ersten Stufen schaffte Angelo scheinbar spielend. Bei der Hälfte begann sein Arm zu zittern. Schweiß trat ihm auf die Stirn. Dicke Tropfen rannen über sein Gesicht und seinen Hals und fielen aufs Podest. Fünf Stufen übrig. Angelo lächelte, ebenso Rafael, obwohl er hin und wieder um die Balance kämpfen musste, indem er mit den Beinen und dem ausgestreckten Arm gegensteuerte. Trotzdem war vor allem Angelo anzusehen, wie kräftezehrend dieses Kunststück war. Er schnappte nach Luft. Helen bemerkte, wie Rafael etwas zu ihm wisperte und das Lächeln von echter Freude getragen wurde und nicht nur von der Nähe zum Publikum.

„Sind die zwei zusammen?", fragte Helen. „Nicht nur Partner während der Nummer, sondern auch Partner im Leben."

„Zusammen!" Devendra ließ Helens Hände los und winkte ab. „Iwo."

„Für einen Moment dachte ich es." Helen ließ ihre Hände in den Schoß sinken. „Das Lächeln, das sie teilten, ließ es mich glauben. Ich dachte, da wäre Zuneigung zu sehen."

„Zwei solche Kerle!" Devendra winkelte einen Arm an und präsentierte ihre eigenen, kaum vorhandenen Muskeln. „So stark, so kräftig und so durchtrainiert. Das sind echte Männer und keine miesen, verachtenswerten, verzärtelten Schwuchteln. Es gibt von Natur aus keine schwulen Artisten."

Helen räusperte sich und schaute sie so vorwurfsvoll an wie sie konnte. Devendra legte den Kopf schief und diese Geste reichte, um den Sarkasmus ihrer Worte deutlich zu machen. „Na, was gäbe das für eine Publicity, wenn zwei so geniale Artisten sich outen würden? Was sie nicht tun, natürlich nicht. Können Sie sich dieses Gerede vorstellen? Genauso, wenn Profisportler sich outen. Das ist nicht gut für die Karriere, obwohl wir in modernen Zeiten leben. Plötzlich geht es nicht mehr um die Leistung, sondern um die sexuelle Orientierung."

„Der Wahrscheinlichkeit nach", schaute Helen zurück nach vorn, „sind wir von einer ganzen Menge homosexueller Menschen umgeben. Ebenso wie von einigen Gewaltverbrechern, Kinderschändern, Steuerbetrügern, Ehebrechern oder Allergikern." Sie dachte nach. „Angesichts der Umstände dürften es mehr Mörder sein als im statistischen Mittel anzunehmen."

Angelo war oben angekommen und Rafael stieg von seinem Kopf. Nicht hektisch oder überstürzt, sondern lächelnd und ruhig. Sie richteten sich beide auf und breiteten die Arme aus. Das leichte Zittern in Angelos Bizeps, das er mit so viel Willenskraft heraufbeschworen hatte, war atemberaubend.

„Jetzt", sagte Devendra, „dürfen Sie klatschen."

Das tat Helen. Mit ehrlicher Begeisterung schlug sie ihre Handflächen aneinander und spürte diesem Gefühl uneingeschränkter Bewunderung nach. Unglaublich, wozu Menschen in der Lage waren. Ihr Klatschen wurde langsamer, sie spürte das Lächeln aus ihrem Gesicht gleiten. Plötzlich wurde sie des Geruchs von Blut und Urin gewahr. Unglaublich, wiederholte sie in Gedanken, zu welchen Taten Menschen in der Lage waren.

Angelo und Rafael hatten ihren Applaus kassiert. Nur ein, zwei Minuten nach dem Ende der körperlichen Anstrengung atmeten beide wieder völlig normal und ruhig. Ein kundiges Auge erkannte nicht nur an der Kraft und der Schnelligkeit und der Ausdauer, wie gut jemand trainiert war. Ein Sportler mit Biss zwang sich zu schnellem Laufen oder heftigen Sprints und heimste Bewunderung von Leuten ein, die langsamer waren. Sobald er stehenblieb und nach Luft schnappte, enttarnte er sich selbst. Deshalb ließ man Leute beim Fitnesstest allein auf dem Laufband zappeln. Da brauchte kein Arzt dabei sein. Es genügte, wenn der Arzt die letzten Minuten hinzukam, prüfte, ob der Puls des Probanden ordentlich hoch war, und das Laufband anhielt und beobachtete, wie schnell das rasende Herz sein Tempo drosselte. Wenn es Anstrengung gewöhnt war, dauerte es keine fünf Minuten, ehe es ruhige Schläge lieferte, und niemand vermochte seinen Herzschlag zu kontrollieren und den Arzt zu täuschen.

Rafael und Angelo waren völlig entspannt und bekamen von den Requisiteuren zwei dunkle Holzbretter mit jeweils drei weißen Bechern darauf gereicht. An den Brettern waren Gurte befestigt und Rafael und Angelo hängten sich jeweils eines der Bretter wie einen Bauchladen um den Nacken.

Aus einem Urlaub, der lange vorbei war, kannte Helen diese Bretter, die für dubiose Hütchenspiele genutzt wurden. Die drei Becher spielten die

Hauptrolle zusammen mit einem kleinen Gegenstand, der nicht davonrollen konnte. Im Urlaub wurden Touristen angelockt, damit sie Geld auf einen Becher setzten, nachdem der Träger des Brettes die Becher und den kleinen Gegenstand ordentlich gemischt hatte.

Diesmal war der Gegenstand sehr klein. Helen konnte ihn die ersten Male nicht erkennen, aber sie war auch nicht unbedingt beunruhigt, denn es starb niemand. Sie konnte es genau sehen, als Angelo einen Zuschauer im rechten Block neben der Kapelle für sein Spiel wählte. Er hob den mittleren Becher und zeigte deutlich den etwa münzgroßen weißen Gegenstand. Anschließend deckte er den Becher wieder zu und mischte alle drei Gefäße mit fliegenden Bewegungen, denen das Auge nicht folgen konnte.

Der auserwählte Zuschauer war ein junger Mann Anfang zwanzig, der im Gesicht stark tätowiert war. Von der linken Schläfe über die Wange bis zum Hals trug er das Bild einer Schlange und seine Arme, die vom T-Shirt nicht bedeckt waren, trugen Namen, Sprüche und Buchstaben aller Art. Wahrscheinlich gehörte der Vorname seiner Mutter zu den ältesten Tattoos.

Der junge Mann wählte den mittleren Becher. Im Gegensatz zu den Urlaubs-Tricksereien, die man der Fingerfertigkeit der Betrüger wegen niemals gewinnen konnte, hatte dieser Mann richtig getippt und den Gegenstand erwischt. Obwohl er skeptisch guckte, nahm er das kleine Ding zwischen die Finger und – nachdem Angelo ihn zweimal aufgefordert hatte – schob es sich in den Mund. Er kaute, das war an den prägnanten Muskeln am Unterkiefer deutlich zu sehen. Er schluckte. Ringsum hielten einige den Atem an.

Helen verschränkte die Arme und überlegte. Es handelte sich kaum um leckeres Naschwerk, das Rafi und Angelo verteilten. Der Systematik nach musste es sich um einen Tod handeln, der auf besonders perfide

Art serviert wurde, einen Zauber, der vielleicht erst später wirkte?

In Gedanken ging sie einige Gifte durch, die für ihre schnelle Wirkung berüchtigt waren, in der Realität jedoch nicht unbedingt hielten, was Film und Fernsehen versprachen. Ein Biss auf eine Kaliumcyanid-Kapsel brachte keineswegs binnen Sekundenbruchteilen den Tod. Es dauerte, bis der Feststoff mit dem Magensaft zu Blausäure reagierte und seine tödliche Wirkung tat. Strychnin war ein schnell wirksames Gift, das allerdings fürchterlich bitter schmeckte. Es wäre den Probanden anzusehen, wenn sie es verabreicht bekämen.

Einige Minuten dauerte es immer. Sie erinnerte sich an ein Gespräch mit einem General, der ihr von seinen Erfahrungen in Kriegsgebieten berichtete. „Niemand fällt tot vom Ast", sagte der General, „es sei denn, er wird abgeschossen. Gifte brauchen Zeit, um zu wirken. Selbst bei den tödlichsten, fürchterlichsten Stoffen, die wir auf den Feind geworfen haben, sind manche Opfer erst nach Tagen gestorben. Obwohl die letale Dosis rein rechnerisch um das Tausendfache überschritten war. Es kommt eben immer auf die persönliche Dosis an."

Er garnierte seinen Vortrag mit Fotos, die sein Assistent im Kriegsgebiet aufgenommen hatte. Verzerrte Gesichter, verkrüppelte Gliedmaßen, offenbar Menschen, die unter Qualen gestorben waren.

„Selbst, wenn die Dosis tödlich ist", fuhr er fort, „fällt man nicht automatisch tot zu Boden. Greift das Gift nämlich in Körperfunktionen ein, wie etwa die Sauerstoffbindung oder die Zellstruktur, kann die tödliche Vergiftung tatsächlich erst nach Stunden oder Tagen zum Tode führen." Er griff gelassen zu einer Banane, schälte sie und biss hinein. „Möchten Sie es genauer wissen? Wir haben einen Militärarzt hier, der Ihnen Antworten geben könnte?"

Helens Magen vertrug keine weiteren Informationen und ihr Gehirn keine zusätzlichen Bilder und trotzdem musste sie es genau wissen:

„Ja, bitte. Für meine Bewertung ist relevant, welche Stoffe in welcher Weise und in welcher Geschwindigkeit wirken. Ich fürchte, es ist mit Allgemeinplätzen nicht getan."

Rafael und Angelo schienen fertig zu sein. Dreiundfünfzig Zuschauer hatten das Hütchenspiel mit ihnen gespielt und jeder lebte. Der stark tätowierte Mann lachte mit dem Kumpel neben sich. Seinen Gesten nach erzählte er, wie ihm das Herz grundlos in die Hose rutschte. Er fühlte sich gesund und stark wie immer, trommelte sich gegen die Brust und strich sich erleichtert den Schweiß von der Stirn.

Diesmal hatten die Requisiteure nicht unterstützend eingreifen müssen, was Helen stutzig machte. Kein Verbrecher, keine Verbrecherbande brach aus dem typischen Muster aus und falls es aus Nachlässigkeit passierte, drehte man ihnen daraus einen Strick und überführte sie. Immer.

„Alle", sagte Devendra, „haben mitgemacht."

„Ein für Menschen typisches Verhalten", sagte Helen. „Aus Angst vor dem Tod tun sie alles, was man verlangt, selbst wenn die Alternative bloß ein anderer Tod ist. Die meisten Menschen schinden selbst Minuten heraus, so sehr hängen sie an ihrem Leben."

„An einem oft scheußlichen Leben."

„Ohne diesen Drang zur Selbsterhaltung gäbe es gar kein Leben auf der Welt. Nur dadurch überleben Pflanzen die fürchterlichsten Klimakatastrophen oder Erdbeben oder Gewächshäuser, nur dadurch überleben Tiere in Versuchslaboren und nur mit dieser Fähigkeit fassen Menschen nach Kriegen, Inquisitionen oder traumatischen Erlebnissen wieder Fuß."

„Messer", murmelte Devendra. „Zuerst wollten Rafi und Angelo mit in einem Zylinder verborgenem Messer arbeiten. Sie hätten den Zylinder dem Opfer auf den Kopf gesetzt, dabei sollte sich das Messer ins Gehirn bohren und den Tod verursachen. Das Problem bestand aus dem Messer und den Köpfen, denn es ist nicht einfach, ein Messer durch die Schädeldecke ins Hirn zu treiben, schon gar nicht, wenn das Messer in einem Zylinder versteckt sein soll. Wir hätten viele Zylinder gebraucht, denn wenn so ein Messer mal steckt, ist es schwer wieder zu entfernen. Das kennen Sie vielleicht von daheim? Wenn Sie mit einem Messer einen Kürbis zerteilen und sich das Messer festgefressen hat?"

Den Vergleich zwischen einem menschlichen Schädel und einem Kürbis fand Helen geschmacklos. Vor ihrem inneren Auge entstand sofort die Szene vom letzten Oktober. Sie wollte eine Rübe in zwei Hälften schneiden, aber die Klinge des Messers steckte im festen Fleisch. Helen griff um, kam dabei von unten an die Schneide und brauchte erst einmal einen Verband und eine Pause.

„Sie müssten kreativer sein", fuhr Devendra fort. „Ich habe ihnen gesagt, sie müssten genauso kreativ sein wie mit ihren Nummern. Da fallen ihnen auch ständig neue Gimmicks ein."

„Warum haben Ihnen die Zylinder nicht gefallen?", fragte Helen nach. „Dem Programm nach hätte ein Mord mit Zylindern prima gepasst."

„Es ist Ihnen aufgefallen." Devendra strahlte. „Auf Ihren Verstand ist wirklich Verlass. Sie haben das System durchschaut und die Logik erkannt. Das haben bestimmt nicht viele Zuschauer." Sie ließ ihren Blick durch den Zirkus gleiten, ehe sie sich wieder an Helen wandte: „Bei einem Zauberer dauert es auch immer eine Weile, bis man weiß, worauf der Trick hinausläuft. Jedenfalls bei guten Zauberern. Bei den miesen weiß man gleich, wann das Karnickel verschwindet."

Helen ließ sich von ihrem Zeitgefühl nicht täuschen. Die Kapelle spielte live einen Hit der Beatles, den sie aus dem Erste-Hilfe-Kurs kannte. Dort sollte man ihn im Ohr haben, um einem Menschen das Leben zu retten, indem man den richtigen Rhythmus bei der Herzmassage erwischte. Diesmal übergab sich der tätowierte Mann beim letzten Akkord. Er spreizte die Beine, beugte sich nach vorn und der gesamte Mageninhalt plätscherte auf den Fußboden.

Devendra setzte sich schwungvoll senkrecht. „Im Rahmen der Möglichkeiten finde ich die Nummer ausgezeichnet. Rafi und Angelo haben tatsächlich einige Zuschauer totgezaubert. Es ist den beiden nicht leichtgefallen, diese Nummer zu entwickeln. Dazu brauchte es jede Menge Fantasie.“

Hinten murrte Doktor Bergoben: „Mir langt's mit Fantasie.“

„So viele Möglichkeiten“, fuhr Devendra unbeirrt fort, „aber wenn es ums Sterben geht, fallen einem Schusswaffen und Messer ein.“

Helen fasste sich an den Kopf. „Was haben Sie außerdem geplant?“

Auf Devendras Gesicht breitete sich ein Lächeln aus. „Angst, Frau Jäger?“

„Nein.“

„Unwohlsein? Helen?“

In ihrem Rücken spürte sie die feste Lehne ihres Stuhls. Ihre Zehen stießen vorn gegen den Sitz des Vordermanns, der beim ersten Feldzug der Requisiteure gestorben war und tot im Sessel hing. „Nichts, was in Anbetracht der Umstände nicht normal wäre.“

„Wenn Rafi“, zeigte Devendra nach vorn auf die beiden kräftigen Männer, die sich soeben vor dem Rest ihres Publikums verbeugten, „wenn er Sie zum Spielen aufgefordert hätte, wie hätten Sie reagiert?“

Helen kam ein Prusten aus. „Was für eine Frage!“

„Sagen Sie es mir“, verlangte Devendra lächelnd. „Bitte.“

„Ich hätte mich erschießen lassen.“ Helen hielt ihrem schmunzelnden Blick stand. „Von klein auf konnte ich Überraschungen nicht leiden und ein unbekannter Tod gegen einen gewissen Tod durch Kopfschuss ist mir kein verlockendes Angebot."

„Sie hätten es riskieren können. Vielleicht haben Sie ja Glück und der Schuss tut mehr weh?"

„Ach", zuckte Helen die Schultern, „an Glück glaube ich erst bei einer Chance von mehr als fünfzig Prozent."

Nun lachte Devendra heiter. „Sie pokern erst um Ihr Leben, wenn Sie eine Fifty-fifty-Chance haben? Sagen Sie das mal einem Todkranken."

Helen hob den Zeigefinger, wie sie es oft tat, wenn sie mit ihrem Chef im Gespräch war und er Einwände mit einem Lachen oder Schmunzeln servierte. „Ein Todkranker hat nichts zu verlieren. Er wird ohnehin sterben, kann also bei jeder Art der Behandlung oder Hilfeleistung ausschließlich gewinnen. Mir schwante ein womöglich minutenlanges Sterben im Vergleich zu einem kurzen Schuss. Sie sehen, zwei völlig verschiedene Voraussetzungen."

„Aha."

„Gewisse Denkweisen verfälschen das menschliche Gespür für Wahrscheinlichkeiten; unterschiedliche Parameter gehören zu den Favoriten."

„Aha."

„Nehmen Sie Lotto", führte Helen an. „Menschen glauben, wenn Sie wochenlang nicht gewonnen haben, steige die Wahrscheinlichkeit auf einen Gewinn."

„Tut sie das nicht?"

„Sie ist immer gleich niedrig."

„Verdammt!", ließ Devendra ihre Faust auf ihr Knie fallen und Helen bekam einen Schreck. Sie suchte nach etwas, das in der Manege passiert war, etwas, das Devendra zu diesem Gefühlausbruch getrieben hatte, doch sie seufzte: „Ich spiele nie wieder Lotto."

Kapitel 6

Der Teppich blieb nach dem Aufräumen in der Manege liegen; er wurde glattgestrichen und in Form gezogen, ein wenig abgefegt und schließlich standen drei Requisiteure kopfschüttelnd da und starrten auf einen Fleck zu ihren Füßen. Dunkel. Groß genug, um ihn bis in die hinterste Reihe zu sehen, jedenfalls von der richtigen Seite des Zuschauerbereichs aus.

„Na", sagte Devendra, „wenn da mal eines der Opfer nicht auf den Teppich erbrochen hat."

Tatsächlich war vor wenigen Minuten eine Frau von ihrem Platz aufgesprungen und hin zur Manege getorkelt. Sie hielt sich den Bauch und würgte. Den großen Schritt auf die Umrandung der Manege schaffte sie nicht. Mit Schaum vor dem Mund und nach Atem schnappend brach sie über der Holzbrüstung zusammen und übergab sich auf den Teppich, während die Requisiteure wegräumten, was von Rafis und Angelos Nummer übrig war.

Helen murrte. „Einen Teppich dieser Größe reinigen zu lassen, kostet ein Vermögen."

„Iwo." Devendra winkte ab. „Wir haben unsere eigenen Leute, die sich um so etwas kümmern."

„Eine ganze Reinigungsfirma?"

„Natürlich." Offenbar war ihr das lange Sitzen unbequem. Devendra rutschte auf ihren Pobacken hin und her, streckte den Rücken, dehnte das Kreuz und es knackte in ihrem Nacken. „Es fallen täglich viele Kleidungsstücke an, die gereinigt werden müssen. Hosen, Jacken, Unterhemden, Slips..."

„Ich kann mir vorstellen", warf Helen ein, „welchen Körpergeruch die Requisiteure nach der Vorstellung haben, wenn sie ständig hin und her laufen, auf- und abbauen, räumen und stellen und packen..."

Devendra lachte heiter. „Obwohl wir auf Naturfasern setzen, garen die praktisch im eigenen Saft."

„Meine Güte", sagte Helen, „steht uns das etwa bevor?" Sie sah in ihrer grenzenlos grausamen Fantasie bereits Leute in einem riesigen Backofen sitzen und überlegte, wie der Backofen zu einer Zirkusnummer werden konnte.

„Übrigens", riss Devendra sie aus ihrer Grübelei, „wie stehen Ihre Chancen, Frau Jäger? Werden Sie schon hibbelig, ob Sie diejenige welche sein werden?"

Helen schüttelte langsam den Kopf. „Sie sollten hibbelig werden."

„Weil die in der Manege nun den Teppich tauschen?", fragte Devendra. „Frau Jäger, das ist eine Sache von Minuten."

Helen streckte ihren linken Arm. Der Ärmel rutschte etwas zurück und gab den Blick auf eine Uhr frei. Schwarz, unauffällig, genau. „Wenn Ihr Programm in der jetzigen Geschwindigkeit abläuft, werden Sie die Zuschauerzahl bis zum Ende der Vorstellung nicht weit genug reduziert haben."

Da knallte etwas gegen ihren Hinterkopf. Sie zuckte zusammen und fasste instinktiv mit der Hand danach. Es war Zufall. Sie erwischte das Fluggeschoss, bei dem es sich, wie sie mit einem tiefen Atemzug merkte, um eine zusammengeknüllte Tüte Popcorn handelte. Ein Teil des Inhalts war darin.

„Bringen Sie das Biest nicht auf Ideen!", ließ Bergoben wissen. „Die ist gespannt wie ein Flitzebogen, wie wir alle draufgehen. Arrogante, widerwärtige Ziege!"

„Ich fürchte, auf die Ideen sind die Leute von ganz allein gekommen. Lange bevor wir hier unsere Plätze gefunden haben." Helen bückte sich und schob die Popcorntüte in ihr Handtaschenmüllfach. „Es ist vom

Handlungsablauf sogar völlig unerheblich, wer genau im Zuschauerraum sitzt." Sie schaute zu Devendra. „Nicht wahr?"

„Selbstverständlich." Trotzdem drehte Devendra sich in ihrem Sitz halb herum. „Keine Bange, Herr Doktor, wir werden das Etappenziel schaffen. Haben Sie weitere Popcorntüten, die Sie nach uns werfen möchten?"

„Rutschen Sie mir den Buckel runter!"

„Ich muss sehr bitten", sagte Frau Ermling. Ihr lief die ganze Zeit die Nase. Sie schniefte und zog den Inhalt ihres Nasenraums eine Etage höher. „Rings um uns sind Menschen gestorben, sogar Kinder. Da werden Sie beide sich nicht zanken. Aus Respekt vor den Toten und denen, die es bald sein werden."

„Natürlich." Devendra drehte sich zurück nach vorn. „Genießen wir den Zauberer."

Helen griff in ihre Handtasche, wühlte ein Päckchen Taschentücher hervor und warf es zu Frau Ermling, die zu strahlen begann. Ihrem Gesicht nach hätte Weihnachten sein können.

„Behalten Sie es", sagte Helen, „ich habe mehrere dabei."

„Naja", zögerte Devendra. „Wir nennen sie einen Zauberer, weil wir uns nicht einigen können, wie die weibliche Form von Zauberer lautet. Sagen Sie jetzt nicht: Hexe."

„Magierin?", schlug Helen vor.

Anscheinend hatte Devendra das oft genug gehört. „Es klingt nicht gut", sagte sie. „Verehrtes Publikum, sehen Sie jetzt unsere Magierin, die Sie mit verblüffender Zauberei unterhalten wird. Nein, ich finde... Ah, es geht weiter."

In der Manege war der Teppich neu ausgelegt und der Große Ultor betrat das Rampenlicht. „Mein verehrtes Publikum", dröhnte seine tiefe Stimme durch den Raum, „sehen Sie jetzt unseren Zauberer, der Sie mit verblüffender Magie unterhalten wird. Meine Damen und Herren, ich präsentiere Ihnen – aus dem geheimnisvollen Lande Myanmar – den großen Zauberer Brixus!"

Helen dachte, sie würde es merken, wenn eine Frau sich als Mann ausgab. Bei Brixus merkte sie nichts. Sie trat auf wie ein Mann, bewegte sich mit ausladenden Gesten wie ein Mann, nahm ihren Platz in der Manege ein – wie ein Mann. Jede raumgreifende Bewegung war männlich, selbst die kurzen Fingernägel passten zu der Rolle und das Gesicht... Nun, es fiel der Schatten des Zylinders auf das Gesicht. Helen konnte es nicht deutlich erkennen. Sie glaubte, ein sanft geschwungenes Kinn zu sehen, das nicht den Hauch von Bartwuchs zeigte, doch nach der letzten Vollbartwelle, die vor zwei, drei Jahren über Europa geschwappt war, hatten Männer begonnen, sich die Bärte nicht nur zu rasieren, sondern das Gesicht völlig haarfrei zu bekommen. Eine Männerwange, glatter als der sprichwörtliche Babypopo, war keine Seltenheit.

„Sie ist genial", flüsterte Devendra. „Eine Fingerfertigkeit, die keinen Vergleich findet."

Helen wollte nicht genau wissen, inwiefern Brixus ihre Fingerfertigkeit bei diversen anderen Tätigkeiten bereits unter Beweis gestellt hatte. Es gab eine Statistik, die einen Zusammenhang zwischen Taschendiebstählen und Zauberern belegte. Allerdings wusste Helen nicht, ob Zauberer öfter zu Taschendiebstahl neigten oder ob ein guter Taschendieb quasi von ganz allein zu einem tollen Zauberer wurde.

Die Show begann mit klassischen Ringen, die Brixus ineinander verschlang und mit einem Handschütteln wieder löste. Das Prinzip hatte Helen in ihrer Kindheit kennengelernt und seitdem war einige Verblüffung hinzugekommen. Sie schaute mit offenem Mund zu den scheinbar schwebenden Ringen, die sich verhakten und lösten, obwohl

Brixus die Finger gar nicht daran hatte. Der Trick war gut, denn die Ringe widersetzten sich scheinbar der Schwerkraft und reagierten auf winzige Gesten des Zauberers.

„Geschickte Finger", meinte Devendra, „finden Sie nicht auch? Man sieht gar nicht, wie sie die Ringe berührt."

„Mhm." Helen wollte kein Gespräch anfangen, denn Brixus vollführte nun das klassische Hütchenspiel wie zuvor Rafi und Angelo, allerdings mit einem Fußball, den es zu finden galt, und drei großen Eimern, die sie nur mit einem Zeigefinger bewegte. Der Ball verschwand immer, obwohl sie ihn nicht in der Handfläche verbergen konnte. Ein toller Trick.

Später zauberte sie Tücher weg, erst kleine Tücher in der Handfläche, dann große Tischdecken von der offenen Bühne. Sie ließ einen Holzstab vor aller Augen plötzlich verschwinden, während das Publikum hinschaute! Helen zwinkerte, als Brixus den Trick ein zweites Mal vorführte – und kam nicht auf einen Lösungsvorschlag. Unvermittelt war der Stab weg.

Schließlich wurde eine große Kiste gebracht. Brixus holte sich einen Mann aus dem Publikum – den einzigen Menschen, der in der dritten Reihe im linken Block lebte – und stellte ihn in den Kasten. Der Mann hatte sichtlich Angst. Brixus streichelte ihm über den Kopf und schloss die Tür. Ein Tuch wurde über die Kiste geworfen, ein Trommelwirbel ertönte. Brixus pustete etwas in die Luft, eine schnelle Bewegung mit einer Kerze und ein Feuerball erfüllte die Manege. Es dauerte nur einen Moment. Das Feuer verlosch und aus der Höhe krachte plötzlich der schwere Metallblock zu Boden, den Helen bereits mehrmals bemerkt hatte. Er überragte die Kiste auf jeder Seite um mehrere Zentimeter und landete genau mittig. Unter seinem Gewicht zerbarst das Holz der Kiste in unzählige Splitter.

Helen fürchtete um das Leben des Mannes, doch als Brixus ein weiteres Tuch in die Luft warf und es ausgebreitet zurück zu Boden segelte, tauchte er plötzlich hinter dem Tuch auf und starrte verdutzt um sich. Er schluchzte auf. Die Vorderseite seiner Jeans war nass, ein Malheur, das in dieser Situation durchaus zu verzeihen war.

Brixus griff in ihre Tasche. Aus der hohlen Hand heraus pustete sie Pulver in die Luft, das in einem hellblauen Feuerball verglühte, ehe sie den sichtlich erleichterten Zuschauer zu seinem Platz zurückbrachte.

Obwohl kein Zuschauer klatschte, forderte Brixus mit gestrecktem Arm Ruhe. Das Licht verlosch. Nur ein Scheinwerfer erhellte die Szene. Ein Tusch. Dunkelheit! Brixus kreierte einen zweiten Feuerball, so groß wie ein Medizinball, und sie schien die Flammen unter Kontrolle zu haben. Der Ball rollte in der Manege herum, sie schob ihn von einer Seite zur anderen. Es war spektakulär anzusehen. Unglaublich. Es endete in einem lauten Knall. Der Feuerball explodierte, stob auseinander und Millionen winziger Sterne rieselten aus dem Zirkusbau wie Eiskristalle von einem frostüberzogenen Baum. Sie sanken auf das Publikum herab und jene, die weiter vorn oder weiter seitlich saßen, streckten die Hände, um die Sternchen einzufangen.

Von der Seite surrte etwas. Plötzlich spürte Helen, wie sich die Haare an ihren Armen aufrichteten. Ein Druck auf dem Brustkorb machte ihr das Atmen schwer. Sie hörte es knistern und knacken, immer wieder einen Knall wie unter einer Hochspannungsleitung. Menschen ächzten und stöhnten. Ein übler Geruch nach verbrannten Haaren breitete sich aus.

Schnell strich Helen über ihre Arme. Es waren nicht ihre Haare, die verkohlt rochen. Direkt hinter ihr stank es besonders, auch vorne und überhaupt, warum klang der Applaus so leer, obwohl Brixus mit ausgebreiteten Armen dastand und auf ihr Lob wartete?

Helen hatte die gesamten Zeit über ihre Hände nicht sinken lassen. Nun wurde sie sich dessen bewusst und kam sich merkwürdig vor. Sie klatschte einige Male, bis Brixus die Manege rückwärtsgehend verlassen hatte und der Große Ultor ins Scheinwerferlicht trat.

„Meine Damen und Herren", blickte er einmal in die Runde und drehte sich dabei vollständig im Kreis, „verehrte Gäste, die Sie übrig sind. Wie Sie sicher nachvollziehen können, ist es nicht leicht, alle Gäste eines gesamten Zirkusbaus mit kleinen Nummern um die Ecke zu bringen. Deshalb hat unser hervorragender Zauberer Brixus während seines letzten Feuerballs den Knopf einer Fernbedienung gedrückt und alle Zuschauer mit einem Elektroschock getötet, die kein Programmheft seitlich im Sitz stecken haben." Seine Miene verdüsterte sich. „Zwanzig Minuten Pause."

Neben ihr begann Devendra mit einer Hand vor dem Gesicht zu wedeln. „Puh, das stinkt schlimmer als erwartet."

„Sie!", entfuhr es Helen laut und heftig. „Sie haben die Sitzplätze zu elektrischen Stühlen umfunktioniert. Das ist kein ausgefallenes orientalisches Muster, auf dem wir sitzen, das sind Drähte, die den Tod bringen."

Devendra senkte den Kopf leicht lächelnd. „Sie haben eine überaus schnelle Auffassungsgabe."

Helen schnaubte. „Wenn ich mein Programmheft jetzt aus dem seitlichen Schlitz rausziehe", fragte sie, „schließt sich der Stromkreis und ich muss sterben?"

„Quatsch", schüttelte Devendra den Kopf. „Der Strom ist längst wieder abgestellt. Kurze Zeit bei hoher Stärke, mehr war nicht nötig."

„Sie haben gewiss im Rahmen der Erfordernisse beste Arbeit geleistet."

„Ja." Sie stützte ihren linken Arm auf die Lehne zwischen den Stühlen. „Meinem Vater ist die Idee gekommen, ich habe sie umgesetzt. War eine Herausforderung, der ich mich gern gestellt habe. Mit Erfolg, wie Sie sehen." Sie lächelte breit an und obwohl Helens Gesicht nicht weit entfernt war, wich sie nicht zurück. „Ich habe keinen Fall bemerkt, in dem einer der Requisiteure nachhelfen musste."

„Einen." Auch Helen wich nicht zurück. Sie blieb sitzen, wie sie eben saß. Sie hob die Hand und zeigte auf eine Stelle, die hinter Devendras Rücken lag. „Dort hat Ihr Helfershelfer eine Frau erschossen."

„Die mit der pinken Jacke?"

„Und der grünen Hose, ja."

„Die versuchte zu fliehen." Ihr Lächeln wurde ein Stück breiter. „Ich habe gesehen, wie sie aufsprang."

„Okay", sagte Helen. „Wenn ich einen Hut trüge und für diese Art Arbeit Respekt empfände, würde ich sagen: Chapeau."

„Vielen Dank." Devendra rieb sich die Hände und begann ihre Finger wie nach einer übermäßigen Plagerei zu massieren. „Zwanzig Minuten Pause, Helen, was werden Sie tun?"

Als erstes brachte Helen etwas Abstand zwischen sich und Devendra, indem sie auf die andere Seite ihres Stuhls rückte. Sie drehte sich herum, um nach Frau Ermling zu sehen, und fand sie tot in ihrem Sitz. Kreidebleich saß Bergoben neben ihr. Er atmete schwer gegen ein heftiges Zittern an, das ihn gepackt hatte. „Schrecklich", presste er zwischen zwei tiefen Atemzügen hervor, „sie hat das Programmheft seitlich bei ihrem Enkel in die Vorrichtung gesteckt, nun ist sie tot." Sein Blick richtete sich auf Devendra – mit tausend Fragezeichen in den Augen.

Helen guckte ebenfalls zu Devendra, was ihr ein Schulterzucken entlockte. „Bitte keine Vorwürfe. Kein System ist perfekt und mit Kollateralschäden haben wir gerechnet."

„Aha", konnte sich Helen ein heftiges Zischen nicht verkneifen. „Wenn dieser Rachefeldzug dermaßen große Tücken aufweist, wie will der Große Ultor das Überleben von fünf Leuten gewährleisten? Er hat gelogen!"

„Mitnichten." Devendra stand von ihrem Platz auf und streckte das Kreuz durch. „Am Ende der Show werden fünf Gäste des Publikums am Leben sein, seien Sie versichert. Geiseln machen nicht mit, wenn ihnen nicht die Aussicht auf Rettung geboten wird." Sie bog ihre Schulterblätter so weit nach hinten, wie es ihr mit der engen Bluse möglich war. „Wie sieht es aus, Frau Jäger, darf ich Sie zu einem Kaffee einladen? Von der Pause sind achtzehn Minuten übrig."

Ein Blick zu Bergoben machte Helen bewusst, was der Arzt vom Kaffeetrinken hielt. Seine Augen funkelten böse. Die Wut hatte sein Zittern verdrängt und seine Konzentration auf etwas anderes gerichtet.

„Gehen Sie nur Ihren Kaffee trinken mit der schönen Femme fatale", schnappte Dr. Bergoben. „Ich werde verschwinden."

„Glauben Sie, die lassen Sie verschwinden?" Helen schaute über den kläglichen Rest des Publikums. „Es dürfte denen nicht schwerfallen, knapp zweihundert Leute unter Kontrolle zu halten."

Trotzdem stand Dr. Bergoben auf. In seinen Knien knackte es. „Haben Sie das Programmheft gelesen?" Er hatte seines aus der Ritze seines Stuhls gezogen. „Dort unten bauen sie den Käfig für die Raubtiernummer auf. Gleich nach der Pause sind die Tiger dran und ich wette – Frau Jäger, da können Sie Gift drauf nehmen – ich wette, da sind einige Zuschauer dran." Er schüttelte sich. „Ich habe keine Lust das Häppchen für einen Tiger zu sein. Ich verschwinde." Sein Arm schoss vor und der gestreckte Zeigefinger richtete sich auf Devendra. „Und Sie gehen mit der Lady einen Kaffee trinken und wehe Sie verfolgen mich."

„Warum sollte ich?" Devendra trat aus der Sitzreihe. „Helen, gehen wir?"

Die letzte Einladung zu einem Kaffee hatte sie mit Bernhard zusammengebracht, obwohl er sie nicht eingeladen hatte. Nein, Helen war zu dem Zeitpunkt ganz verrückt nach einem jungen Mann gewesen, der den gleichen Weg zur Uni hatte. Von ihrem Zimmer bei einer alten Dame, wo sie zur Untermiete wohnte, waren es nur fünfhundert Meter zur Uni. Sie ging jeden Tag zu Fuß und jeden Tag holte sie am Schaufenster einer Buchhandlung einen jungen Mann ein, der für seinen Weg zur Uni eine halbe Ewigkeit brauchte. Er setzte zwar einen Fuß vor den anderen, aber seine Konzentration war ausschließlich auf sein Handy gerichtet. Er tippte pausenlos Kurznachrichten.

Als sie sich daran erinnerte, lief es ihr kalt den Buckel hinunter. Zu der Zeit ihres Studiums war man mit Handy und SMS total cool gewesen. Die Jungs hatten mit der Anzahl der verschickten Nachrichten geprahlt und sich aufgespielt, wenn Papa oder Mama eine monatliche Flatrate für zweihundert Nachrichten springen ließ. Helens Tochter Pheme wusste davon nichts. Sie kannte Smartphones und das, wurde es Helen klar, war der Unterschied zwischen den Generationen. Diese unbedarfte Selbstverständlichkeit, mit der man gewisse Geräte bediente und nutzte und andere schlicht nicht kannte.

An einem Tag nahm Helen all ihren Mut zusammen und fragte den hübschen Jüngling, ob sie ihn zu einem Kaffee einladen durfte und ob er ihr bei der Gelegenheit mit ihrem Handy helfen konnte. Das war ein Vorwand, klar, denn sie war durchaus in der Lage, eine Telefonnummer zu wählen, eine SMS zu schicken oder den Klingelton zu ändern.

Anstatt in die Vorlesung zu gehen, saßen sie im Café. Helen stellte sich vor und wollte von ihm wissen, welches Fach er studierte. „Jura", sagte er.

Helen fand seine Antwort sehr knapp. „In welchem Semester?"

„Viertes."

Sie erinnerte sich, wie er ihr gegenübersaß, bei einer großen Tasse Cappuccino. Der Schaum fiel zusammen, der Kaffee wurde kalt - im Gegensatz zu seinem Handy, dessen Tastatur wohl gleich zu glühen beginnen würde. Sie hatte ausgetrunken und wusste gerade mal seinen Namen: Kevin.

„Und?", fragte sie, „macht das Studium Spaß?"

„Nö."

„Warum ziehst du es durch?"

„Mein Alter will es."

„Und später?"

„Was später?"

„Was willst du nach dem Studium machen?"

„Keine Ahnung."

Ein zähes Gespräch. Sie winkte der Bedienung und reichte ihr einen Geldschein. „Stimmt so." Zu Kevin sagte sie. „Also, ich muss jetzt los."

„Okay", murmelte er mit den Augen auf dem Handy. „Servus." Stand auf und ging und war schneller weg als Helen sich vorstellen konnte. Sie guckte ihm nach, verblüfft und – zugegeben – in ihrer Ehre gekränkt.

„So ein Stoffel", sagte eine dunkle Stimme neben ihr. Sie drehte sich um und erblickte den Mann, mit dem sie zwei Jahre später ein Kind haben sollte. Bernhard. Er lächelte. „Wenn du einen zweiten Cappuccino verträgst, würde ich dich gern einladen."

Helen zeigte auf das Handy, das vor ihm auf dem Tisch lag. „Und ein weiteres Desaster erleben? Mir liegt das von gerade eben schwer im Magen."

Er lächelte breit. Hübsches Gesicht, dachte Helen. Bildschöne Zähne, feiner, sehr gepflegter Pinselstrichschnurrbart. Ums Handgelenk trug er eine silberne Uhr. Schnell checkte sie die Finger; kein Ehering. Er war höchstens Mitte zwanzig. Dunkler Anzug, hellblaues Hemd mit Krawatte – das machte Helen stutzig. Der Mann war kein Student.

„Das Handy", erklärte er, „muss sein. Mein Chef meint, wir sollten eine Notfallnummer anbieten, unter der jederzeit jemand erreichbar ist. Allerdings hat in den letzten drei Monaten keiner unserer Kunden diese Nummer angerufen."

„Puh", machte Helen und tat einen Schritt zur Seite, damit die Bedienung den Tisch abräumen und säubern konnte. Der Herr *arbeitete*. Er verdiente Geld und so gepflegt wie er aussah und angezogen war, verdiente er ziemlich gut.

Er schob das Handy demonstrativ zur Seite. „Darf es ein Cappuccino sein?", fragte er. „Oder hätten Sie lieber eine Versicherung?" Er lachte.

„Bitte. Ich würde mich freuen."

„Sie arbeiten also bei einer Versicherung?" Helen setzte sich. Gleichzeitig bestellte sie bei der Bedienung einen Cappuccino. „Welche Versicherungen verkaufen Sie?"

„Jede Versicherung, die man haben sollte, und sehr viele, die man nicht unbedingt braucht." Er streckte ihr die Hand hin. „Ich heiße Bernhard Jäger."

„Helen." Sie ließ ihre Hand eine Weile in seiner liegen. „Helen Montages."

Zwei Minuten später wurde der Cappuccino gebracht und sie wusste bereits die Rahmendaten ihres Gegenübers. Bernhard Jäger war vierundzwanzig Jahre jung und ledig. Er arbeitete als Versicherungsvertreter für mickriges Festgehalt und üppige Provisionen. Sein Büro lag gleich ums Eck und bevor er den Tag begann, trank er in diesem Café einen Cappuccino und schmökerte durch die ausliegenden Zeitungen. Er arbeitete viel für seine Kunden, seinen

Boss und seinen Geldbeutel. Seine Wohnung lag in einer guten Gegend und sein Auto war ein Sportwagen. Klar. Er selbst trieb keinen Sport und er besuchte Partys nur, wenn sie sich geschäftlich lohnten. Er mochte Filme, in denen die Fetzen flogen, und Bücher, aus denen das Blut troff.

Sie verabredeten sich für Freitagabend. Sie wollten ins Kino und vorher würde er kochen. „Die singhalesische Küche gilt als eine der schärfsten der Welt", schwärmte er, „nur die Thais kochen schärfer. Am besten, ich gebe dir wegen meiner Adresse meine Karte." Er begann den Anzug abzuklopfen und wurde kreidebleich im Gesicht. „Mist!", stieß er aus. „Ich habe meine Brieftasche daheim vergessen."

„Schon gut." Helen zückte den Geldbeutel, um die zwei Tassen Cappuccino zu bezahlen, obwohl das Monatsende eine Woche entfernt war und ihr der gut bezahlende Nachhilfeschüler für den Nachmittag abgesagt hatte.

„Kommt nicht in Frage", schritt die Bedienung ein, eine ältere Frau in schwarzer Hose, weißer Bluse und mit dem freundlichsten Lächeln im Gesicht, das Helen bei einer Bedienung je gesehen hatte. „Herr Jäger kommt jeden Tag so sicher wie das Amen in der Kirche. Er kann die zwei Cappuccino morgen bezahlen." Sie legte einen Zettel und einen Stift auf den Tisch. „Schreiben Sie Ihre Adresse auf und geben Sie sich Mühe mit dem Kochen." Sie schaute Helen an. „Und Sie, junge Frau, lassen Sie das Date ja nicht sausen."

Helen hielt ihr den Geldschein hin. „Ich mache nie Schulden, die hoffentlich ein anderer bezahlt."

„Herr Jäger ist absolut zuverlässig."

„Ich bestehe darauf." Helen drehte den Kopf, um dem jungen Mann zuzulächeln. „Wenn er mich mit seinem Essen nicht vergiftet, darf er mich gern ein andermal zu einem Kaffee einladen."

In der Uni würgte Helens Freundin sofort die anstehende

Entschuldigungsrede wegen der üppigen Verspätung ab. „Ich bitte dich", tippte sie sich gegen die Stirn, „der Typ verkauft Versicherungen! Mal ehrlich, solche Kerle sehen wir alle lieber von hinten als von vorn."

Helen schaute durch Tabeas Unterlagen, ob sie viel Stoff verpasst hatte. „Er ist der erste Typ, mit dem ich total auf einer Wellenlänge liege, was Filme und Bücher angeht."

„Kindchen", winkte Tabea ab, „jeder Kerl mag Actionfilme und Horrorgeschichten. Die meisten geben es nur nicht zu und eigentlich sind alle schockiert, wenn eine Frau die gleichen Vorlieben zeigt." Sie runzelte die Stirn. „Du bist einem Aufreißer aufgesessen. Er hat dir die falsche Adresse aufgeschrieben, keine Frage." Sie beugte sich näher und tätschelte ihr den Arm. „Nimm es nicht so schwer, Mädel, der Kerl wäre eh nix für dich gewesen. Ein Versicherungsfuzzi, also wirklich."

Helen hatte am Nachmittag keinen Job und blieb mit Tabea in der Mensa sitzen. Sie tranken billigen Cappuccino aus einem alten Automaten, der Pappbecher ausspuckte. „Er hat einfach einen netten Eindruck gemacht."

„Nett!", stieß Tabea aus und beendete abrupt den Flirt, den sie sich während der letzten Minuten mit einem Erstsemester geliefert hatte. „Der perfekte Mann macht keinen netten Eindruck, Kindchen. Der perfekte Mann reißt dich beim ersten Date völlig vom Hocker und raubt dir den Verstand. Was schon was heißen mag, denn Verstand hast du jede Menge."

„Naja", gab Helen zu bedenken, „es war ja kein richtiges Date."

„Eben!" Tabea ließ die Hände zu beiden Seiten ihres Kaffeebechers auf die Tischplatte knallen. „Es war Zufall und genau das mag ich nicht. Wie hoch ist die Wahrscheinlichkeit, in einem Café nach einem verhunzten Date den Mann fürs Leben zu finden? Eins zu einer Million? Meine Liebe, erst Date, dann Kaffee. Umgekehrt..." Sie rollte die Augen und winkte ab. „Schwing dich auf dein Rad und fahr zu seiner angeblichen Adresse. Wirst sehen, da wohnt entweder jemand ganz anderes oder überhaupt keiner. Sobald du deine Enttäuschung kassiert hast, komm bei mir vorbei. Wir ziehen uns Pretty Woman rein, schmachten Richard Gere an und bedauern alle Huren, die mit einer anständigen Ausbildung, wie wir sie grade durchziehen, niemals zur Prostitution gezwungen sein könnten und keinen reichen Millionär abkriegen bräuchten, sondern für ihren Unterhalt selbst..." Tabea lachte, denn an dieser Stelle der Diskussion fragten sie sich immer, ob es die Hure mit diesem Millionär nicht besser getroffen hatte als sie mit ihren Büchern und den Männern, die vor lauter Gleichberechtigung nicht mal mehr im Bett oben liegen wollten.

„Okay." Helen schaute auf die Uhr. „Weißt du was, ich nehme mir jetzt gleich ein Mietrad und prüfe seine Adresse. Wenn er mich angeschwindelt hat, bin ich um vier bei dir und wir hauen uns vor die Glotze. Vorausgesetzt, du hast mit deiner Semesterarbeit schon angefangen?"

Tabea rollte wieder die Augen. „Ich setze mich jetzt gleich dran und schufte, bis du kommst. Ist das ein Angebot?"

„Ich komme nur, wenn seine Adresse falsch ist."

„Ist sie, Schätzchen, ganz sicher." Tabea hob die Arme über den Kopf und streckte sich. „Ich werde nicht lange an meiner Arbeit schreiben müssen. Zum Glück. Ich habe eh keinen Plan, wohin mich dieses Thema führen wird."

Am nächsten Tag begannen Helens Vorlesungen erst um neun Uhr. Sie stieß zu Tabea, die seit acht in der Uni saß. Sie hatte unglaublich schlechte Laune und maulte ihr statt einer Begrüßung entgegen: „Meine dämliche Arbeit ist fast fertig, du blöde Knollennase. Ich dachte, wir machen es uns gemütlich? Wo zur Hölle warst du? Ich habe tausendmal bei dir angerufen, bis die alte Schabracke die Geduld verloren hat und nicht mehr ans Telefon ging."

Helen ließ sich langsam auf ihren Platz sinken und legte ihren Block und einen Kugelschreiber aufs Pult. Sie lächelte Tabea breit an und erstickte ihre schlechte Laune damit im Keim. „Mäuschen", seufzte Helen, „ich habe die beste Nacht meines Lebens hinter mir. Mit dem wundervollsten Mann, dem ich je begegnet bin."

Tabeas Kinnlade rauschte zu Boden, ihre Augen wurden kugelrund und riesengroß. Sie schnappte nach Luft. „Du warst bei dem Typen? Spinnst du?"

„Ich wollte nur schauen", flüsterte Helen, denn der Dozent war gekommen und projizierte sein heutiges Thema an die Wand. „Bernhard kam grad vom Einkaufen heim. Er hat mich entdeckt, als ich um die Ecke linste. Weglaufen ging nicht, also habe ich ihn gefragt, ob ich ihm beim Reintragen helfen könnte."

„Er hat dich schleppen lassen?"

„Eine Flasche Kokoswasser, mehr nicht."

Tabea kniff die Augen leicht zusammen. „Und? Hat er dich gefesselt, geknebelt und gevögelt?"

So vorwurfsvoll wie möglich schaute Helen sie an, während sie gleichzeitig die Hand hob.

„Was?", zischte Tabea. „Willst du mich beim ollen Schneider verpetzen? Nimm die Hand runter! Sofort!"

„Er hat eine Frage gestellt, auf die ich die Antwort weiß."

Tabea schaute sich im Saal um, wo verteilt an wenigen Plätzen ein paar Leute saßen, von denen die meisten frisch aus der Geisterbahn geschlüpft zu sein schienen. Blass, dürr, schlecht angezogen. Wer konnte, drückte sich vor Schneiders Vorlesungen in Kumulationstheorie und wurde unsichtbar, sobald er eine Frage stellte, denn er pflegte

Fragen zu stellen, auf die selten jemand die richtige Antwort wusste.

„Heidi, nein, Helen", näselte Schneider durch seinen Vollbart hindurch. „Helen Montages, Sie sind eine von vielen studierenden Personen, die während meiner Vorlesungen nicht immer volle Aufmerksamkeit zeigt; trotzdem sind Sie die einzige, die mir Antworten gibt, die bisher niemals falsch waren." Er zupfte an dem braunen Pullunder, den er über einem hellblauen Hemd trug. Seine dunkelrote Krawatte spitzte im Kragen hervor. Dazu passte seine schwarze Cordhose ebenso gut wie die dickglasige Hornbrille. „Wie machen Sie das?"

Helen nahm die Hand runter. „Ich arbeite mit allem, was sich zwischen meinen Ohren befindet."

Die Kommilitonen stöhnten auf. Zwei junge Männer, die nicht ganz so nerdig aussahen wie die anderen und Sweatshirts statt Pullundern trugen, ließen sich geschwächt unter ihre Pulte sinken. Alle hörten sich Helens Erklärung zur gestellten Frage an. Schneider kniff sich wie üblich die Nase. „Gut beschrieben. Herrschaften, liefern Sie mir bis nächste Woche schriftlich den Beweis, den Ihre Kommilitonin gerade mündlich gegeben hat." Erneutes heftiges Stöhnen. „Und stellen Sie eine begründete Kritik zu Yamadas Theorem auf. Sie sollten maximal eine Seite brauchen, um die volle Punktzahl zu bekommen."

Auch Tabea stöhnte heftig und ließ den Kopf auf den Tisch sinken. „Stundenlange Arbeit und alles nur, weil du mit einem Typen im Bett warst, der *Versicherungen* verkauft. Wenn du mich nicht abschreiben lässt, werfe ich mich hinter den Zug. Hast du gehört?" Sie drehte den Kopf seitlich und schaute wie ein misshandeltes Kätzchen. „Wie landest du im Bett von jemandem, dem du die Einkäufe hochgetragen hast?"

Helen schrieb ein paar Notizen von der Tafel ab, die Schneider mit seiner Krakelschrift füllte, während er sprachlich und gedanklich völlig mit seinem Thema verschmolz und einen Monolog hielt, der Shakespeare zur Ehre gereicht hätte. „Wir sind ins Plaudern gekommen", flüsterte sie. „Er hat eine Flasche Wein aufgemacht und…"

„Aha", richtete Tabea sich wieder auf, „du warst betrunken."

Helen erinnerte sich lächelnd. „Er hat mich geküsst und in sein Schlafzimmer gezogen und wir hatten unglaublich guten Sex."

„Unter Alkoholeinfluss." Tabea versuchte mit der schnellen Schrift des Professors mitzuhalten, seine Erklärungen zu verstehen und gleichzeitig Vorhaltungen zu machen. „Wenn man betrunken ist, ist Sex immer gut. Glaub mir, das weiß ich. Mit den Typen von den Partys kann man nur betrunken guten Sex haben. Wenn man den Fehler macht und morgens neben denen aufwacht…" Sie schüttelte sich. „Du bist hoffentlich nicht über Nacht geblieben?"

Helen reckte ihren Daumen in die Höhe. „Wir haben nach dem Aufstehen gemeinsam geduscht, was *der Hammer* war, und die unangetastete Flasche Wein für heute Abend in den Kühlschrank gestellt. Ich bin neben ihm eingeschlafen, mit ihm aufgewacht und weißt du was?" Sie schaute Tabea direkt in die Augen. „Diesen Mann werde ich bis an mein Lebensende lieben."

Im Foyer gab es eifrige Zirkusmitarbeiter, die Popcorn, Eiskonfekt und andere Leckereien in Bauchläden trugen und feilboten. Die Leute freilich hatten andere Sorgen als Süßigkeiten. Eine Handvoll Männer, die sich zu kennen schienen, stürmte auf den Notausgang zu. Einer hatte die Verriegelung bereits in der Hand, da packten ihn die Requisiteure und zerrten ihn und die übrigen weg. Die Männer wehrten sich nach Kräften. Sie schlugen und traten um sich, wanden sich, woraufhin mehr Gehilfen heranstürmten und sie wegtrugen. Es erinnerte Helen an Polizeieinsätze, wenn die Demonstranten wie

Möbelstücke weggeschleppt wurden.

Devendra stand an einem der Stehtische und wartete. Sie hatte am Verkaufsstand zwei Cappuccino bestellt und der Frau hinterm Tresen gesagt, sie würde später bezahlen.

Helen mischte sich ein: „Ich mache niemals Schulden, die hoffentlich ein anderer irgendwann bezahlt", und legte einen Geldschein auf den Tresen. „Behalten Sie den Rest."

Während einer gewöhnlichen Vorstellungspause waren die Stehtische gewiss beliebte Anlaufstellen, während dieser Pause standen außer Helen und Devendra nur zwei ältere Frauen an einem Tisch in einiger Entfernung. Sie hatten gefüllte Schnapsgläser vor sich stehen und einige Gläser, die bereits leer waren. Die kleinere der beiden Frauen wankte und stürzte dennoch einen Schnaps die Kehle hinunter. „Schenken Sie nach." Sie schob der Verkäuferin, die mit einer Flasche Klarem gelaufen kam, das Glas entgegen. „Schenken Sie zur Sicherheit ruhig alle Gläser nach. Ich will nichts spüren, wenn ich umfalle."

„So geht jeder anders mit seiner Todesangst um." Devendra ließ Zucker in ihren Cappuccino rieseln. „Manche trinken, andere versuchen zu fliehen. Danke für die Einladung, Frau Jäger."

„Gern geschehen", sagte Helen. „Wird es wenigstens einem gelingen?"

„Tun Sie keinen Zucker in Ihren Kaffee?"

„Niemals", winkte Helen ab. „Seit ich auf einem Straßenmarkt in Costa Rica einmal Zuckersäcke gesehen habe, in denen mehr Fliegen, Bienen und Ameisen lebten als in einem durchschnittlichen deutschen Garten, ist mir die Lust auf Zucker gründlich vergangen."

„Costa Rica, so, so." Devendra stellte ihre Tasse ab und leckte sich über die Lippen. „Kommen Sie viel in der Welt herum?"

Helen erwiderte ihr Lächeln. „Was verstehen Sie unter viel?"

„Was sind Sie von Beruf, Helen? Sie haben eine unglaublich genaue Art zu denken, sehr nüchtern und distanziert. Sie nutzen Ihren Verstand, anstatt Ihre Fähigkeiten an ein Smartphone zu delegieren, und Sie sind zu wichtig, um ständig erreichbar sein zu müssen. Haben Sie sich Ihres Berufs wegen mit Ihrer Familie überworfen?"

„Puh", machte Helen, „ziemlich viele Fragen und Vermutungen für nur drei Sätze." Sie hob die breite Cappuccinotasse an ihre Lippen und probierte von dem Schaum. Lecker. Der mit Milch vermischte Kaffee darunter war ziemlich heiß. Sie stellte die Tasse zurück. „Ja."

Devendra schmunzelte und sah ganz und gar nicht ratlos aus. „Würden Sie lieber über mich anstatt über sich selbst sprechen?"

„Auf keinen Fall", sagte Helen sofort. „Wenn ich mich nicht durch belanglosen Smalltalk quälen möchte, müsste ich Sie fragen, warum Sie die Zuschauer einen nach dem anderen um die Ecke bringen."

„Möchten Sie das nicht wissen?"

„Nur, wenn es mir beim Überleben hilft", antwortete Helen ehrlich.

„Manchmal", sagte Devendra und schaute um sich, „spaziert der Große Ultor durchs Publikum, um den ein oder anderen Kommentar mitzukriegen. Nie ist das Publikum so ehrlich wie in der Pause, wenn sich zwei unterhalten, die sich nicht abgehört fühlen." Sie zeigte mit einer Kopfbewegung auf die Frau, die hinter der Theke stand und Getränke verkaufte. Im Moment hatte sie nicht viel zu tun. Die älteren Damen waren bereits abgefüllt und die wenigen Gäste, die durchs Foyer kamen, suchten mit den Augen nach einem Fluchtweg und nahmen ihre ausgetrockneten Kehlen nicht wahr.

„Das ist Violetta", erzählte Devendra. „Bis zu einem Gespräch zweier Gäste war sie Diegos Jonglier-Partnerin. Nun verkauft sie mit tief ausgeschnittenem Dekolletee Getränke und Snacks und wissen Sie was? Die beiden Männer, die der Große Ultor belauscht hatte, lagen vollkommen richtig. Beim Jonglieren war sie nur Mittelmaß, da war ihre

Oberweite ein Hindernis, beim Verkaufen ist sie unschlagbar."

Helen versuchte nicht offen hinzustarren. Sie war selbst manchmal in die Lage gekommen, nicht genau zu wissen, ob ihr Gesprächspartner von dem, was sie sagte, überzeugt war oder von ihren Körpermaßen. Ihr Brustumfang war von dem Violettas weit entfernt und doch guckten ihr einige Leute, mit denen sie zu tun hatte, erst auf die Blusenknöpfe und mit deutlicher Verspätung in die Augen.

„Vielleicht", suchte Helen nach einer Erklärung, „liegt es an Violettas umwerfend freundlichem Lächeln und den wunderschönen ebenmäßigen Zähnen, nicht an ihren Brüsten. Könnte das sein?"

Devendra schmunzelte. „Helen, da können Sie sich um Schadensbegrenzung bemühen wie Sie wollen, kein Mensch schaut einer Frau mit solchen Möpsen ins Gesicht. Jeder guckt ihr auf die Brüste und jeder, egal ob Mann oder Frau, macht sich entsprechende Gedanken." Sie wurde schlagartig ernst. „Obwohl... *Sie* haben ihr Lächeln bemerkt." Sie stützte die Arme auf die Tischkante. „Von der Pause sind zwölf Minuten übrig und ich weiß einen ungestörten Platz. Wie sieht es aus, Helen, hätten Sie Lust?"

„Worauf?", stellte sie sich dumm.

Devendras Lächeln wurde breiter. „Genau darauf."

„Klar", schnaubte Helen. „Das passt hervorragend in dieses Szenario. Erdrosselt mich der Clown mit meiner eigenen Jeans oder muss ich meinen Slip schlucken und daran ersticken?"

„Ich habe dem Großen Ultor gleich gesagt, wenn es um Todesarten geht, sind Frauen einfallsreicher. Wahrscheinlich", amüsierte sich Devendra, „weil sie in Gedanken ihre Ehemänner tagtäglich mehrmals abmurksen." Ihre Hand glitt nach vorn, bis sich die Fingerspitzen berührten. „Kommen Sie, Helen. Freilich könnte ich mich auf der Toilette auch blitzschnell selbst befriedigen, aber zu zweit macht es mehr Spaß."

„Das kann ich nicht tun", flüsterte Helen, wohingegen ihre Beine schon zwei Schritte vom Tisch weggegangen waren und Devendra folgten. Sie spürte ein Kribbeln im Unterleib und wie die Hitze ihres Körpers sich genau dorthin verlagerte. Ihr Blick streifte die Brüste der Verkäuferin, die aus der Bluse zu springen schienen, so eng war der BH geschnallt.

Devendra zog sie an ihre Seite und legte ihren Arm um die Taille, wobei die Hand mittig auf Helens Po zum Liegen kam. Helen schnappte nach Luft. „Ich bin verheiratet", flüsterte sie, „und Sie auch."

Devendra öffnete eine unauffällige Tür, die zwischen zwei Tribünenaufgängen versteckt lag. Dahinter befand sich ein kleiner Raum mit Regalen, in denen Zeugs untergebracht war, das sonst keinen Platz zu haben schien. Wischmopp und Eimer, diverse Reinigungsmittel, Wischtücher aus Papier, Gummimatten. Berge an Handzetteln und Werbeflyern lagen in einem Fach, dazu Werbeartikel, Kugelschreiber, Jojos, Eiskratzer, Stofftaschen... Alles mit dem Logo des Zirkus versehen.

Devendra zog Helen in den Abstellraum und drückte die Tür ins Schloss. Sie drehte den Schlüssel. Im nächsten Moment presste sie Helen gegen die Wand und küsste sie. Kaffee. Ein Hauch Zucker. Helen suchte einen klaren Gedanken. „Lieben Sie Ihren Mann nicht?"

„Von ganzem Herzen", murmelte Devendra und griff unter Helens Pulli. Ihre Hände rutschten nach oben. Sie fand ihre Brüste, knetete, drückte, zog den BH zur Seite. Ihre kühlen Finger berührten die Brustwarzen.

„Die Pause ist nicht lange genug, um Zeit mit einem Vorspiel zu vergeuden. Helen, wenn ich mehr Zeit hätte, würde ich gerne Ihre Titten kneten und an Ihren Nippeln saugen, bis Sie sich unter meinen Händen winden. Allerdings drängt die Zeit, deshalb überspringen wir diesen Teil einfach. Stellen Sie sich vor, ich hätte Ihre wunderbar festen Brüste, die so hervorragend in meine Hände passen, bereits lange und ausgiebig geknetet und gestreichelt."

Im nächsten Moment spürte Helen Devendras Finger an ihrem Hosenbund. „Es geht schneller, wenn Sie sich ausziehen und ich mich. Ich kann Sie binnen Sekunden zu einem wundervollen Orgasmus bringen, aber dazu müssen Sie mich an Ihr Allerheiligstes lassen." Ein Kuss folgte. „Wenn Sie nicht so weit gehen wollen, würde ich mich an Ihren Titten aufgeilen und es mir nebenbei selbst machen?"

Dieses Ziehen tief im Innern, das sich kribbelnd in die Oberschenkel ausbreitete und ihre Atmung beschleunigte, war ihr vertraut. Ihr Körper gierte nach Sex. Ungewollt bekam sie Bilder in den Kopf von großen Brüsten, Szenen aus dem einzigen Porno, den sie mit Bernhard vor vielen Jahren geschaut hatte. Vor allem waren es Bilder, wie sie mit Bernhard schlief. Manchmal dauerte es stundenlang, wenn sie etwas ausprobierten, meistens lief es ganz normal ab und manchmal waren sie richtig schnell. Dann hatte sie genau dieses Gefühl im Leib, dieses Verlangen nach Befriedigung. Einmal waren sie im Urlaub auf dem Weg vom Restaurant zum Hotelzimmer gewesen. Sie hatten sich nur an den Strand setzen wollen, wenig später kniete sie vor Bernhard, er war hinter ihr und es dauerte keine Minute, bis sie beide kamen. Schneller Sex, einfach der Befriedigung wegen.

In Windeseile öffnete Helen den Knopf ihrer Jeans und zog den Reißverschluss auf. Sie streifte sich Hose und Slip gleichzeitig von den Hüften. Obwohl sie schnell war, stand Devendra bereits vollkommen nackt vor ihr und zerrte ihr den Pulli über den Kopf.

Mit dem Po saß Helen halb auf einer Kiste, in der Aufsätze für Wischmopps aufbewahrt wurden. Ein Bein stützte sie am Boden, das andere legte sich Devendra über die Schulter. So breitbeinig hatte Devendra direkten Zugriff auf das Körperteil, das seit sehr langer Zeit niemand außer Bernhard und der Frauenärztin berührt hatte. Sie schob zwei Finger in Helen und hatte einen Teil ihrer Hand vorne auf der Klitoris.

„Geben Sie mir Ihre Hand hierher", flüsterte Devendra und dirigierte Helens rechte Hand zwischen verschlungenen Leibern hindurch, ehe sie sich weiter zu Helens beugte und sie auf die Lippen küsste.

Helen spürte weiche warme Haut, sehr zart und sanft. Sie spürte die Falten, die der Intimbereich einer Frau warf. Sie teilte mit ihren Fingern die Schamlippen, fand die Klitoris und berührte sie, während sie ihren Mittelfinger in die Öffnung gleiten ließ.

Es war kinderleicht mit Devendra, vielleicht, weil Helen wusste, wie ihr Körper reagieren würde. Sie musste sich nicht damit aufhalten, Körperstellen zu stimulieren, die auf Stimulanz nicht reagieren wollten. Sie wusste aus ihrer eigenen Erfahrung, was der Erregung weiterhalf und was nicht. Devendra bog ihren Rücken durch, um Helens Hand näherzukommen, und wie selbstverständlich verstärkte sie den Druck und schob einen zweiten Finger in sie. Mit der Gewissheit, in dieser merkwürdigen Stellung den Halt nicht zu verlieren, legte sie ihre freie Hand an Devendras Brüste und drückte zu.

Es dauerte keine Minute, dessen war Helen sicher. Mit geschlossenen Augen spürte sie Devendras Hand zwischen den Beinen, ihre Finger tief in sich. Sie spürte das Reiben an ihrer Klitoris, das Saugen an ihren Lippen und wie Devendra mit geschickten Bewegungen ihre Finger rein und raus bewegte. Da war keine Unsicherheit, ob ihr das guttat, nur der gerade Weg nach vorn. Weiter. Tiefer. Schneller. Ebenso wie Devendra ihre Hände bewegte, tat es auch Helen, bis nach wenigen tiefen Atemzügen der Höhepunkt kam. Helen stöhnte auf. Sie schrie sogar und es war ihr egal, ob jemand sie hörte. Sie vernahm Devendras heisere Stimme, spürte das Haar dieser wundervollen Frau an ihrem

Hals und hörte, wie sie ihren Orgasmus erlebte.

Langsam beruhigte sich Helens Herzschlag. Devendra nahm ihre Hand weg und reichte ihr Kosmetiktücher. „Und? Zu viel versprochen?"

„Absolut nicht." Helen spürte ihre Wangen rot werden. „So schnell und intensiv habe ich das selten erlebt."

Devendra säuberte sich blitzschnell und schlüpfte zurück in ihre Kleidung. „Wenn Männer wüssten, was uns Frauen guttut, würden sie längst nicht so sinnlos streicheln, knabbern und küssen. Sie wüssten, welchen Druck es braucht, um sofort auf Touren zu kommen." Sie knöpfte ihre Bluse zu und schüttelte ihr Haar auf. „Ich genieße Sex mit Frauen sehr. Es geht schnell und ist richtig gut."

Helen stieg mit wackeligen Knien in ihre Unterwäsche. „Haben Sie kein schlechtes Gewissen Ihrem Mann gegenüber?"

„Nein. Sie?"

Das konnte Helen nicht behaupten. Sie schlüpfte in ihre Jeans und grübelte, ob das überhaupt unter Fremdgehen fiel. Es fühlte sich nicht wie ein Betrug an, vielmehr wie eine Bereicherung. Sie hatte keinen anderen Mann an sich herangelassen, sondern eine reizende Frau. Für wenige Augenblicke nur hatte sie zwei Finger in ihrer Vagina gehabt, sich bewegt und sie dabei ohne Zunge geküsst. Devendra hatte nichts anderes gemacht als das, was Helen manchmal allein in der Badewanne mit sich selbst machte.

Während sie ihren BH richtete und den Pulli über den Kopf streifte, dachte sie an Bernhard. Vor ihm hatte sie drei Männer nackt gesehen. Mit dem einen war sie während der Schulzeit gegangen und sie hatten es bis zu einer heißen Fummelei in der Umkleidekabine der örtlichen Sporthalle gebracht. Der zweite Kerl hatte sie nach der Disco mit nach Hause genommen. Da war das Gefühl in ihrem Unterleib so gewesen wie heute. Es hätte nur ein paar Stöße seinerseits gebraucht, aber er war betrunken eingeschlafen, nackt auf seinem Bett. Sie war mit dem Taxi nach Hause gefahren. Der Dritte war der Mann, an den sie ihre Unschuld verlor. Sie lernte ihn bei einem Ferienjob kennen. Er war zwei Jahre älter als sie, jobbte ebenfalls und sie kamen einander näher. Nach einem abendlichen Bad im Weiher lagen sie auf der Picknickdecke am Ufer. Aus den Küssen wurde ein Streicheln, das sich langsam in ein Prickeln verwandelte. Er hatte Kondome dabei, es war weit und breit niemand zu sehen und so schlief sie mit ihm. Mit der Zeit, hoffte sie, würde sich ein Höhepunkt schon einstellen. Es ging ihr gleichzeitig zu schnell und zu langsam, er wusste nie, was er mit seinen Händen anfangen sollte und wenn er in ihr war, hatte sie Angst, er würde ihr mit seinem riesigen Schwanz wehtun, wenn er zustieß.

Mit Bernhard hingegen klappte es sofort und von ganz allein. Er streifte sich das Kondom selbst über. „Mit deinen langen Fingernägeln reißt du nur ein Loch rein."

Tatsächlich waren ihre Fingernägel seit sie in die Pubertät gekommen war lang, lang, lang. Sie mochte ihre langen Fingernägel, die sie erst zurückfeilte, sobald sie beim Tippen am Computer in der Tastatur hängenblieb oder ständig die falschen Tasten erwischte. Alle fünf Tage entfernte sie den alten Lack, egal ob abgesplittert oder nicht, und trug neuen Lack auf. Zwei Schichten. Es dauerte eine geschlagene Stunde, ehe die Deckschicht nicht nur trocken, sondern auch kratzfest war. Meistens nutzte sie die Zeit und schaute sich einen Film an. Völlig dem Klischee entsprechend saß sie senkrecht auf der Couch und reckte alle zehn Finger streng von sich weg, damit dem Lack nichts passierte.

Bernhard amüsierte sich darüber. Lachend küsste er ihren Nacken, ihr Ohr, ihre Lippen. „Wehrlos", flüsterte er, „interessant." Er hörte nicht auf sie zu necken. Er berührte sie, zog sie aus und schlief mit ihr. Es erregte ihn, sie so festgenagelt zu erleben und zu genießen. Nicht nur.

Wenn sie beim Sex ihre Nägel über seine Haut streifen ließ, mochte er das. Sie probierten völlig zwanglos alles Mögliche aus, fanden heraus, was ihnen guttat und wie es prima war.

Kondome mit Noppen standen eine Weile ziemlich weit oben auf der Liste, bis ein Gummi kaputtging. Helen rechnete blitzschnell nach, wie viele Tage ihre Periode her war. Sie raufte sich die Haare. „Genau in der Mitte. Wie kann so ein Ding auch kaputtgehen!"

„Wahrscheinlich", hob Bernhard die Schultern, „deine Fingernägel. Die sind unglaublich lang." Er richtete sich im Bett halb auf und küsste ihre Schulter. „Ich bin vernarrt in deine Fingernägel."

Helen seufzte. „Und ich bin vielleicht schwanger." Sie dachte fieberhaft nach. „Ich brauche die Pille danach. Unbedingt."

Bernhard rückte etwas zur Seite und seine Lippen fanden ihre Brüste. Es kribbelte. „Süßer", flüsterte sie, „wenn du nicht Papa werden willst, muss ich jetzt in die Gänge kommen und zum Arzt. Hoffentlich erwische ich ihn; es ist Mittwochnachmittag."

„Ich mache dir einen anderen Vorschlag." Bernhard drückte sie nach hinten in die Kissen. Er schob sein Knie zwischen ihre Schenkel. „Wir machen es nochmal, genießen jede Sekunde und wenn du wirklich schwanger wirst, bekommen wir eben ein Kind."

„Das sagst du so leicht." Sie blieb trotzdem liegen und genoss, wie Bernhard sich langsam in sie schob. „Ich will meinen Doktor machen und arbeiten. Diese prima Stelle bei der Assekuranz wird nicht unbefristet, wenn ich schwanger bin."

„Und später", bewegte Bernhard sich langsam, „willst du Karriere machen und die Welt sehen. Wir wollen vielleicht ein Haus oder eine Wohnung, unseren Luxus genießen, eine Fortbildung anfangen. Mäuschen, wenn wir auf den perfekten Zeitpunkt warten, bekommen wir nie ein Kind." Er küsste sie lange. „Ich hätte gern ein Kind mit dir.

Ich liebe dich und du bist eine taffe Frau. Doktor, Job, Kind. Wenn jemand das unter einen Hut bringt, dann du."

„Mein Doktor…"

„Den", unterbrach er, „hast du so gut wie fertig und wenn diese Assekuranz von deinem Wert überzeugt ist, werden sie dich fest einstellen, auch wenn du schwanger bist."

An dem Tag wurde sie nicht schwanger. Glück gehabt. Trotzdem ließen sie die Verhütung auch in den Wochen danach weg. Wie Bernhard gesagt hatte, den perfekten Zeitpunkt würde es nie geben und sie liebten einander. Der Doktorandenvertrag wurde in eine Festanstellung umgewandelt und an dem Tag, als auf dem Kontoauszug ihr Gehalt höher war als das, was Bernhard inklusive Provision bekam, verkündete ihr Frauenarzt mit ernstem Blick: „Sie sind tatsächlich schwanger. Ist es ein Grund zur Freude? Darf ich gratulieren?"

Durfte er. Helen schwebte mit einem seligen Lächeln zur Apotheke, wo sie pränatale Vitamine bekam, und zur Drogerie, wo sie sich einen neuen Nagellack kaufte. Glitzerweiß. Den Fingernägeln hatte sie diese Schwangerschaft schließlich zu verdanken und dennoch trug sie keinen Nagellack mehr auf, aus Angst, die Inhaltsstoffe könnten irgendwie den Weg zum Ungeborenen finden. Nach Phemes Geburt wurden ihre Nägel immer kürzer, weil sie fürchtete, dem kleinen Wesen wehzutun, wenn sie mit diesen Krallen ans Tauschen der Windel und Säubern des Popos ging. Erst als Pheme sauber war und Hilfe nur noch beim Haarewaschen brauchte, ließ sie sich die Nägel wieder wachsen und sie wurden auch wieder bunt.

Helen strich mit ihren diesmal dunkelblau lackierten Fingernägeln durch ihr Haar und hoffte, es war nichts in Unordnung geraten. „Das war absolut unglaublich." Langsam ließ sie die Hände sinken. „Sieht man es mir an?"

Devendra langte nach ihr und richtete den Kragen des Pullis. „Sie sind eine außergewöhnliche Frau, Helen. Sie sehen blendend aus und Sie haben ziemlich viel Grips im Oberstübchen. Grübeln Sie nicht, was andere denken könnten." Sie trat einen Schritt zurück. „Wir sollten auf unsere Plätze zurückkehren."

Helen drehte den Schlüssel und sperrte die Tür auf. „Wer weiß, welche Strafe aufs Zuspätkommen steht. Haben wir überhaupt Zeit?"

„Fünf Minuten. Nehmen wir uns einen Kaffee mit? Der andere ist mittlerweile bestimmt..."

„Abgeräumt", lächelte Helen. „Kalt geworden wäre er nicht."

„Ich mag Ihren Humor." Devendra lehnte sich mit den Armen auf eine Verkaufstheke. „Zwei Cappuccino zum Mitnehmen. Einen bitte mit zwei Stück Zucker." Sie klopfte sich die Hosentaschen und die Blusentasche ab, obwohl sie in den letzten Minuten bestimmt kein Geld eingesteckt hatte. Helen trat neben sie und legte einen Geldschein auf den Tresen.

„Danke." Devendra reichte ihr den Cappuccino im auslaufgeschützten Pappbecher. „Ich darf hier anschreiben lassen, das dürfen Sie mir ruhig glauben. Sie sind wirklich eine famose Frau mit rigorosen Grundsätzen."

Kapitel 7

Während Helen die Treppenstufen zum Zuschauerbereich hochstieg, erstarb langsam das Lächeln in ihrem Gesicht. Sie hatte völlig verdrängt, welches Bild sich bot, vielleicht hatte sie gehofft, es würde jemand in der Pause aufräumen und die vielen Leichen wegbringen, dabei blieben die Toten immer auf ihren Plätzen sitzen. Wer abseits seines Sitzes sein Leben aushauchte, wurde sogar wieder zurückgebracht. Aus dieser Perspektive war keine neue Unordnung angefallen.

Die tote Frau Ermling lümmelte neben ihrem verstorbenen Enkel im Sitz. Ihre schlaffen Beine vermochten das Gewicht kaum im Sessel zu halten. Sie wurde durch die Enge zum Vordermann und ihren runden, ausladenden Bauch fixiert. Der unangenehme Geruch von verkohlten Haaren und verschmorter Haut lag in der Luft, ein bisschen wie in manchen Geschäften, wo im Sommer überzählige Insekten gern mit Lichtfallen angelockt und mit einem Stromstoß unschädlich gemacht wurden.

Der Platz neben Frau Ermling war leer. „Dr. Bergoben." Helen blickte suchend nach ihm um. „Ich habe ihn im Foyer gar nicht gesehen."

Ringsum fanden Menschen den Weg zu ihrem Platz. Freiwillig oder mit einem Requisiteur samt Waffe im Rücken. Sie weinten. Sie schluchzten. Eine Frau hatte ein tränenverschmiertes Gesicht und wischte das, was aus ihrer Nase lief, an ihrem Blusenärmel ab. Viele Gäste nahmen ihre Plätze ein, ohne von einem Bewaffneten dazu gezwungen zu werden. Sie schienen sich nicht wehren zu *wollen*, als hätten sie ihren Lebensmut verloren und sich resigniert in ihr Schicksal ergeben.

Helen fand sehr viele leblose Zuschauer und nicht annähernd so viele lebendige, wie sie gehofft hatte. Einige kamen aus der Pause nicht zurück, denn Plätze, die nach der Elektroschocksache von erleichtertem Publikum besetzt gewesen waren, blieben leer. Helen konnte sich genau erinnern, wie gegenüber im Block B die lebenden Zuschauer vor der Pause einen Smiley gebildet hatten. Viel Fantasie war nötig, um jetzt das linke Auge und einen Teil des Mundes zu erahnen. Da fehlten um die sieben Leute.

Hinter ihr war Dr. Bergoben nicht zurück, als das Licht verlosch. Begleitet von einem Tusch der Kapelle betrat der Große Ultor die Manege. Er stieg auf den Begrenzungsring, hinter dem der Raubtierkäfig begann. Seine schwarze Hose schien ihm zu locker zu sitzen, er zog sie mit einer raschen Bewegung zurück über seinen ansehnlichen Bauch. „Herzlich willkommen zurück nach unserer Pause. Lassen Sie sich nun begeistern von unserem Raubtiermeister Alesso Cikuro. Seine Löwen und Tiger gehorchen ihm nicht nur aufs Wort, es sind obendrein außergewöhnlich seltene weiße Tiger und Löwen. Bitte machen Sie während der Vorstellung keine Fotos mit Blitzlicht; es könnte die Tiere nervös machen. Kommen Sie nicht in die Nähe des Käfigs und bitte, insbesondere in den vorderen Reihen…" Er stutzte. In den vorderen Reihen lebte niemand mehr, es brauchte demnach keinen Warnhinweis. „Meine Damen und Herren, Alesso Cikuro."

Ein weiterer Tusch ertönte. Der Große Ultor zog sich in die Nähe des Vorhangs zurück. In die Manege trat ein Mann in enger, schwarzer Kleidung. An den Ärmeln trug er in Ellbogenhöhe silberne Fransen und um die Knie ebenso. Er hatte zwei Peitschen dabei, lange Dinger, genau wie jene, mit denen Rosalinda getötet hatte. Helen unterdrückte ein Schaudern und nippte an ihrem Cappuccino. Ein zweites Mal würde die Sache mit der Peitsche nicht passieren. Kein Zirkus wiederholte seine Nummern.

Cikuro hatte die wackelige Gittertür hinter sich gewissenhaft mit dem

Riegel verschlossen. Sein Gehilfe zog an einem Seil. Wenige Momente später hörte man das zischende Fauchen eines wilden Tieres. Ein weißer Löwe trabte in die Manege. Ihm folgten weitere Löwen, alles Weibchen, wie Helen vermutete, denn ihnen fehlte die prächtige Mähne. Fünf Löwen. Anschließend kamen die Tiger. Ebenfalls fünf. Die Tiere sprangen auf die Podestplätze und schauten geduckt mit angelegten Ohren und fauchend um sich. Trotzdem wirkten sie entspannt und nicht lauernd. Wenn Cikuro sich näherte, richteten sie ihre Aufmerksamkeit auf ihn und schwiegen.

Helen nahm den Pappbecher in die andere Hand und nippte erneut am Kaffee. Es war deutlich zu erkennen, wie gut Cikuro seine Löwen und Tiger im Griff hatte. Die Peitschen brauchte er nicht einmal, um sie auf Abstand zu halten. Ein Blick genügte. Eine Geste – der Tiger fauchte. Eine andere Handbewegung – der Tiger sprang. Der Dompteur sprach mit seinen Tieren, allerdings war auf die Entfernung nicht zu verstehen, was er sagte. Die Großkatzen verstanden ihn tadellos, denn sie vollführten einen kühnen Trick nach dem anderen. Springen, ducken, in die Reihe legen, der letzte Tiger sprang aus dem Stand von der einen Seite des Käfigs bis fast zur anderen.

Cikuro baute aus zwei Podesten und einer Stange ein Hindernis auf. Er ließ die Löwen darüber springen und untendurch laufen. Er kraulte die Großkatzen, wenn er sie lobte, er streichelte sie, er drehte ihnen sogar den Rücken zu. Helen traute sich nicht einmal einem Hund oder einer Katze den Rücken zuzudrehen.

Damit hatten die Löwen ihre Aufgabe erfüllt und durften die Manege verlassen. Der Helfer zog am Seil, öffnete das Türchen zum Gittergang und die Tiere trabten hinaus aus dem Bau und verschwanden in einem Bereich, den die Zuschauer nicht zu Gesicht bekamen.

Die fünf Tiger im Käfig verfolgten den Abgang der Löwen mit Knurren und Zähneblecken, bis Cikuro eine Bewegung aus dem Handgelenk machte und sie damit zum Verstummen brachte. Helen spürte eine riesengroße Welle Respekt in sich aufsteigen, wo sie es nie geschafft hatte, ihre Katze aus Kindertagen ans Fressen an einem Platz zu gewöhnen oder ihr anzutrainieren, sie beim Schmusen nicht in die Nase zu beißen. Löwen und Tiger waren zweifellos eine Nummer größer und Cikuro ohne Einschränkung ein begabter Dompteur und Tierfreund.

„Erstaunlich, oder?" Devendra lehnte entspannt im Stuhl und hatte die Beine von sich gestreckt. „Wenn Alesso nicht dabei ist, traue ich mich nicht in die Nähe der Katzen, nicht einmal in die Nähe des Käfigs."

„Er hat sie voll im Griff", stimmte Helen ihr zu. „Genauso wie Ihre Leute die Zuschauer im Griff haben."

Cikuro ließ seine Tiger im Kreis von einem Podest zum anderen springen. Er baute einen Reifen aus Metall auf, durch den sie hüpften.

„Früher", flüsterte Devendra, „also sehr viel früher, da brannte der Reifen sogar. Hat den Tigern nicht viel ausgemacht; die Tierschützer sind auf die Barrikaden gegangen."

„Ich dachte, die Tiere haben Angst davor?"

„Normalerweise machen Tiger keine Männchen und Löwen springen nicht übereinander, wenn sie in der Reihe liegen. Für Cikuro tun sie es und für ihn würden sie ohne zu zögern durch eine ganze Wand aus Feuer springen." Devendra baute den Deckel von ihrem Mitnahmekaffee. „So weit geht Loyalität unter Menschen selten."

Helen beobachtete, wie Devendra den Kaffeebecher schräg hielt und wartete, bis der Schaum nach vorn an die Kante gelaufen war, damit sie ihn in den Mund bekam. Die Erinnerung an ihre Lippen ließ Helen schaudern. Schnell guckte sie zurück nach vorn, wo Alesso Cikuro mit seinen Tigern kuschelte. Er lümmelte rittlings auf dem mittleren Tiger, schmiegte sich mit dem Gesicht an den Tiger rechts daneben und ließ den Tiger auf der linken Seite an seinem schwarzen Schuh kauen.

Dieses beschauliche Bild fand ein jähes Ende. Helen mochte ihren Augen nicht trauen. Sie zwinkerte und setzte sich abrupt aufrecht. Zum Glück war ihr Cappuccino zur Hälfte schon getrunken, sonst hätte sie trotz Deckel über ihre Hose gekleckert. „Ist das Dr. Bergoben?" Mit gestrecktem Zeigefinger deutete sie auf den Gittergang, der hinter den roten Vorhang führte. Durch diesen engen Käfig waren vorhin die Löwen verschwunden, jetzt krabbelte Dr. Bergoben auf allen Vieren hindurch. „Er kriecht auf die Manege zu. Was hat er im Gesicht?"

Sie kniff die Augen zusammen, um besser sehen zu können. Vielleicht sollte sie ihre Kontaktlinsen nachmessen lassen, wenn sie auf diese Entfernung nicht erkennen konnte, was Dr. Bergoben Weißes im Gesicht hatte. Helen rieb sich den Augenwinkel und zog das Lid nach außen. Dieser Kniff half meistens, wenn die Kontaktlinse nicht mehr optimal saß.

Das Weiße im Gesicht war Schminke, das Rote um den Mund ebenfalls. Bergoben sah wie ein hastig zurechtgemachter Clown aus. Die beiden aufgeschminkten riesengroßen Augen waren unterschiedlich groß. Es war kein schlimmes Malheur, denn die Menschen, die hinter ihm in den Raubtierkäfig krabbeln mussten, waren genauso schlecht geschminkt. Bei einer Frau verlief vor lauter Tränen der rote Mund bereits.

„In der Tat." Devendra blieb völlig gelassen. „Er hat wirklich versucht sich in der Pause zu verkrümeln."

Hinter Bergoben krabbelten weitere Menschen, drei junge Männer und eine alte Dame, der Helen nicht einmal aufrecht gehend eine längere Strecke zugemutet hätte. Sie sah zerbrechlich aus und schob sich stückweise vorwärts. Erst die Hände, dann holte sie die Knie nach. Sie blockierte den Gittergang für eine Frau um die vierzig, deren Schminke ihren Tränen nicht standhalten konnte und verlief. Der groteske Marsch nahm kein Ende. Ein Mann mit Glatze, die wie ein Schneckenhaus geschminkt war, Bomberjacke, Nietenjeans kroch vor einer Mutter mit Kind. Helens Herz setzte einen Schlag aus. „Der Junge ist keine zehn Jahre alt!"

„Viele Kinder hier waren keine zehn Jahre alt", zuckte Devendra die Schultern. „Der Enkel von Frau Ermling auch nicht und er war sogar ein in jeder Hinsicht teures Kind."

Helen schluckte. „Von einem Tiger zerfleischt zu werden, ist grausam."

„Es sind Tiere, Helen. Das Gefühlsspektrum von Tieren ist übersichtlich. Grausamkeit gehört gewiss nicht dazu."

Helen schnaubte. Bergoben hatte den großen Käfig erreicht und wurde von seinem Nachfolger aus dem Gittergang geschoben. Er richtete sich auf. Selbst auf die Entfernung konnte Helen das Zittern seiner Knie sehen und die Unruhe seiner Hände. Schweißperlen glänzten auf seiner Stirn. Er blickte um sich, drückte sich an den Käfig und versuchte mit aller Kraft die wackeligen Gitterstäbe auseinander zu stemmen, um zu fliehen. Er trug über seinem dunklen dezenten Sakko eine buntgemusterte Jacke, weiß mit farbenfrohen Punkten, wie sie Clowns gerne tragen. Sie war ihm zu groß. Die Ärmel reichten über die Hände und die Schultern hingen ihm an den Oberarmen. Der Saum schlackerte um die Knie und gerade weil die Jacke so schlecht passte, machte sie die Verkleidung perfekt.

Hinter ihm krabbelten die anderen in den Käfig und suchten sich Plätze, die sie in ihrer Todesangst für sicher hielten. Die Gesichter geschminkt, die Kleidung grotesk verändert. Die Raubkatzen bekamen Gesellschaft von Clowns.

„Wissen Sie", sagte Helen trocken, „ich dachte, das alte Rom mit seinen Tierkämpfen wäre untergegangen."

Eine Weile starrte Devendra schweigend nach vorn und Helen mit ihr.

Alesso Cikuro hatte fünfunddreißig Menschen in seinem Käfig versammelt, die sich gegenseitig nach vorn oder hinten zu schieben versuchten. Die Tiger hockten auf ihren Podesten. Keiner knurrte oder fauchte. Sie spitzten die Ohren und ein Teil ihrer Aufmerksamkeit galt Cikuro, der steif in der Mitte der Manege stand und sich nicht rührte.

„Jeder von Alessos Tigern frisst sechs bis sieben Kilo Fleisch am Tag. Das ist eine Menge, die man kaum bezahlen kann." Devendras Blick glitt durch den Zirkusbau. „Selbst, wenn man gut gefüllte Ränge an den meisten Tagen des Jahres hat."

„Er ist aus *Kostengründen* auf Menschen umgestiegen?", fragte Helen mit deutlichem Biss in der Stimme.

Von ihrer Diskussion bekam Cikuro nichts mit und Helen wollte lieber nichts von seinen Machenschaften mitbekommen. Sie kniff die Augen zusammen und hätte sich auch die Ohren zugehalten, wenn der Kaffeebecher schon leer gewesen wäre. Cikuro hatte den kleinen Jungen zu sich gewinkt. Die Mutter protestierte lautstark, heulte und zeterte und schrie. Helen hörte einen der Tiger laut fauchen. Die Mutter schrie gellend auf. Ein weiteres Mal knurrte der Tiger.

Laute Stimmen riefen durcheinander. Helen hörte Hilferufe heraus, panische Schreie, hilfloses Schluchzen. Soweit sie hören konnte, drehten die Tiger völlig durch. Sie geiferten, zischten, knurrten. Sie bellten beinah. Helen hörte sie mit ihren schweren Körpern gegen die Gitter springen, das Metall klimperte. Sie zerfetzten Kleidung und menschliches Fleisch, knackten Knochen mit ihren Kiefern und zerschmetterten ihre Opfer durch gewaltige Prankenhiebe. Es zu hören, war fürchterlich. Helen öffnete die Augen und ihr stockte der Atem angesichts des Blutbades. Teile der Menschen waren im Käfig verteilt, hier lagen Beine, die unterschiedlich angezogen waren, dort Arme, die vielen verschiedenen Menschen gehört hatten. Die Tiger zerfetzten die

Leiber und Köpfe zu immer kleineren Stücken. Sie tobten wie besessen, sprangen, kletterten, töteten. Ein Prankenhieb mit ausgefahrenen Krallen genügte, um Dr. Bergoben von der Schulter bis zum Oberschenkel aufzureißen und seine Eingeweide im Umkreis mehrerer Meter zu verteilen. Das Blut spritzte und bedeckte die toten Zuschauer der vorderen Reihen mit einer dicken stinkenden Schicht.

Außen am Käfig lehnte Cikuro. Er hatte nur die Hände durch die Gitter geschoben und zog sie zurück, wenn einer seiner Tiger nahekam. In diesem Blutrausch traute sich selbst der Profi nicht zwischen seine Tiere. Mit gesenktem Haupt schaute er dem Gemetzel zu.

„Wann hat er den Käfig verlassen?", wunderte Helen sich.

„Gleich nachdem Sie die Augen zugemacht haben." Devendra war weiß im Gesicht und schluckte immer wieder. „Es ist genauso schrecklich wie ich es mir vorgestellt habe. Ein furchtbarer Anblick. Das kann man kaum ertragen."

In der Tat. Die Tiger hatten alle Menschen im Käfig getötet und fraßen nun, was sie erlegt hatten. Besonders die dicken Oberschenkelknochen fanden Anklang und wurden abgenagt, wohingegen Gedärme unbeachtet liegenblieben.

„Das ist geschmacklos, grausam und liegt jenseits jedes Verständnisses." Helen stürzte den Rest ihres Cappuccinos auf einen Satz hinunter und stopfte den leeren Becher zu dem übrigen Müll in ihre Tasche. „Was kommt als nächstes?", zischte sie wütend und rupfte das Programmheft aus der seitlichen Spalte ihres Stuhls. „Was kommt als nächstes? Wie werden die übrigen 162 Zuschauer getötet?"

„Haben Sie gezählt?", fragte Devendra.

„Geschätzt", schaute Helen sie böse an und bog das Programmheft weit auseinander. „Eine Clownsnummer mit Fips und Anton. Klingt harmlos."

„Ist es auch." Devendra lehnte sich auf die andere Seite ihres Platzes.

Dabei stupste sie mit dem Ellbogen an den toten Nebenmann, der daraufhin den Halt verlor und zu Boden rutschte. Devendra sah ihm nach. „Das ist die Nummer, in der mein Sohn mitmacht."

„Das trauen Sie ihm zu? All die Toten zu sehen und das Morden zu erleben?"

„Natürlich nicht." Devendra zeigte mit einer schnellen Handbewegung zur Manege. „Es wird bereits aufgeräumt und die Toten werden so vollständig wie möglich auf ihre Plätze gesetzt. Die restliche Illusion wird vom Rampenlicht erledigt. In der Manege ist es übermäßig hell, damit die Zuschauer einen guten Blick haben. Die Darsteller werden ständig geblendet. Obwohl es so wirken mag, kann man einzelne Zuschauer mit *diesem* Licht in den Augen nicht erkennen. James wird weniger Applaus hören, was er in der Geräuschkulisse der Band nicht wahrnimmt. In dem Alter sind Kinder nicht so empfänglich für Ungereimtheiten."

„James", wiederholte Helen. „Haben Sie und Ihr Mann diesen konservativen Namen bewusst gewählt?"

„Ja", antwortete Devendra fest. „Unsere Zeit mit dem Zirkus läuft ab. In der Zukunft soll unserem Sohn kein hochkreativer Name Schwierigkeiten machen."

„Na", spürte Helen ein Lächeln über ihre Lippen huschen, „vielleicht können Sie im Gefängnis eine Fortbildung machen."

Die Requisiteure leisteten ganze Arbeit, nachdem Cikuro seine Tiger aus der Manege geführt hatte. Binnen Minuten waren der Käfig abgebaut und die Körperteile aus der Manege geschafft worden. Jene Toten, die einigermaßen am Stück geblieben waren, saßen nun in Stühlen weiter oben im Rang. Ganz vorn wäre es dem kleinen James gewiss aufgefallen und er hätte unbequeme Fragen gestellt oder einen Schock fürs Leben bekommen. Die blutbesudelte Streu wurde mit großen Schaufeln und riesigen Schubkarren entfernt. Neue Streu war schnell ausgebracht und bildete den Untergrund für den runden roten Teppich. In rasender Geschwindigkeit wischten die Helfer das Blut von den Holzteilen rund um die Manege. Wenn Helen genau hinschaute, konnte sie die Schweißflecke unter den Achseln der Requisiteure erkennen.

„Ich komme nicht in den Knast", sagte Devendra, als die Kapelle zu spielen begann und ein kleiner süßer Clown sich durch den schweren Vorhang quälte. Devendra begann zu klatschen und Helen tat es ihr gleich. Sie lächelten beide über den kleinen Clown in seiner blauen Hose, dem weißen Hemd und der buntkarierten Jacke. Die Ärmel waren ihm zu lang und die Hosenbeine auch; er musste aufpassen nicht zu fallen. Er trug einen altmodischen Melonenhut mit angesteckter Blume auf dem Kopf und schob ihn, wenn er ihm in die Augen rutschte, immer wieder zurück in den Nacken. James hatte ein Wägelchen bei sich, das er von fetziger Musik begleitet hinter sich her in die Mitte der Manege zog. Er winkte dem Publikum und baute ein Tischchen auf. Er hatte hellgrüne Becher dabei, die Helen von Pheme kannte. Es war im letzten Sommer ein absoluter Trend gewesen, diese Becher möglichst schnell zu diversen Figuren zu stapeln und wieder einzusammeln.

„Haben Sie einen Fluchtplan?", fragte Helen.

„Wenn ich einen hätte", sagte Devendra, „würden Sie mich aufzuhalten versuchen? Sie könnten mich mit Ihrer Handtasche bewusstlos schlagen oder mich zu Boden werfen und lange genug festhalten."

„Keine realistischen Möglichkeiten", seufzte Helen und empfing den zweiten Clown, der die Manege betrat, mit lauterem Klatschen. War es der dumme August von vorhin? Sie konnte es nicht sagen, denn er war anders angezogen und die Schminke war nicht vor lauter Tränen weggewaschen. Dieser dumme August sah völlig normal aus.

Eine nette Nummer begann. Der erwachsene Clown machte dem

kleinen Clown die Becher streitig und James rettete die Becher, indem er sie blitzschnell aufräumte oder wieder zu einer Figur stellte. Das wollte der große Clown besser machen, doch James reichte ihm nur einen einzigen Becher und ließ sich daraufhin von seinem Bühnenpartner jagen. Als er schließlich scheinbar nachgab, stapelte der große Clown die Becher, in denen sich auf irgendeine unerklärliche Weise plötzlich Mehl befand. Es gab eine große Sauerei auf dem Fußboden. Einer der Requisiteure kam mit einem Besen und drückte ihn dem großen Clown in die Hand. Dieser begann den Requisiteur zu jagen, während James seine Becher einpackte und das Tischchen zurück in den Wagen lud. Er verschwand durch den Vorhang und der große Clown jagte den Requisiteur hinterher. Helens Lachen war echt und den Applaus hatte James sich redlich verdient. „Völlig ohne Todesfälle", stellte Helen fest, „sind die Nummern auch was wert. Ihr Sohn hat Bühnentalent, sofern ich das beurteilen darf."

„Ja, er ist gut", nickte Devendra. „Ein gescheiter Junge, schnell von Begriff und leidenschaftlich bei dem, was er tut. Ganz der Vater." Sie drehte Helen ihr Gesicht zu. „Hat Ihre Tochter mehr von Ihnen oder mehr von Ihrem Mann?"

„Sie ist in die Pubertät gekommen." Ein Thema, das Helen mehr als schwierig fand. „Sie will nichts von niemandem haben."

„Was man vererbt bekommt, sucht man sich gewöhnlich nicht aus. Hat sie einen ebenso scharfen Verstand wie Sie, Helen?"

„Schärfer."

„Ist sie genauso diszipliniert und ordentlich?"

„Bis zum Exzess."

„Mit diesem ausgeprägten Gerechtigkeitssinn?", fragte Devendra.

Helen erinnerte sich. Pheme war acht gewesen und hatte wohl als letztes Kind ihrer Klasse kapiert, was es mit dem Nikolaus und dem

Christkind auf sich hatte. Wenige Tage vor Weihnachten saß sie der Mutter beim Abendessen gegenüber. Bernhard hatte sie in dieser Woche zum Frühstück und machte sie fertig für die Schule. Wenn Pheme um halb fünf mit dem Bus aus der Mittagsbetreuung kam, war Helen bereits daheim und erwartete sie. So hatten sie ihre Arbeitszeiten geregelt und das wöchentlich wechselnde System funktionierte bestens, selbst für Meetings und Geschäftsreisen fanden sich Lösungen.

„Mama", sagte Pheme in dem Ton, den Helen bereits kannte und fürchtete. „Mama, ich will keine Tiere meinetwegen leiden lassen, das weißt du."

Helen stocherte in ihrem Essen herum. „Deshalb gibt es Couscous mit Rahmgemüse und kein Steak, Kartoffelgulasch statt Geschnetzeltem, Grünkernpflanzerl statt Frikadellen. Keine Angst, ich mische dir nicht heimlich Fleischbrühe oder Hackfleisch unter, wie andere Eltern es machen."

„Dein Glück." Pheme schaufelte drei große Gabeln vom Couscous in ihren Mund, kaute und schluckte. „Eine Kuh", sagte sie ernst, „gibt nur Milch, wenn sie ein Kälbchen hat. Wenn ich die Milch will, um daraus Butter, Käse und Jogurt zu machen, muss ich auch die Verantwortung für das Kälbchen übernehmen."

„Logisch."

„Wenn ich das Kälbchen esse", fuhr Pheme fort, „ist der Kreislauf geschlossen und alles in Ordnung. Wenn ich das Kälbchen nicht essen will, darf es gar nicht geboren werden. Was wiederum heißt: Keine Milch."

„Aha." Helen nahm schnell einen Löffel Parmesan, denn sie ahnte, welche Schlussfolgerung kommen würde.

„Mama", sagte Pheme, „es wäre besser, wir würden nichts mehr essen, was aus Milch gemacht ist. Was meinst du?"

„Schwierig." Helen dachte nach. „Schokolade, Pudding und Jogurt schmecken richtig lecker. Du liebst Quarknockerl. Rahmgemüse ohne Sahne ist nur Gemüse. Ohne Milchprodukte, mein Schatz, wird unser Speiseplan ganz schön ausgedünnt."

„Ja, ja, ja." Pheme aß langsam weiter. „Es muss Alternativen geben."

Helen seufzte. „Keine Eier. Kein Honig. Keine Butter. Puh!"

„Mama", stützte Pheme ihre Ellbogen auf den Tisch und beugte sich in Richtung ihrer Mutter, „das ist eine Frage der Gerechtigkeit. Es ist nicht gerecht, Tiere schlechter als Menschen zu behandeln. Allen soll es gleich gut gehen. Deshalb wünsche ich mir zu Weihnachten Nudeln und Reis."

„Bitte?" Helen schmeckte das Abendessen plötzlich nicht mehr so gut, was nicht an den verkochten Erbsen lag. „Warum das denn? Leidest du Hunger?"

„Nicht für mich", erklärte Pheme. „Für die Kinder, denen die Überschwemmung in Osteuropa alles fortgespült hat. Sie brauchen dringend Grundnahrungsmittel und die AG Menschlichkeit in der Schule organisiert den Transport dorthin. Gute Idee, oder? Sagst du den Omas und den Tanten Bescheid?"

„Mäuschen", sagte Helen, „Weihnachten ist in vier Tagen. Die meisten Geschenke dürfte das Christkind bereits besorgt haben."

Pheme zuckte die Schultern. „Geben wir alles nach Weihnachten zurück und kaufen für das Geld Reis und Nudeln."

„Immerhin", sagte Helen zu Devendra, „unterscheidet sie mittlerweile zwischen unverschuldeter Bedürftigkeit und schlicht anders gesetzten Prioritäten."

Eine runde Plattform war aufgebaut worden, etwa vier Meter im

Durchmesser und einen Meter vom Boden weg. Zwei junge Frauen in hautengen silbernen Anzügen betraten die Manege, verbeugten sich vor den Zuschauern und nahmen den mageren Applaus entgegen. „Die Kontorsionisten", sagte Helen, „faszinieren mich ungemein. Ich wollte früher immer Spagat lernen."

„Sheila und Indra trainieren, seit sie laufen können." Devendra ließ nach dem Anfangsbeifall ihre Hände sinken. „Ähnlich wie die beiden, die vorhin mit ihren Handstandübungen verblüfft haben. Wenn man aufhört sich zu biegen und zu dehnen, ist die Karriere ganz schnell vorbei. Übrigens, Sheila ist die größere Frau."

Aus dem Stand ging sie rückwärts in eine Brücke und brachte Hände und Füße dabei völlig zusammen. Indra hob ein Bein über den Kopf und ließ sich vornüber auf Sheila sinken. Es folgten viele Bewegungen, die fließend ineinander übergingen. Hände, Arme, Beine – man verlor den Überblick, welche Gliedmaßen zu welcher Frau gehörten. Sie schienen ein menschliches Knäuel zu bilden und wann immer Helen ein Gesicht erhaschte, lächelte es ruhig und gelassen. Schließlich brachte ein Gehilfe eine kleine Holzkiste. Sheila öffnete den Deckel und Indra ließ sich hinein sinken. Sie faltete sich kunstvoll, irgendwie, und verschwand vollständig in der Kiste, in die Helen wohl nicht einmal ihre Füße gebracht hätte. Sheila machte den Deckel zu.

„Unglaublich." Helen klatschte mit aufrichtiger Bewunderung. Indra entstieg der Box und gemeinsam verbeugten sich die Frauen. Beeindruckend, wie tief sie sich bückten und wie geschmeidig sie sich anschließend wiederaufrichteten.

Schnell ebbte der Applaus ab und Helen ließ die Arme sinken. „Es hört sich nicht gut an, wenn in diesem riesigen Gebäude nicht mal zweihundert Leute klatschen."

Sheila und Indra tauschten einen schnellen Blick. Sie joggten los, allerdings nicht durch den Vorhang hinaus, sondern in den Zuschauerraum. Einen Moment lang hielten die beiden direkt auf Helen zu. Sie schluckte, als die eine rechts und die andere links abbog und sie den Logenbereich nicht betraten. Ihr war plötzlich heiß geworden. Ihre Hände schwitzten. Drei Reihen vor ihr saßen Leute, ebenso in der Reihe davor und ganz vorne direkt an der Absperrung über dem Notausgang auch. Das waren die besten Plätze mit dem besten Blick.

„Wie im wahren Leben", stellte Helen fest, „Geld rettet Leben."

„Wie meinen?" Devendra hob die Hand und winkte Sheila zu, die sich den Block zur linken Seite vorgenommen hatte. Sie packte den ersten Zuschauer, auf den sie traf, am Kopf und legte ihm ein Band um den Hals. Es war elastisch und gab nach, als sie sich entfernte. Allerdings ging es nicht vom Hals ab, egal wie sehr der Zuschauer sich bemühte, seine Finger zwischen Haut und Gummiband zu bekommen.

Es handelte sich um eine Slackline, das konnte Helen nun erkennen. Sie kannte diese Sportgeräte aus dem Park, wo einige zwischen den Bäumen aufgehängt waren. Manchmal versuchte sich Pheme darin, allerdings musste Helen ihr die Hand dabei geben. Freihändig konnte sie höchstens zwei, drei Schritte schaffen.

Etwas war anders an dieser Slackline. Helen bemerkte bald das Blut, das den in der Reihe aufgekordelten Zuschauern vom Hals tropfte. Sie suchte nach dem Grund und als Sheila einige Reihen weiter hinten vorbeiging, entdeckte Helen die Rasierklingen, die an der Slackline befestigt waren. Deshalb japsten die Zuschauer so fürchterlich, wenn nicht nur die Haut am Hals aufgeschnitten wurde, sondern auch die Fingerkuppen bei den Versuchen sich zu befreien.

Der erste Zuschauer sprang von seinem Stuhl, um die Spannung von der Slackline zu nehmen, und eilte Sheila hinterher. Natürlich blieb es den Requisiteuren nicht verborgen. Es dauerte nur Sekunden, bis der

Zuschauer von einem Schuss getroffen tot über die Sitze fiel.

Er wäre auch ohne Todesschuss nicht weit gekommen, wie Helen feststellte. Sheila war keine Anfängerin. Sie hatte offenbar mit den Widrigkeiten ihrer Opfer gerechnet und nach jedem menschlichen Hals auch eine stabile Säule oder ein Geländer umwickelt. Es hatte keinen Sinn, den Zug vom Band nehmen zu wollen.

Nacheinander starben die aufgewickelten Zuschauer. Ihnen traten die Augen aus den hochroten Köpfen, manche bissen sich in die Zunge, andere schienen zu verbluten. Die meisten erstickten, einige auch an ihrem eigenen Erbrochenem.

Ringsum wurden Blicke glasig. In ihrer Verzweiflung sprang eine Frau über das Treppengeländer hinunter, vielleicht hoffte sie, ihr Genick würde brechen, doch die Slackline dehnte sich weit genug. Sie kam trotzdem als Leiche zurück, erschossen von einem wachsamen jungen Mann am Fuß der Treppe.

Sheilas silberner Anzug funkelte im Scheinwerferlicht. Drei Zuschauer ließ sie aus, den vierten wickelte sie ein. Wieder ächzte das Opfer, zappelte, kämpfte und verlor.

Auf der anderen Seite der Manege machte Indra dasselbe. Jeder vierte Zuschauer, egal ob Mann, Frau oder Kind, wurde umgebracht, indem sie ihre Opfer in eine mit Rasierklingen besetzte Slackline wickelte. Wenn sich jemand zu wehren versuchte, traten die Requisiteure mit ihren Waffen dazwischen und erledigten das Opfer blitzschnell.

„Von den Leuten", sagte Helen, „die vergleichsweise viel Geld in eine gute Platzkarte investiert haben, sind mehr am Leben als von den anderen Zuschauern. Der Zauberer hat mit seinem Elektroschock überproportional viele Gäste erwischt, die kein Geld zusätzlich zur Karte investiert haben."

Devendra verfolgte Indras Arbeit aufmerksam. „Es ist eine bewiesene

Tatsache", sagte sie. „Menschen mit viel Geld leben länger. Nicht ewig. Länger." Nun drehte sie sich Helen zu. „Eine Handvoll Menschen wird am Ende der Vorstellung am Leben sein. Länger leben oder überleben, was wäre Ihnen lieber?" Sie wandte sich in ihrem Sitz völlig zu Helen. „Möchten Sie überleben, Helen?"

Indra und Sheila waren fertig mit den Zuschauern. Die beiden Frauen atmeten schwer und schwitzten heftig. Sie kehrten zurück in die Manege und verbeugten sich vor dem, was sie von ihrem Publikum übriggelassen hatten. Von manchen Stellen kam verhaltenes Klatschen. Helen schlug ebenfalls ihre Handflächen gegeneinander, allerdings ohne ein nennenswertes Geräusch zu verursachen.

„Bei einer Chance von etwa 1:24", rechnete Helen nach, „ist es eine verwirrende Frage."

Devendra lächelte. „Helen, Ihre Chancen standen schlechter, da haben Sie dem möglichen Tod mit sehr viel Gelassenheit entgegengesehen. Wollen Sie nicht zurück zu Ihrer Familie?"

Ihr schmerzte das Handgelenk, wenn sie es stark zurückbog, von dem heftigen Schlag, mit dem Helen die Tür daheim zugeknallt hatte. Schnellen Schrittes war sie über die Treppe nach unten gelaufen und hatte das Haus verlassen. Sie hätte die schwere Haustür ebenso ins Schloss geschmettert, wenn das der Türoberschließer nicht verhindert hätte.

Die eiskalte Januarluft traf sie wie eine saftige Ohrfeige. Sie fröstelte augenblicklich und schimpfte mit sich selbst. Sie hätte sich warm anziehen sollen, dicke Jacke, Schal, Handschuhe, Mütze. Naja, Mütze... Sie trug nie Mützen und selbst zwanzig Grad unter null waren kein Grund eine aufzusetzen. Nur in Jeans, Pulli und Kurzmantel fror Helen fürchterlich, obwohl ihr Herz raste, ihr Puls holperte und sie vor Wut hätte explodieren können! Dieser verdammte Sack!

Sie presste ihre klappernden Zähne aufeinander, schlug den Kragen des Mantels hoch und überlegte, warum in aller Welt sie es gut fand, wenn die Einkaufszentren am Sonntag geschlossen hatten. Dort wäre ihr warm geworden, dort hätte sie ihre Wut aushalten können.

„Ich will nicht nach Südamerika!", klang Phemes Genörgel in ihren Ohren. „Da ist es voll doof!"

„Erstens", tadelte Helen sie, „will ich solche Einschätzungen gar nicht hören von jemandem, der nie in Südamerika war. Zweitens geht es nicht um dich, mein Mäuschen, oder deinen Vater, sondern um mich. Ich müsste einige Wochen dort verbringen."

„Ich will das nicht", jammerte Pheme erneut. „Ich will nicht mit Papa wochenlang allein sein. Er ist viel strenger als du."

Bernhard saß am Tisch und rührte in seinem Kaffee. „Werde ich vielleicht auch mal gefragt?" Er schaute Pheme streng an. „Ich kann mich gar nicht wochenlang allein um dich kümmern. Ich muss schließlich arbeiten." Er ließ den Löffel in der Tasse zur Ruhe kommen. „Außerdem steht das Projekt in Amsterdam vor dem Abschluss. Die Woche im Februar, meine liebe Gattin, ist geplant und abgesegnet."

Helen knurrte. „Ihr habt mir beide nicht zugehört. Ich würde die Stelle ab März übernehmen. März! Da kannst du im Februar beruhigt nach Amsterdam."

„Wie stellst du dir das vor?" Bernhard stützte sich auf den Tisch und legte seine Hände um die Kaffeetasse. „Willst du zwischen Südamerika und daheim hin und her jetten? Überhaupt: Südamerika! Hat dein Chef eine dumpfe Ahnung, wie groß dieser Kontinent überhaupt ist? Das reicht von Mittelamerika bis zur Antarktis runter. Millionen Quadratkilometer! Viele sehr große Länder, die allesamt viele Flugstunden entfernt sind! Dein Chef weiß ja gar nicht, was er da will."

„Die Firmen, die ich betreuen soll", versuchte Helen möglichst ruhig zu sagen, „sind über ganz Südamerika verteilt. Um sie alle kennenzulernen, muss ich einige Wochen investieren. Danach läuft das meiste von hier und ich muss nur bei neuen Projekten oder argen Schwierigkeiten vor Ort sein."

„Jaja", winkte Bernhard ab, „so wird es verkauft. Der Chef sagt einem immer, es wäre nicht viel Aufwand und alles ließe sich bequem von daheim regeln. Tatsächlich wirst du ständig dort sein. Dort! Wo auch immer genau das sein wird."

Helen unterdrückte den heftigen Impuls ihre halbvolle Tasse gegen die Wand zu schmettern. „Im Gegensatz zu deinem Chef gibt mein Chef sehr realistische Einschätzungen ab. Ich bin ihm wichtig, deshalb nimmt er Rücksicht auf meine Familie und schickt mich nicht für immer ins Ausland."

„Ach, und mein Chef nimmt keine Rücksicht?", murrte Bernhard.

„Nein", sagte Helen. „In deinem Urlaub beantwortest du Mails und stehst jederzeit telefonisch zur Verfügung, weil dein Boss das erwartet. Wie oft hast du von Griechenland aus telefoniert?"

„Jeden Tag", seufzte Pheme. „Mehrmals."

„Es war wichtig!", schimpfte Bernhard. „Ich kann es mir nicht leisten, gute Verträge nicht optimal zu betreuen."

„Eigentlich schon", verschränkte Helen die Arme. „Ich verdiene mehr als genug. Fix. Jeden Monat. Du brauchst dir für deine läppischen Provisionen nicht den Urlaub verderben lassen."

„Mit den Provisionen habe ich den Urlaub bezahlt!"

„Der Geldbetrag war zufällig gleich hoch", sagte Helen. „Ebenso könnte ich sagen, mit meinem halben Monatsgehalt habe ich den Urlaub bezahlt."

„Dann verschwinde nach Südamerika und lass uns hier allein, wenn dir deine Scheiß-Karriere wichtiger ist!"

Da war Helen aufgesprungen und gegangen. Sie schimpfte den ganzen Weg in die Stadt stumm mit Pheme, die sich nie beschwert hatte und nun plötzlich zu klammern anfing. Helen war da, wenn Pheme sie brauchte. Sie machte Abendessen, besuchte Elternabende, kannte ihre Freunde, fuhr sie zur Saxophonstunde und holte sie von der Mittagsbetreuung, wenn sie den letzten Bus verpasste. Sie gingen ins Kino, spielten im Garten Federball und Helen zog sich zurück, wenn Pheme mit ihrer Freundin Freundinnenkram zu besprechen hatte. Es war gemein von ihr, jetzt so in die Parade zu fahren.

Von Bernhard hatte Helen nichts anderes erwartet. Seit er Amsterdam hatte, brauchte er sie weniger als die Zugehfrau, die dreimal die Woche am Vormittag saubermachte, die Hemden bügelte, die Wäsche wusch und sogar die Dekoration je nach Weihnachten, Ostern oder Sommer aufstellte. Wenn Helen den Job annahm, würde sie Fräulein Roswitha – dreiundsechzig, verwitwet, gutmütig – bitten, an jedem Vormittag zu kommen oder eventuell am Nachmittag, damit Pheme nicht allein war, wenn Bernhard länger zu arbeiten hatte.

Sechs Wochen. Vielleicht sieben. Die würden eh schnell vergehen. Mathetests standen an, außerdem der wichtige Lateintest. Pheme musste ein Referat über Kontinentaldrift halten. In den sechs Wochen, in denen Helen nicht da sein würde, feierte Bernhards Mutter ihren siebzigsten Geburtstag. Das Patenkind hatte Erstkommunion ohne die Patin. Eltern-Info-Abend über den Schüleraustausch stand an; den musste eben Bernhard übernehmen. Helens Freundin Beate bekam ihr erstes Kind bekommen. Endlich. Nachdem sie jahrelang eines gewollt und sich von einem One-Night-Stand in den anderen gestürzt hatte und schließlich zur Samenbank gegangen war. Ziemlich viel würde ohne Helen passieren.

Einerseits. Die andere Seite war der unglaubliche Karrieresprung. Wenn sie Südamerika übernahm, gab es nur einen höheren Posten und den besetzte der Chef, der Inhaber der Firma. Höher hinauf ging nicht. Das Gehalt war traumhaft verlockend. Firmenwagen inklusive. Kostenloses Aufladen an der Stromtankstelle. Entscheidungsfreiheit. Eine richtig verantwortungsvolle Position, in der Helen ihr Potenzial entfalten und ausbauen konnte. Das war ein lang gehegter Traum. Aus dem Nichts etwas erschaffen, das richtig gut funktionierte.

Sie seufzte. Unter der Kuppel des Zirkusbaus wurde im Dämmerlicht eine Slackline in Position gebracht. Ein Requisiteur spannte das Gummiband mit aller Kraft und kurbelte dafür an einem Hebel. Früher war von dreiunddreißig Lateinschülern der Klasse jeden Montag einer ausgefragt worden. Beim ersten Mal hatte man also eine Chance von 1:33. Helens Chance zu überleben stand besser. Sie war zweimal zu Beginn der Ausfrageaktion dran gewesen, was sie zu der Vermutung gebracht hatte: Frau Römer wählte nicht zufällig, sondern nach Leistung. Die schlechtesten Schüler fragte sie am Ende aus, als würden sie die Zeit nutzen, um ihre Wissenslücken zu schließen.

„Sie rechnen schon wieder, Helen", tadelte Devendra. „Was interessiert Sie nur an den vielen Zahlen und Wahrscheinlichkeiten? Leute, die sich überhaupt nicht damit auskennen, schließen allerhand kuriose Versicherungen ab." Sie lachte. „Ich zum Beispiel habe eine Versicherung gegen schlechtes Wetter an meinem Geburtstag. Wenn es am zwölften März schüttet, schneit oder eiskalt ist und das Wetter mir damit den Beginn meiner Grillsaison vermasselt, zahlt mir die Versicherung fünfhundert Euro aus."

„Und?", lächelte Helen leicht, „hat es sich die letzten Jahre gelohnt?"

Devendra zuckte die Schultern. „Ich habe die Police erst abgeschlossen und ich fürchte, der Beitrag ist mit fast hundert Euro deutlich zu hoch. Was meinen Sie?"

„Früher war der März mit dem Wetter nicht sehr zuverlässig. Viel Regen, immer wieder Schnee und selten trockene Witterung, die mehrere Tage anhält." Sie verschränkte die Arme und musste sich nicht anstrengen, um sich an die letzten Frühjahre zu erinnern. „Nachdem Sie erst Ende April auf Tour gehen, betrifft das Wetter am zwölften März ausschließlich diese Stadt. Seit etwa fünf Jahren ist hier der Frühling grundsätzlich sehr trocken. Es regnet trotz dunkler Wolken kaum und wenn es regnet, geht fast immer ein Gewitter voran. Unwetterartige Niederschläge kommen vor, allerdings liegen sie zahlenmäßig im niedrigen einstelligen Bereich und verteilen sich auf das gesamte Alpenvorland. Ich fürchte, Sie werden nicht viel Erfolg mit Ihrer Versicherung haben. Das Wetter ist tendenziell günstig für Ihre Grillsaison. Kündigen Sie, sobald es möglich ist."

Kapitel 8

Zwei junge Männer in Leggings waren in die Manege getreten. Sie sahen kräftig aus, wenngleich nicht so durchtrainiert wie die beiden Handstandkünstler. Körperbeherrschung hatten sie, keine Frage. Beide erklommen die wenigen Stufen, die zur Slackline führten, mühelos und flink wie Eichhörnchen.

Ihre Nummer begann mit dem, was Helen sich unter einer solchen Nummer vorstellte. Erst schritt der eine junge Mann von einer Seite zur anderen, dann sein Kollege. Sie taten es federnd und wippend, damit die Zuschauer sehen konnten, wie elastisch die Slackline war. Hin und her. Schließlich waren sie beide gleichzeitig auf dem Band. Sie balancierten aufeinander zu, entfernten sich rückwärts, näherten sich wieder und kamen aneinander vorbei in einer atemberaubenden Weise. Sie fassten sich an den Händen, ließen sich gleichzeitig schräg zu jeweils einer Seite der Slackline fallen und schwangen wie ein Kreisel herum. Helen blieb das Herz fast stehen. Erst fürchtete sie, die beiden würden fallen, einen guten Meter nur, aber immerhin. Sie hielt sich die Hände vor Schreck an den Mund und atmete auf, als beide wieder sicher standen und lächelten.

Ein Schauer lief ihr über den Rücken. Diese Artisten schienen die Schwerkraft auszuhebeln und mit ihr zu spielen. Jeden Schwung der Slackline nutzten sie, um Schwung für ein weiteres Kunststück zu holen. Sie wirbelten umher, überschlugen sich, baumelten, lagen, saßen und rollten auf der Slackline herum.

„Der mit den blonden Haaren", flüsterte Devendra, „heißt Jason, der Schwarzhaarige ist Marcel. Sie sind Brüder. Ihre Eltern waren ein berühmtes Hochseilpaar. Vor allem ihre Mutter vollbrachte auf dem Seil Übungen, die man dem Bodenturnen zugerechnet hätte. Sie war auf dem Seil daheim und balancierte mit unglaublicher Sicherheit."

Helen konnte sich vorstellen, wie Jason und Marcel das Laufen auf einem Seil lernten, bevor sie das Laufen auf dem Boden sicher beherrschten. Kleine Kinder, die begeistert auf einem Seil übten, das nur wenige Zentimeter über dem Boden schwebte. Dem Zeitgeist entsprechend, wechselten sie zur Slackline und zeigten dasselbe unglaubliche Geschick darin.

„Eltern", ahnte sie, „vererben ihren Kindern nicht nur Gene. Sie prägen auch Interessen und Vorlieben." Sie schaute zu Devendra. „Treten deren Eltern noch auf?"

„Nein", schüttelte sie den Kopf. „Bei einer Vorstellung stürzten sie beide vom Seil und waren sofort tot." Sie nickte zur Manege hin. „Von dort oben sind es knapp zehn Meter; das reicht zum Sterben." Sie seufzte. „Gregor hätte an dem Tag nicht auftreten sollen. Er hatte eine Erkältung, musste ständig husten und niesen. Den ersten Nieser oben auf dem Seil konnte er ausbalancieren, die Hustenattacke nicht. Das Seil geriet in Schwingung, beide fielen." Sie zeigte nach vorn zur Slackline. „Die beiden sind auch auf dem Hochseil unglaublich gut und absolut schwindelfrei. Sie bekommen Aufträge aus der halben Welt, wenn etwas montiert oder gereinigt werden muss. Damit verdienen sie mehr Geld als mit dem Zirkus, der nur eine Leidenschaft ist. Der andere Teil der Welt nimmt sich billige Asiaten, die für schnelles Geld Kopf und Kragen riskieren und meistens auch verlieren. Da weiß man gar nicht, wie der Verunglückte heißt oder woher er stammt und warum zum Kuckuck er in Flipflops über einen Glasdachträger balanciert."

„Ich bin mit sieben Jahren von der Rutsche gefallen." Daran erinnerte Helen sich nicht. Sie wusste es von Erzählungen ihrer Eltern. „Gehirnerschütterung. Seitdem kann ich nicht mehr gut balancieren und Höhe macht es schlimmer."

Devendra lachte. „Unter allen erdenklichen Ängsten haben Sie ausgerechnet vor der Höhe Angst."

„Nicht vor der Höhe", verbesserte Helen. „Vor dem Aufprall nach dem Fall."

An ihrem ersten Praktikumstag in der Assekuranz hatte sie einen Schreibtisch zugewiesen bekommen, der dem einer Frau gegenüberstand. Sie war Anfang dreißig, klein und pummelig, blonder Bob um den Kugelkopf. Ihre hellblauen Augen strahlten hinter einer pinken Brille. Sie lächelte immer, selbst wenn sie am Telefon einen aufgebrachten Kunden beruhigen musste. Sie saß sprichwörtlich zwischen den Stühlen, denn der Mann, dessen Assistentin und Sekretärin sie gewesen war, hatte vor vier Wochen nach einem Herzinfarkt den Kampf um sein Leben verloren. Es gab in der Firma niemanden sonst, für den sie hätte tätig sein können. Der Chef hatte seine eigene Sekretärin und diese Giftspritze hätte eher unbezahlte Überstunden gemacht als sich von Juliane helfen zu lassen.

Es fiel ihr zu, Helen in der Firma bekannt zu machen und ihr unter die Arme zu greifen, was die Umgangsformen in der kleinen Cafeteria betraf, den Kaffeeautomaten, die Kaffeekasse und der Brauch, für besondere Ereignisse im Kreis der Kollegen Geld zu sammeln. Sie erklärte, wen der Chef mochte (alle seine Angestellten) und wen nicht (den Hausmeister des angemieteten Gebäudes). Sie wusste, wer von den Kollegen gebunden war und warnte Helen vor Giacomo Costatelli, der unheimlich gut aussah und sich sehr charmant gab. „Ebenso charmant wie unzuverlässig", warnte Juliane. „Er ist bei seinen Verträgen sehr genau, bei den Frauen eher unverbindlich."

Helen winkte ab. „Ich habe den Mann fürs Leben schon gefunden."

Andere rollten an dieser Stelle mit den Augen oder hielten sie für verrückt. Sie sei ja so jung, hätte längst nicht alle Männer kennengelernt und die Liebe fürs Leben gebe es eh nicht. Juliane dachte nach. „Echt? Beneidenswert."

Schnell wurden Helens Aufgaben in der Assekuranz mehr und aus dem Praktikum wurde eine Festanstellung. Sie rechnete und tüftelte, erstellte Prognosen und als der Chef sie zu einem Kundentermin einlud, überlegte er im Vorbeigehen: „Ist dieses Zimmer dort eigentlich frei?" Er zeigte auf die Abstellkammer, die neben dem Großraumbüro mit seinen fünf Schreibtischen war. Ein schöner Raum mit großem Fenster, nur leider völlig zugemüllt mit allerlei Kram und ohne richtigen Boden. Er öffnete die Tür und steckte den Kopf hinein. „Na, da muss erst einmal Parkett rein, außerdem neue Möbel und eine gute Lampe." Er schloss die Tür wieder und sagte zu Juliane: „Sind Sie so nett und kümmern sich darum? Machen Sie aus der Kammer ein hübsches Büro mit hellen Möbeln. Ein neues großes Fenster sollte auch hinein. Beauftragen Sie Handwerker."

„Ja", zuckte Juliane die Schultern. „Für wen denn?"

„Für Frau Montages." Der Chef lächelte Helen zu. „Sie sollten ein eigenes Büro haben und eine eigene, gute Sekretärin. In dieser Hinsicht hat sich die Zusammenarbeit mit Ihrer Kollegin ja bestens bewährt, nicht wahr?"

Helen stellte ihre Teetasse weg. „Bevor Sie für mich so viel Geld in die Hand nehmen, sollten Sie etwas wissen. Ich bin schwanger."

Der Chef wurde ernst. „Möchten Sie etwa zu arbeiten aufhören?"

„Keinen Tag", schüttelte Helen den Kopf. „Am liebsten würde ich überhaupt nicht aufhören zu arbeiten, nicht einmal weniger Stunden arbeiten." Sie schluckte und ging in Gedanken durch, was Bernhard und sie bereits ausgetüftelt hatten. „Die ersten eineinhalb bis zwei Jahre wird sich eine Tagesmutter um das Kind kümmern. Anschließend möchten wir eine Kita nutzen." Sie schluckte erneut. „Das einzige, was ich wirklich gern würde, ist früher am Tag anfangen, damit ich ab dem späten Nachmittag was von meinem Kind habe. Wenn ich um sechs anfange, wäre ich gegen fünfzehn Uhr fertig und hätte Luft für dringende Sachen. Im wöchentlichen Wechsel mit meinem Mann."

Langsam fand der Chef sein Lächeln wieder. „Genehmigt. Alles ist genehmigt, sofern Sie mir das Arbeiten nicht aufhören. Herzlichen Glückwunsch zur Schwangerschaft. Wann kommt das Kleine denn?"

Helen spürte ihr Herz heftig schlagen. „In fünf Monaten. Anfang Mai beginnt der Mutterschutz."

„Anfang Mai", rieb der Chef sich seinen Kinnbart. „Das Büro muss unbedingt vorher fertig werden. Juliane, kümmern Sie sich! Fangen Sie sofort an. Fragen Sie beim Hausmeister nach, der soll sich kümmern. Frau Montages, nach der Mittagspause besprechen wir am besten den morgigen Termin. Ich glaube, diese Frau Rith schwindelt ein bisschen bei den Zahlen."

Helen zeigte auf den Laptop, an dem sie arbeitete. „Das denke ich auch, wenn ich mir diese Unterlagen anschaue. Einiges ist nicht recht plausibel in der Entwicklung."

„Um halb zwei?" Der Chef warf einen Blick auf seine Armbanduhr. „In meinem Büro." Er verschwand schnellen Schrittes.

Juliane und Helen schauten einander mit großen Augen an. „Ich glaube", sagte Juliane, „du bist gerade befördert worden. Du kriegst ein eigenes Büro, obwohl du schwanger bist. Du darfst mit dem Chef auf Dienstreise. Du betreust die Kunden, die dem Chef wichtig sind und viel Geld bringen, während Müller und Hagenhauser ständig stänkern und trotzdem keine besseren Bereiche bekommen. Ich dachte, wenn der Chef jemanden unter die Fittiche nimmt, dann einen von den beiden aufgeblasenen Gockeln." Ihr Lächeln wurde breiter. „Ihr fliegt morgen früh, oder?"

„Um sieben. Um zehn beginnt der Termin."

„Hoffentlich streikt niemand. Das will die Gewerkschaft erst heute Nachmittag verkünden."

„Eher nicht." Helen widmete sich dem Bildschirm. „In dieser Phase der Verhandlungen hat die Gewerkschaft zwar einen Hang zum Streiken, doch derjenige, der über den Streik bestimmt, hat eine Abneigung gegen schlechtes Wetter und für die nächsten Tage ist elendes Mistwetter in ganz Deutschland angesagt."

„Mistwetter", wiederholte Juliane, „aha." Sie begann an ihrem Computer zu klicken. „Seit dem letzten Sturm funktioniert meine Warmwasseranlage auf dem Dach nicht mehr richtig. Wahrscheinlich ist was kaputtgegangen, aber glaubst du, ich finde einen Handwerker, der mir aufs Dach steigt und nachsieht?"

„Steig selber hoch." Helen leerte ihre Teetasse und markierte Zahlen in der Bilanz, die ihr nicht gefielen. „Hast du eine lange Leiter?"

„Mein Häuschen", lächelte Juliane, hat nur Erdgeschoss und Dach drüber. Da langt jede Leiter hoch."

„Traust du dich nicht?" Helen schaute zu ihr. „Soll ich mal gucken?"

„Du bist schwanger, meine Liebe."

Bis zum ersten Krach hatte Bernhard dieses Argument gebracht, wenn Helen ein Sixpack Wasser in die Wohnung trug, wenn sie einen langen Spaziergang vorhatte, eine Bergtour mit einer Freundin plante, wenn sie mit Tabea durch die Kneipen zog oder ein Konzert besuchte.

„Schwanger!", hatte sie ihn angebrüllt, „nicht krank!"

Bei Juliane genügte ein langer Blick und sie erinnerte sich an den Stress mit dem Kollegen Thomas. Seine Frau hatte unter der dritten Schwangerschaft extrem gelitten. Sie konnte sich nicht um die anderen beiden Kinder kümmern, weshalb Thomas beinahe volle neun Monate fehlte. Dummerweise hatte Juliane Thomas und seine Frau mehrmals in der Stadt gesehen, bummelnd, lachend, scherzend, die beiden Kinder im Schlepptau. Wahrscheinlich, hatte Juliane überlegt, konnte eine Frau Schwangerschaftsbeschwerden hervorragend nutzen, um für sich und die Familie eine wunderbare Zeit zu arrangieren.

Am Abend rief Helen Bernhard an und sagte ihm, sie würde später kommen. Sie hätte etwas zu erledigen. Sie setzte sich ins Auto, packte Juliane auf den Beifahrersitz und fuhr mit ihr hinaus aus der Stadt und über die Autobahn aufs Land. Juliane wohnte am Ende der Welt. Einmal musste Helen quer über einen Bauernhof fahren, um die Einfahrt zum Haus zu erwischen. Der Wachhund bellte das Auto an und jaulte, bis er Juliane bemerkte. Er wich nicht mehr von Helens Seite und wäre am liebsten selbst die Leiter hinaufgejagt. Helen prüfte mit einigen Rucken, ob die Leiter sicher stand, und stieg im kälter werdenden Wind die Sprossen hinauf.

Eiskalter Ostwind. In der Nacht würde er weiter auffrischen und zu einem Sturm werden. Für den Vormittag waren die ersten Schneefälle angesagt, samt Schneeregen, Glatteis, Chaos und Stau. Helen schreckte das nicht. Den Kundentermin würden sie und der Chef prima erreichen, nur das war wichtig. Wenn das Chaos losbrach, waren sie längst in Hamburg.

Sie schwang ihr rechtes Bein aufs Dach und spürte den kalten Wind im Gesicht. Die Neigung unter ihren Füßen war nicht erwähnenswert. Es fühlte sich beinahe wie Erdboden an, so flach war das Dach. Sie machte kleine, sichere Schritte und erklomm den First.

„Sei bloß vorsichtig!", mahnte Juliane. „Mir wird schwindelig, wenn ich dich nur sehe!"

„Es ist alles gut!", rief Helen zurück. Auf dieser Seite des Daches waren die Platten alle in Ordnung und saßen fest. Dort, wo der Kamin das

Dach durchstieß, gab es keine Schäden. Alles bestens. Sie überwand den höchsten Punkt des Daches und setzte ihren Weg fort. Dort war die Solaranlage. Zwei Kollektoren fingen die Sonnenwärme ein und erhitzten das Wasser, das durch den dicken Schlauch kam. Helen ging in die Hocke und schaute sich alles genau an.

„Und?", hörte sie Juliane durch den Wind schreien. „Was ist?"

Zuerst kletterte Helen vom Dach herunter. „Da zieht sich ein Sprung durch den einen Kollektor." Sie holte die Leiter vom Dach weg. „Als wäre etwas darauf gefallen. Ein schwerer Ast vielleicht."

„Nein!", stöhnte Juliane auf. „Das war der dicke Brocken, den ich nach dem Sturm im Garten gefunden habe. Es stehen ja ringsum lauter hohe Bäume."

„Sturmschaden also." Helen senkte die Leiter ab und räumte sie in die mit allerlei Krimskrams gefüllte Garage. „Das zahlt die Versicherung."

Juliane seufzte. „Wenn ich eine hätte."

Helen rollte die Augen. „Bei der Wahrscheinlichkeit heftiger Unwetter in unserer Gegend solltest du unbedingt eine haben. Sturm, Hagel, Unwetter. Schlechtes Wetter trifft einen immer wieder und seit einigen Jahren mit höherer Wahrscheinlichkeit als vor einem Jahrzehnt. Außerdem ist die Versicherung weniger teuer als die Schäden."

„Du und deine Wahrscheinlichkeiten." Juliane zog den Schlüssel aus ihrer Jackentasche und sperrte ihre Tür auf. „Der Chef hat deswegen einen Narren an dir gefressen, mich schreckt das eher ab. Wie hoch ist denn die Wahrscheinlichkeit einer gemeinsam verspeisten Tiefkühlpizza? Ich habe welche mit Salami da?"

„Praktisch null. Bernhard wartet mit dem Abendessen und ich will mir hinterher ein paar Unterlagen für morgen ansehen."

„Erzähle ihm bloß nichts von dem Dach", warnte Juliane. „Er springt dir an den Hals, wenn er es erfährt."

„Solange ich nicht balancieren muss, macht Höhe mir nichts aus."
Helen stieg in ihr Auto und ließ das Seitenfenster runter. „Wie wäre es,
wenn du am Montag die Pizza in die Arbeit mitbringst und wir sie in der
Mittagspause essen? Ich habe zurzeit einen Bärenhunger und schaffe
locker eine halbe Familienpizza."

„Und ich", lachte Juliane, „schaffe locker die andere Hälfte." Sie klopfte
leicht aufs Autodach. „Fahr vorsichtig nach Hause, meine Liebe."

Einmal blieb Helen während der Slacklinenummer beinahe das Herz
stehen. Jason machte einen doppelten Salto. Er sprang hoch,
überschlug sich, landete wieder auf dem Band und rutschte ab. Er
stürzte. Helen fürchtete, sie würde ihn auf dem Boden aufprallen sehen.
Im letzten Moment konnte er sich mit einer geschickten Drehung in eine
stabile Position bringen. Er machte den Salto ein zweites Mal. Diesmal
stand er sicher und kassierte den Applaus der wenigen Zuschauer.
Marcel kam zu ihm und gemeinsam verbeugten sie sich vor dem
Publikum. Gleichzeitig wurde im Hintergrund das Trapez ein kleines
Stück herabgelassen. Helen spürte eine Gänsehaut über ihre Arme
kriechen.
Mit flotten Schritten im Takt der Musik tänzelten Jason und Marcel
durch die verbliebenen Zuschauer. Sie suchten sich Zuschauer aus,
denen die Requisiteure mit vorgehaltener Waffe den Weg in die Manege
wiesen. Helen bewertete blitzschnell die Fakten. Ein Trapez. Eine Leiter,
die hinaufführte. Die nächste und letzte Nummer würde das Trapez
sein, für alle Zuschauer, die am Leben waren.
Es war eine schreckliche Vorstellung. Helen hatte keine nennenswerte
Kraft in den Armen. Sie verzweifelte an Marmeladengläsern und sogar
Ketchupflaschen. Sie schaffte keinen einzigen Liegestütz und wenn sie
sich am Trapez festhalten sollte, würde sie natürlich am tiefsten Punkt

den Halt verlieren und beinahe zehn Meter stürzen. Sie hatte immer wieder mit Unfallopfern zu tun, die abgestürzt waren. Man brach sich die Knöchel, Unterschenkel, Oberschenkel, Hüften. Wenn der Körper aus großer Höhe auf den Boden traf, gaben diese Knochen in der Reihenfolge des Aufpralls nach. Es war keine Lösung, mit dem Bauch aufzuschlagen. Das zerschmetterte die Organe und führte zu einem schnellen Tod. Rapider ging es nur, wenn man mit dem Kopf voran stürzte. Allerdings brauchte man den Mut, diesen Anblick zu ertragen, wie der Boden näherkam.

„Möchten Sie leben?", fragte Devendra.

Dieses Licht, das Jason und Marcel durch die lebenden Zuschauer geleitete, war unbeschreiblich heiß. Helen trat Schweiß auf die Stirn und sie spürte ihr Herz heftig schlagen. Rings um sie wurden Menschen herausgepflückt.

„Möchten Sie leben?", wiederholte Devendra ihre Frage und diesmal fasste sie nach Helens Hand. „Sie werden einhundert Menschen wählen. Helen, wollen Sie diese Nummer überleben?"

Helens Blick suchte die Zuschauer ab. Sie sah schreckensbleiche Gesichter, Tränen, die über Wangen liefen, rote Augen, bebende Lippen. Sie schätzte die Zahl der Lebenden und wägte sie gegen die Anzahl derer ab, die nicht gewählt wurden. „Es sind mehr Zuschauer am Leben als Jason und Marcel auswählen. Nicht alle werden diesmal sterben. Zweiundzwanzig werden überleben."

Devendra knibbelte an ihren Nägeln. „Deutlich schlechter als eine Fifty-fifty-Chance. Helen, ich könnte meine Hand heben und einen Schatten auf Ihr Gesicht werfen. Weder Jason noch Marcel würden auf Sie aufmerksam."

„Zu spät", musste Helen zugeben und streckte bewusst ihre Finger so lang wie möglich. „Die beiden haben auf der rechten Seite der Band ihre tödliche Arbeit begonnen und arbeiten sich zur linken Seite vor. In den Reihen vor mir sind dreizehn Menschen ausgewählt, neben mir zwölf, auf der anderen Seite siebzehn und der Rest kommt aus den übrigen Blöcken. Wie es aussieht, habe ich mit meiner Überlegung zu lange gezögert und verdanke mein Leben nicht Ihrem besorgten Eingreifen, sondern einzig der Wahrscheinlichkeit."

Devendra verfolgte diese Erklärung mit den Augen. „Glück. Dieser Ausdruck trifft es besser."

Jene Scheinwerfer, die die Zuschauer beleuchtet hatten, verloschen mit einem Tusch des Orchesters. Nach einer Pause setzte ein Trommelwirbel ein, der den Aufstieg der zum Tode Verdammten begleitete. Natürlich ließen sich nicht alle Opfer erschießen. Einige versuchten ihr Glück. Sie kletterten die Leiter zum Trapez hinauf. Marcel reichte ihnen die Stange zu, sie sprangen von der schmalen Plattform und schwangen durch das Zirkuszelt. Viele verloren sofort den Halt, denn sie waren es nicht gewohnt, ihr Körpergewicht zu tragen. Manche schafften eine volle Pendelbewegung, erreichten damit allerdings nicht das rettende Podest. Weder das auf der anderen Seite noch das, von dem sie gestartet waren.

Jeder stürzte in den Tod. Die letzten grellen Schreien wurdem vom Tusch der Band verschluckt. Ebenso hörte man den Aufprall nicht. Helen wandte die Augen nicht ab. Sie sah, wie die Knochen barsten. Sie erkannte in den Blicken der Sterbenden, wie schmerzhaft es war. Eine Träne trat in ihren Augenwinkel, die sie wegwischte.

„Zweiundzwanzig sind übrig", stellte Helen nach einer längeren Zeitspanne fest und wandte den Blick zu Devendra. „Ihrem Mann gebührt die letzte Nummer am Trapez. Muten Sie ihm zu, siebzehn Menschen zu töten?"

„Jederzeit." Devendra nickte fest. „Sie kennen meinen Mann nicht,

Helen. Er ist knallhart und eiskalt, wenn es darauf ankommt."

Helen schaute zurück nach vorn. Marcel und Jason hatten die Manege verlassen und einem Pärchen Platz gemacht. Für die Frau interessierte Helen sich nur kurz. Sie war zierlich und klein, sehr schlank und sie trug ein silbernes Kleid, das im Licht glitzerte. Ihre Augen waren hell geschminkt. Der Mann war einen guten Kopf größer, hatte breite Schultern, schwarzes Haar und ein freundliches Lächeln. Seine dunklen Augen funkelten. Er trug einen schwarzen enganliegenden Anzug, der jeden Muskel unter dem Stoff zeigte. Sein Blick fand Devendra sofort und zielgerichtet. Er lächelte ihr zu. Sie lächelte zurück. Helen begann es im Magen zu ziehen.

„Weißt du", sagte Helen mit bemüht ruhiger Stimme, „wir leben uns ganz schön auseinander."

„Quatsch", murmelte Bernhard und schaute von seinem Laptop nicht hoch. „Dieser Vertrag ist wichtig und er ist definitiv wichtiger als an Uromas Grab blöd rumzustehen und einem Pfarrer zuzuhören, dessen Deutsch man kaum versteht." Neben ihm auf der Couch stand eine Schüssel mit Gummibärchen. Immer wieder griff Bernhard hinein und nahm sich welche. Zwischendurch flogen seine Finger über die Tasten oder er tippte auf das Touchpad. „Ich war letztes Jahr dabei, das reicht."

„Warst du nicht." Helen bückte sich und zupfte an der Strumpfhose, die in letzter Zeit ziemlich locker saß. Ihr war nicht bewusst gewesen, wie viel sie über den Sommer abgenommen hatte. Sie brauchte neue Klamotten oder sie sollte mehr essen. „Letztes Jahr warst du in Amsterdam. Bernhard, du siehst meine Tante nur dieses eine Mal im Jahr."

„Umso schwerer ist es, ein Gesprächsthema zu finden." Er nahm sich mehrere Gummibärchen und stopfte sie alle gleichzeitig in die Backe.

„Ich mag es nicht hören, wenn sie von ihren Arztbesuchen erzählt oder jammert, wie schlecht es der neuen Hüfte geht."

„Sie erlebt ja sonst nichts."

„Eben." Er schluckte. „Wenn sie mal vor die Tür geht und was erlebt und endlich interessante Dinge zu berichten weiß, werde ich mitgehen. Schatz, ich muss jetzt diesen Vertrag wirklich fertig machen."

„Muss das am Feiertag sein?" Helen drehte sich halb herum, denn sie hatte hinter sich ein Geräusch gehört. Pheme stand in der Tür. Sie hatte wie immer eine schwarze Stoffhose an und einen einfarbigen Pulli dazu. Ihre Wahl war auf grün gefallen. Helen konnte sich vorstellen, was die Tante zu diesem Auftritt sagen würde. So angezogen! Allerdings hatten sich die Zeiten geändert und bunt angezogen auf dem Friedhof zu erscheinen, war heutzutage völlig in Ordnung. „Fertig?", fragte Helen. „Hast du was zur Beschäftigung dabei? Du weißt, nach dem Friedhof gehen wir ins Café."

„Ich habe meinen Latein-Rätselblock mit."

„Schön", seufzte Helen. „Fahren wir."

Phemes Arm schoss nach vorn. „Und Papa darf dableiben? Das ist so was von fies."

„Ich habe zu arbeiten", kam die Antwort von der Couch.

„Ich habe auch zu lernen, aber diese Ausrede lässt mir keiner durchgehen", grummelte Pheme vor sich hin, drehte sich herum und stapfte zur Haustür. Sie trug die neuen Schuhe. Türkis mit ein bisschen Absatz, Schnürsenkel und Reißverschluss, wie es gerade modern war. Über der Schulter hatte sie die bunte Tasche aus dem letzten Urlaub, im Mund einen Kaugummi und die Haare trug sie heute offen.

Helen schaute zurück zu Bernhard. Jogginghose, in der rechten Socke ein großes Loch, die Füße ruhten auf der Couch. Sein Sweatshirt war alt und hatte die Farbe längst verloren. Obwohl es zwei Uhr nachmittags war, hatte er sich weder gewaschen noch gekämmt.

„Wirklich nicht?", fragte Helen ein letztes Mal.

„Wirklich nicht."

„Okay." Sie atmete tief durch. „Wenn meine Tante Lust hat, gehen wir abends griechisch essen. Es kann spät werden." Sie drehte sich um und verließ das Wohnzimmer. Im Flur schlüpfte sie in die Schuhe. Schwarze Pumps ohne Zierrat, schließlich ging sie auf den Friedhof. Einzig ihre Bluse war weiß und sie trug den bunten Emaillering, den sie von Bernhard zum zehnten Hochzeitstag bekommen hatte.

„Hey!", hörte sie ihn aus dem Wohnzimmer rufen. „Kannst du gucken, ob die Post schon da war?"

Helen beugte sich um den Türstock herum. „Es ist Feiertag, da kommt keine Post."

„Feiertag?" Sein Kopf ruckte hoch und zum ersten Mal seit Stunden schaute er nicht auf seinen Bildschirm. „Hey", machte er, „wenn die Sonne draufscheint, könnte man meinen, du hättest rote Haare."

Helen wuschelte durch ihre Kurzhaarfrisur. „Das sind kastanienbraune Strähnen. Die gefallen mir besser als die blonden Highlights, die meine Frisörin letztes Mal gemacht hat."

„Klar." Bernhard widmete sich wieder seinem Laptop. „Das hätte ich wohl mitbekommen, wenn meine brünette Frau plötzlich blond gewesen wäre."

„Blonde Strähnen", sagte Helen, „waren mal. Jetzt sind und bleiben sie kastanienbraun."

Bernhard schob sich erneut Gummibärchen zwischen die Zähne. „Wann warst du beim Frisör? Heute?"

„Heute ist Feiertag." Helen griff zu ihrer Handtasche und schaute durch die Tür zu ihrem Mann. „Ich war am Samstag dort."

„Samstag, so, so." Einen Moment lang wirkte er irritiert. „Heute ist

Donnerstag, oder?"

Helen seufzte. „Wir müssen los, wenn wir in der Kirche nicht ganz vorn sitzen wollen. Bis später, Bernhard."

„Ja, bis später", murmelte er und runzelte die Stirn. „Wird dieser Typ auch da sein, der deiner Tante immer die Tasche trägt?"

„Wilson", sagte Helen, „ist der Gesellschafter meiner Tante. Natürlich ist er auch dabei."

„Gefällt mir nicht, was ein junger Kerl von gerade mal zwanzig Jahren an einer alten Schachtel findet."

Darüber hatte Bernhard sich lang und oft ausgelassen. Helen rollte die Augen. „Bis später." Sie wartete, ob er hochsehen würde, doch er hob nur die Hand und wedelte sie wie eine lästige Fliege weg.

Acht Stunden später sperrte Helen die Wohnungstür auf und kicherte mit Pheme über einen Witz, den Wilson erzählt hatte. Sie ließ ihre Tasche auf den Boden fallen und bückte sich nach ihren Schuhen. „Er ist so witzig, Mama. Eigentlich gehe ich nur seinetwegen Allerheiligen auf den Friedhof."

„Oja." Helen lachte vor sich hin und schlüpfte aus den Schuhen, ehe sie von einem Fenster zum anderen pilgerte und die Rollläden herunterließ. Im stockdunklen Wohnzimmer saß Bernhard auf der Couch, als wäre seit Helens und Phemes Weggehen überhaupt keine Zeit vergangen. Es gab nur zwei Änderungen: Die Gummibärchen waren aufgegessen und der Laptop hing am Stromkabel. „Hallo." Helen knipste das Licht an.

„Mhm", murrte Bernhard. „Könnt ihr euer Gegacker nicht draußen lassen? Ich versuche hier zu arbeiten." Er schaute über den Bildschirmrand hinweg. „Meinetwegen hättest du dich nicht umziehen brauchen."

„Bitte?" Helen legte den Kopf schief und öffnete einen der Ohrringe.

„Ich bin gerade heimgekommen."

Bernhard machte große Augen. „Wo warst du denn?"

Pheme kam mit einem großen Glas Orangensaft ins Wohnzimmer. „Auf dem Friedhof, Papa. Heute ist Allerheiligen."

„Du trägst nie Röcke", sagte Bernhard.

„Nie", seufzte Helen, „hat bei dieser Stilberatung ein Ende gefunden. Yvonne meinte, mit meinen Beinen könnte ich durchaus Röcke tragen."

„Wer zum Teufel ist Yvonne?"

„Die Stilberaterin." Helen nahm den anderen Ohrring ebenfalls heraus. „Meine Freundinnen haben mir zum fünfunddreißigsten Geburtstag eine Stilberatung samt Einkaufstour geschenkt. Schon vergessen?"

„Ich dachte", überlegte Bernhard, „das wäre ein Juxgeschenk gewesen."

„Das meinte ich", seufzte Helen. „Wir leben uns auseinander. Du nimmst an meinem Leben überhaupt keinen Anteil. Nichts anderes als dein Projekt in Amsterdam ist für dich interessant."

„Ich kann mir nie merken, was deine Mädels dir zum Geburtstag geschenkt haben."

„Du kannst dir überhaupt nichts merken, das nichts mit dir oder deiner Arbeit zu tun hat. In deiner Welt habe ich überhaupt keinen Platz mehr."

„Quatsch." Bernhard hackte auf die Tasten ein. „Deine letzte Geschäftsreise ging ebenfalls nach Amsterdam. Na, was sagst du nun? Ich kann mir einiges merken."

„Meine letzte Geschäftsreise", seufzte Helen, „ging nach Kopenhagen. In Amsterdam war ich vor zwei Jahren. Zwei Jahre, mein geliebter Ehemann, ist das her."

„Nie im Leben." Bernhard schüttelte den Kopf. „Ich weiß es genau. Pheme musste in dieser Theater-AG den Baum spielen und ich dich anrufen, damit du sie trösten konntest. Eine dämliche Rolle, eine geschlagene Stunde im imaginären Wind die Arme sacht schwanken zu lassen."

„Stimmt", verschränkte Helen die Arme, „dieses Theater hat ziemlich lange nachgewirkt. Praktisch die gesamte restliche vierte Klasse lang."

„Da war sie nicht mehr in der vierten! Da war sie in der sechsten."

Helen reckte vier Finger ihrer rechten Hand in die Höhe. „Frau Wandreiter hat das Theater veranstaltet und sie war ihre Lehrerin in der vierten Klasse."

„Der Tobi", glaubte Bernhard sich zu erinnern, „der hat den Bauern gespielt."

„Stimmt", zischte Helen. „In der vierten Klasse. Danach ist Tobi auf die Realschule in Bad Hennesheim gewechselt und seitdem haben er und Pheme kein Wort mehr miteinander gesprochen."

„Das wäre ja die Höhe!", ließ Pheme sich auf die kleinere Couch sinken. Sie stützte die Zehenspitzen auf den Tisch. „Er ist ein Dämlack, der ständig mit seinem Smartphone angibt." Sie hatte sich aus der Vorratskammer eine neue Packung Gummibärchen geholt, riss sie auf und begann nach den roten Bärchen zu suchen. „Mama in Amsterdam, Papa, das ist Ewigkeiten her. Du hast sowas von verloren."

Bernhard schnaubte. „Was soll ich mir noch alles merken?" Er schwang die Beine von der Couch und stand auf, nachdem er den Stromanschluss zum Laptop gekappt hatte. „Ich gehe in mein Arbeitszimmer. Hier ist es zum Arbeiten viel zu laut geworden." Er schlurfte über den Flur und betrat das kleine Zimmer am Ende der Wohnung. „Zum Donnerwetter, wer packt das ganze Zeug auf meinen Schreibtisch? Nicht mal den Laptop kann ich mehr abstellen! Was ist das überhaupt für ein Sammelsurium an Papier, Zetteln und Kuverts?"

„Gestern war Mittwoch!", rief Helen ihm zu und ließ sich neben Pheme auf die Couch sinken. „Fräulein Roswitha sammelt jeden Mittwoch alles

Zeugs aus der Wohnung zusammen und legt die Sachen auf die entsprechenden Schreibtische. Mein Zeug auf meinen, dein Zeug auf deinen.“

„Und meins auf meinen!“, gab Pheme ihren Kommentar dazu ab. „Ich hasse es, wenn sie das tut. Übrigens hat sie eine Tüte Gummibärchen mit Gelatine in unsere Vorratskammer geschmuggelt.“

„Auf die Weise“, griff Helen in die Bärchentüte, „musst du wenigstens einmal die Woche deinen Krempel ordentlich aufräumen. Übrigens habe ich die falschen Bärchen gestern an Halloween verschenkt. Es ist also alles in bester Ordnung.“

„Mhm.“ Pheme hatte genügend rote Gummibärchen für einen großen Bissen gefunden, schob alle auf einmal in den Mund und kaute. „Unter diesen Umständen“, nuschelte sie, „können wir uns ja die dritte Staffel anschauen.“

„Es ist halb elf, mein Mäuschen.“

„Es sind Ferien und ich bin überhaupt nicht müde.“ Sie setzte ihren Bettelblick auf. „Bitte, Mama. Ich schlafe morgen dafür länger und du kannst den ganzen Vormittag Zeitung lesen. Du hast frei am Brückentag?“

Helen spürte ihre schweren Lider und schloss die Augen. „Klar“, seufzte sie. „Dein Vater arbeitet, ich bin daheim.“

Pheme griff zur Fernbedienung und schaltete den Fernseher ein. Helen hörte, wie sie in der Gummibärchentüte wühlte und die roten suchte. Ihr war nicht nach der dritten Staffel. Ihr war nach ihrem Bett zumute. Sie ließ die Augen zu und hörte den Anfang ihrer liebsten Fernsehsendung. „Mir“, sagte Pheme, „gefällt dein neues Make-up. Macht dich optisch jünger und passt gut zu den herbstroten Strähnen.“ Sie seufzte. „Bei Papa bringt das nichts. Der schaut nix an, was keinen Bildschirm vorn dran hat, aber Wilson hat geschaut und der Kellner auch." Sie hielt ihrer Mutter ein Gummibärchen unter die Nase. „Welche Farbe?"

Helen schnupperte und glaubte den Duft von Kiwis wahrzunehmen. „Grün."

„Richtig." Pheme aß das grüne Bärchen selbst. „Die Mamas von den Typen in meiner Klasse sehen gegen dich richtig alt aus. Sarahs Mama wird immer für Sarahs Oma gehalten und Owens Mama hat sogar schon einen Herzschrittmacher. Wenn ich älter bin und du dich gut hältst, gehen wir glatt mal als Schwestern durch."

Einen tiefen Atemzug später hatten die weiteren Tränen, die Helen in die Augen stiegen, ihren Mut verloren und zogen sich zurück. Sie blinzelte und verfolgte, wie Devendras Mann die Leiter zum Trapez hinaufstieg. „Sie lieben einander sehr, das sieht man. Wie heißt Ihr Mann?"

„Norman." Devendra verfolgte jede seiner Bewegungen. „Wir haben uns in einem Café kennengelernt, wo ich mit meiner Mutter saß und mir ihre Frauengeschichten anhörte. Norman stand am Tresen und bestellte einen laktosefreien Latte Macchiato zum Mitnehmen. Während er wartete, schaute er sich im Café um und entdeckte mich. Wir tauschten ein Lächeln und er zwinkerte mir zu. Ich dachte, wenn ich diesen Mann mit seinem Macchiato gehen lasse, ist das der größte Fehler meines Lebens. Ich ließ meine Mutter sitzen, ging zu Norman und überlegte, wie ich ihn ansprechen sollte, da sagte er: Ich würde Sie gern kennenlernen. Haben Sie Zeit für einen Spaziergang? Ich tauschte einen Blick mit meiner Mutter, die eifrig mit beiden Händen wedelte und mich wegschickte. Ich nahm mir einen Cappuccino mit und zwei Runden durch den Park später hatte ich beschlossen, mit Norman des Rest meines Lebens zu verbringen." Devendra lächelte bei dieser

Erinnerung. „Das ist albern, oder? Was sagen Sie mit Ihrem Hang zu Wahrscheinlichkeiten dazu? Gibt es die Liebe, die ein Leben lang hält?"

Wieder stach es in Helens Magen und sie begann sich zu fragen, ob es an den vielen Süßigkeiten lag oder am Kaffee, der vielleicht zu stark gewesen war. „Bedenken Sie, woran eine Liebe scheitern kann. Berufliche Wechsel, Interessen, die sich anders entwickeln, Kinder, die einem auf die Nerven gehen, unterschiedliche Lebensentwürfe, Scheidewege, die man nicht gemeinsam gehen will oder kann." Sie hob die Schultern ein wenig. „Es ändern sich stetig viele Parameter im Leben und ein jeder hat das Potenzial eine Liebe auszumerzen."

„Stehen die Chancen schlechter als 1:800?", fragte Devendra. „Besser als eins zu irgendwas?"

Den ersten Teil der Trapeznummer hatte Helen gedankenverloren nicht mitbekommen. Sie erinnerte sich an den Eklat am Tag ihrer Hochzeit. Völlig betrunken saß ihr Vater in der Stuhlreihe und unterbrach den Standesbeamten zum wiederholten Male. „Wofür habe ich das Mädel studieren geschickt?", lallte er. „Damit sie sich einen Doktor oder einen Anwalt oder einen Manager aussucht. Womit kommt sie heim? Mit einem Hausierer, der anständigen Bürgern Versicherungen aufschwatzt. Erst lässt sie sich ein Kind machen – schlimm genug. Jetzt heiratet sie ihn." Er zeigte mit spitzem Finger auf Pheme, die in ihrem weißen Kleidchen brav auf einem Stuhl saß und die Schachtel mit den Ringen hielt. „Das Kind hat eine fliehende Stirn, wie sie typisch für Idioten ist. Aus dem wird nix."

„Papa", zischte Helen ihrem Vater zu, „du hast versprochen dich zu benehmen."

„Wie denn?", heulte er auf. „Bei dem Schwiegersohn!"

Der Standesbeamte schluckte hart und nestelte an seiner Krawatte. „Sollen wir unterbrechen?"

„Ganz kurz." Bernhard drehte sich zu den wenigen Gästen herum. „Herr Montages", sagte er mit fester Stimme, „Sie haben sich einen anderen Schwiegersohn erwartet, das weiß ich. Sie wollten einen adretten Mann, der sich um Ihre Tochter kümmert und für sie sorgt. Sie wollten einen Mann, der Ihrer Tochter Luxus, Reichtum und Ansehen bieten kann. Sie möchten das Beste für Ihre Tochter." Bernhard trat einen Schritt näher zu Helen und nahm ihre Hand. „Herr Montages, Sie haben Ihre Tochter zu einer wundervollen selbstbewussten Frau erzogen, die finanziell und emotional auf eigenen Beinen steht. Helen braucht keinen Mann, der ihr etwas von seinem Ruhm und Ansehen abgibt, sie sorgt selbst für ihr Glück. Wir haben entschieden unseren Lebensweg gemeinsam zu gehen, weil wir einander lieben und weil wir Pheme über alles lieben. Es wäre ein wundervolles Hochzeitsgeschenk, Herr Montages, wenn Sie alle Äußerlichkeiten überwinden und sich mit uns freuen."

„Nie im Leben!", brüllte Helens Vater und sprang von seinem Stuhl. Der Alkohol zeigte Wirkung. Er torkelte und stürzte auf Helens Freundin Tabea. Sie wurde vom Sitz gestoßen, landete auf dem Rücken und reckte wie ein hilfloser Käfer die Beine in die Luft. Alle konnten sehen, welche Unterwäsche sie trug, besser gesagt, was sie nicht trug. Da war keine Unterwäsche. Keine Strümpfe, was an der Hitze lag, und kein Slip, was an ihrer Begleitung lag, einem hübschen Doktoranden, mit dem sie seit einem guten Jahr regelmäßig vögelte.

Lautes Geschrei kam auf. Tabea schimpfte, der Doktorand zupfte und zerrte an ihr herum, um ihr aufzuhelfen. Helens Vater kassierte eine heftige Standpauke von Helens Mutter: „Nicht mal an dem einen Tag im Jahr kannst du dich zusammennehmen, Himmelherrgott. Wie kannst du nur völlig betrunken hier aufkreuzen? Entschuldige dich sofort bei Helen und Bernhard und schäm dich. Schäm dich!"

„Unsere Tochter sollte sich schämen", würgte der Vater hervor. „So einen dahergelaufenen Hallodri heiratet man nicht, wenn man mehr im Kopf als in der Bluse hat. Wie kann das Kind nur!" Er würgte und erbrach sich auf den dunkelroten Teppichboden des Standesamtes. Von allen Seiten wurden ihm Taschentücher gereicht, die er allesamt ausschlug. Er begann zu prügeln und zu randalieren, bis der Standesbeamte die Sinnlosigkeit seiner Schlichtungsversuche einsah und die Polizei rief.

Eine halbe Stunde später war die Hochzeit vorbei. Der Vater der Braut wurde mit dem Polizeiwagen weggefahren, die Mutter der Braut saß heulend im Foyer. Alle Verwandten und Freunde des Bräutigams hatten zornig und verletzt die Feierlichkeit verlassen. Tabea drückte Helen an sich. „Das lag am Kleid", schluchzte sie. „Du hättest es mit mir kaufen sollen, nicht mit Bernhard. Sowas bringt Unglück."

Helen und Bernhard standen nebeneinander vor dem Standesamt. Über ihnen strahlte ein hellblauer Himmel und die Sommersonne schenkte ihnen eine unglaubliche Hitze. Sie schauten den Gästen nach, wie sie mit ihren Autos davonfuhren. Von hinten trat Bernhard zu Helen. Er hatte Pheme auf dem Arm und die Kleine hielt einen Umschlag in der Hand. „Senkt", sagte sie mit den wenigen Silben, die sie zu sprechen vermochte.

Helen drückte ihr einen Kuss auf die Wange und nahm das Kuvert. „Danke, mein Schatz." Bestimmt war es ein selbstgemaltes Bild. Pheme malte für ihr Leben gern, obwohl sie noch keine zwei war. Papier und Stifte, mehr brauchte sie nicht, um sich wohlzufühlen. Helen öffnete das Kuvert und zog zwei Tickets heraus. „Mauritius?"

„Zwei Wochen", sagte Bernhard. „Ich möchte zwei Wochen mit meiner Frau und meiner Tochter verbringen, mit den beiden Menschen, die ich über alles liebe."

„Ohne Hochzeit keine Flitterwochen." Helen fühlte sich den Tränen nahe.

Ein Räuspern ließ sie aufhorchen. Der Standesbeamte lehnte an der Tür. „Wenn Sie möchten, traue ich Sie?"

„Ohne Gesellschaft?"

„Das", lächelte der Beamte, „kommt häufig vor. Natürlich nicht immer in diesem Ausmaß." Er zeigte auf die Eingangstür. „Wenn Sie beide sich einig sind, soll es an mir nicht scheitern. Das ist eine Sache von Minuten und danach habe ich Feierabend."

Genau an dieses Bild erinnerte Helen sich jedes Jahr zu ihrem Hochzeitstag. Bernhard stand mit ihrem Kind auf dem Arm neben dem Standesbeamten. In seinem Blick lag all die Liebe, die sie verband. Er lächelte nicht, er schaute Helen einfach nur an.

„Ich liebe dich", sagte sie, „auch ohne Trauschein."

„Und ich werde dich trotz Trauschein lieben", begann er zu lächeln. „Soll die Familie uns den Buckel runterrutschen."

Schwung holen und den Partner mit Kraft von sich stoßen, damit der andere genug Effet aufbringt, um einen mehrfachen Salto zu beschreiben und in einer Höhe zu bleiben, in der er aufgefangen werden kann. Normans Partnerin war die erste Trapezkünstlerin, die Helen sah, die sich mit gestreckten Armen und Beinen in der Luft überschlug und dabei wie ein tanzender Stern aussah.

Aus dem Augenwinkel beobachtete sie Devendra und suchte nach Hinweisen, ob ihr das Herz vor Schreck stehenblieb, wenn ihr Mann die relativ sichere Trapezstange losließ. Sie beobachtete ihn mit großen Augen, atmete ruhig, lächelte. Wenn ihm ein besonderer Trick glückte, klatschte sie Beifall.

„Nein", sagte sie plötzlich, „ich habe um ihn nicht mehr Angst als um meinen Kumpel, der jeden Tag mit dem Auto vierzig Kilometer einfach zur Arbeit fährt und seine Zeit an einem Schreibtisch absitzt. Norman gehört zu den Besten in seinem Job, ich vertraue völlig auf seine Fähigkeiten."

„Ist er je gefallen?"

„Wenn er und Louisa einen neuen Trick ausprobieren, fallen die beiden ständig vom Trapez und werden von einem Helfer abgefangen. Wenn das Training zu lang war und die Kraft sich dem Ende neigt, fällt er auch." Das sagte sie, als würde ihrem Mann die Kraft beim Laufen ausgehen und er eben stehenbleiben. „Immer fürchte ich, Gonzales würde sie nicht richtig sichern und festhalten. Er ist ein Träumer und taucht öfter in seine Tagträume ab. Vor jedem Training, bei dem er sichert, mahne ich ihn und drohe ihm den allerschlimmsten Tod an, wenn er meinen Mann fallen lässt."

Helen suchte nach einem jungen Mann, der eine Sicherheitsleine in der Hand hielt, und fand keinen. „Ist er während der Aufführungen nicht gesichert?"

Ein Schatten flog über Devendras Gesicht. Helen war sich nicht sicher, ob es vom Licht kam oder vom Gefunkel der Kleidung der Artisten. „Das Publikum", sagte sie, „ist sehr anspruchsvoll geworden. Wenn man es von den Stühlen reißen will, muss man etwas bieten und ein gewisses Risiko eingehen." Sie schluckte. „Am schlimmsten zu ertragen sind die Verletzungen. Ständig zerrt er sich einen Muskel, verknackst sich ein Gelenk oder irgendein Band reißt. Zur Vorstellung sieht er umwerfend schön aus; im Training besteht er nur aus Verbänden. Um die Arme, um die Handgelenke, um die Knöchel und die Knie. Er hat so viel Schmerz ertragen, um dem Publikum zu gefallen. Ich bin froh, wenn er nach dieser Vorstellung..."

Erst dachte Helen, etwas an der Vorführung hätte Devendra erschreckt und unterbrochen, doch da war nichts. Norman und seiner Partnerin ging es ausgezeichnet. Beide waren außer Atem, als sie den Boden der Manege betraten und von den übrigen Zuschauern Applaus bekamen.

„Was ist nach dieser Vorstellung?", fragte Helen nach.

„Nichts. Vergessen Sie den letzten Satz einfach." Sie stand auf und applaudierte.

Norman machte eine tiefe Verbeugung und Helen hatte den Eindruck, diese Verbeugung war nur für Devendra bestimmt. Sie tauschten einen liebevollen Blick. Norman warf ihr eine Kusshand zu und Devendra erwiderte sie lächelnd.

Norman und Louisa ließen einander los und betraten ein jeder für sich den Zuschauerraum. Louisa streckte den Arm und bekam von dem Requisiteur, der ihr am nächsten stand, zwei Waffen gereicht. Es waren Revolver, wie Helen sie aus alten Western kannte.

Mitten im Scheinwerferlicht bekam Louisa Patronen gereicht, die sie eine nach der anderen in die Trommel schob. Vier in die eine, drei in die andere. Sie klappte die Trommeln ein und drehte sie mehrmals, wie es beim russischen Roulette üblich war.

Auf der anderen Seite des Zuschauerraums tat Norman das gleiche. Er lud zwei Revolver mit jeweils fünf Patronen. Bei ihm blieb jeweils ein Patronenfach leer.

Begleitet von schauderhafter Geigenmusik schritten sie schließlich durch die Ränge. Louisa zielte auf eine Frau und drückte ab. Ein Knall und das Gesicht der Frau zerfetzte in winzige Stücke.

Als wäre er ihr Spiegelbild, erschoss Norman auf der anderen Seite einen Mann. Er zielte ihm mitten ins Gesicht und ließ sich nicht erweichen durch sein Weinen und Flehen. Nach dem lauten Knall fehlte ihm der halbe Kopf. Auf den Zuschauer hinter ihm war alles Blut, Fleisch und Gewebe gespritzt. Er erbrach sich augenblicklich und lenkte damit

Normas Aufmerksamkeit auf sich. Ein weiterer Schuss, direkt ins Gesicht.

Mit gediegenen Schritten kam Norman näher. Sein feines Gesicht zeigte keine Spur der Anstrengung mehr, das Make-up saß perfekt. Er wechselte die Reihe und kam in Helens Richtung.

Unvermittelt drehte er sich herum und legte dem Mann, den er vorhin bloß angesehen hatte, die Hand auf die Schulter. Norman drückte den Abzug, es klackte. Kein Knall, kein zerspritztes Gehirn. Die Patronenkammer war leer. Dieser Mann hatte das russische Roulette gewonnen. Norman zog weiter und erschoss zwei Menschen. Zehn Tote gingen auf sein Konto, sieben auf das Louisas.

Devendra legte ihre Hände sacht in den Schoß. „Fünf sind übrig. Sie haben die Vorstellung überlebt, Helen."

Helen schluckte. Langsam nahmen ihre Ohren den Dienst wieder auf. Sie hörte das Schluchzen und Weinen derjenigen, die ihrem Tod entgangen waren. In sich selbst spürte sie eine Erleichterung, die ihr trügerisch schien. Jemand, der sich so viel Mühe gemacht hatte, um ein gesamtes Publikum auszumerzen, der ließ nicht fünf Zeugen am Leben.

Helen betrachtete ihre Hände. Am rechten Ringfinger saß ihr Ehering. Von der aufwändigen Gravur, die ihr beim Kauf so gefallen hatte, war alles verschwunden. Lebensjahre hatten das Muster aufgezehrt. Am Zeigefinger der rechten Hand trug sie einen goldenen Ring mit drei Diamanten; ein Andenken an den wundervollsten Urlaub, den sie mit Bernhard und Pheme je verbracht hatte. Safari durch Kenia. Viele wilde Tiere, eiskalte Nächte in einem Zelt, glühende Hitze am Tag. Eine Woche lang fühlten sie sich schmutzig, staubig, verschwitzt und dank des Guides lachten sie so viel wie selten zuvor. Er hieß Jimmy und zeigte den Gästen alle Tiere, die es gab. Nicht nur die großen, auch die kleinen und spektakulär schönen Tiere. Er wies auf Naturschönheiten hin. Er zeigte nicht nur den Eingang zu einer Goldmine, in der Arbeiter für gutes Geld schufteten, man durfte sogar die Mine besichtigen, mit den Leuten sprechen und am Ende kaufte Bernhard für Helen diesen Ring.

An ihrer linken Hand gab es nur am Mittelfinger einen Ring, eben jenen Emaillering, der sie an den zehnten Hochzeitstag erinnerte. Sie verbrachten den Abend mit sehr guten Freunden in einem ausgezeichneten Lokal und das Fiasko der Heirat wiederholte sich nicht. Tabea hatte ihren Doktoranden von damals inzwischen geheiratet. Ob sein Doktor jemals fertig würde, wusste niemand. Die beiden liebten einander, tourten durch die Welt, schauten sich Orte an, von denen niemand je gehört hatte, und genossen ihre Zweisamkeit. Es war der Tag, an dem Helens Vater sie zu nachtschlafender Zeit anrief und meinte, das Kind sei nun aus dem Gröbsten raus, sie könne den Hallodri endlich verlassen. Er würde ihr eine Wohnung schenken und für Phemes Schulgeld aufkommen und eine Trennung sei ja keine große Sache. „Im Gegenteil", widersprach Helen ihm, „denn ich kann mir ein Leben ohne Bernhard nicht vorstellen. Das wüsstest du, wenn du dich in den letzten zehn Jahren einmal hättest blicken lassen. Es ist wohl besser, wenn du dich gar nicht mehr meldest."

Ihre Finger waren lang und schmal und schwach. Das Orchester spielte ein flottes fröhliches Lied. Helen hob die Augen und schaute sich um. Sie war umgeben von mehr als viertausend toten Menschen.

Kapitel 9

„Die Abschlussparade", begann Devendra mit voller Begeisterung zu klatschen.

Paarweise oder einzeln kamen die Artisten und Künstler in die Manege und Helen versuchte sich anhand ihrer Kostüme zu erinnern, welche Nummer sie vorgeführt hatten. Bei manchen fiel es ihr leicht. Die Kontorsionisten trugen die Kostüme, die sie während der Vorführung getragen hatten, und wie sie den Zuschauern die Hälse mit der rasiermesserbesetzten Slackline zerschnitten hatten mit einer fließenden, kraftvollen Bewegung, hatte Helen innerlich berührt.

„Normalerweise", sagte Devendra, „wundern sich die Zuschauer an dieser Stelle, ob es wirklich nur so wenige Artisten sind. So viele Nummern, so viele Kunststücke – und nur diese paar Leute? Gewöhnlich beherrschen Artisten mehrere Tricks und treten bei zwei Nummern auf. Sie sind anders geschminkt und tragen unterschiedliche Kostüme und Namen, damit der Zuschauer die Flunkerei nicht merkt."

„Fließbandarbeit?"

„Naja", hob sie die Schultern, „jeder Künstler muss bezahlt werden. Wenn einer doppelt auftritt und Zeit sinnvoll füllen kann, spart der Zirkus sich eine ganze Menge Geld."

„Diesmal nicht", sagte Helen. „Diesmal hat es nur jeweils eine Nummer gegeben."

Devendra ließ die Hände in den Schoß sinken. „Diesmal nicht." Ihr Kopf ruckte herum und sie blickte Helen lange an. „Frau Jäger. Helen…"

„Ja?"

Sie blickte nach vorn zurück, wo die Artisten sich mit einer letzten Verbeugung vom Publikum verabschiedeten. Sie verließen nicht die Manege, wie es nach einer gewöhnlichen Vorstellung üblich war. Sie beglückwünschten einander, lachten, scherzten, redeten. Nicht alle. Marcel und Jason blickten sehr ernst drein, während sie sprachen.

Norman strahlte übers ganze Gesicht und nahm Blickkontakt mit Devendra auf. Sie lächelte. Er stieg über die Abgrenzung der Manege hinweg, betrat den Zuschauerraum und kam zu ihr. Die beiden begrüßten einander mit einem langen Kuss.

„Du warst hervorragend." Devendra stand auf. „Ihr wart alle großartig."

„Du auch." Norman streichelte ihre Wange. „Alles hat hervorragend geklappt. Ganz wie du und dein Vater es geplant habt." Er wandte sich Helen zu, ein Lächeln im Gesicht. „Wie hat es Ihnen gefallen?"

Devendra stellte sie einander vor. „Helen, das ist mein Mann Norman. Norman, das ist Helen Jäger. Sie ist von erstaunlich rationaler und beherrschter Art."

Norman reichte ihr die Hand. „Das stimmt. Als ich überlegte, ob ich Sie für das russische Roulette wählen sollte, machten sie mir einen völlig ruhigen Eindruck. Ich habe lieber den Mann genommen, der vor Angst bereits eingenässt hatte."

„Sie hatten ausschließlich Männer gewählt. Ich habe nicht in Ihr Schema gepasst." Helen erwiderte seinen Händedruck. „Abgesehen von den Todesfällen war es eine herausragend beeindruckende Vorstellung. Meinen Respekt für Ihre Leistung."

„Vielen Dank." Er neigte den Kopf ein wenig, ehe er sich zu seiner Frau drehte. „Schatz, wir müssen gehen, die anderen sind schon weg. Ich werde James schnell holen, ja?"

„Wir treffen uns draußen." Devendra küsste ihn. „Beeil dich, damit nichts schiefgeht."

Helen verfolgte, wie Norman den Rundbau durch einen Seiteneingang verließ. Plötzlich schien Geschäftigkeit in die Zirkusleute gekommen zu sein. Die Requisiteure bewachten die Eingänge nicht länger. Die

Artisten in der Manege waren teilweise gegangen, andere standen herum. Der Große Ultor hatte sich in der Mitte des Zirkusrunds auf einen Stuhl gesetzt und weinte. Helen sah seine Schultern zucken.

„Was hat er?"

Devendra schluckte. „Er hat seine letzte Vorstellung gegeben."

Auch andere Artisten holten Stühle in die Manege. Jason und Marcel setzten sich rechts und links des Großen Ultors hin, eine überlebende Zuschauerin hatten sie zwischen sich. Die Frau schluchzte heftig und bekam von Jason ein Taschentuch gereicht, wohingegen Marcel ihr das linke Handgelenk an seinen Stuhl kettete. Die Dressurmeisterin Rosalinda führte ein prächtiges weißes Pferd in die Manege, setzte sich hinter eine andere überlebende Frau in den Sattel und ließ das Pferd im Kreis gehen. Der dumme August machte sich einen Spaß mit einem alten Mann und ließ ihn künstliche Blumen an seine Kollegen verteilen. Weglaufen konnte der alte Mann nicht. Er hatte nur ein Bein und keinen Rollstuhl oder Krücken bei sich.

Die Handstandkünstler Rafael und Angelo kamen nicht zurück in die Manege. Sie blieben weg, wie Helen mit einigem Magengrummeln feststellte.

Diego und der weibliche Zauberer jonglierten gemeinsam mit Bällen. Es klappte nicht gut. Der Zauberer ließ die Bälle meistens fallen, vermutlich konnte sie vor lauter Tränen nichts sehen. Manchmal verpasste sie einem der Bälle den falschen Drall und traf ein junges Mädchen, das mit den Händen an einen der Stützpfosten gefesselt war. Wann immer sie einen Ball abbekam, zuckte sie zusammen.

Alesso Cikuro wanderte durch die Zuschauerreihen und prüfte bei den Toten, ob sie tatsächlich tot waren oder sich totstellten. Manchmal zwickte er jemanden oder er schoss eine Kugel in einen Kopf. Keines seiner jetzigen Opfer regte sich. Er richtete Tote ein zweites Mal hin. Als er sich Helen zuwandte, winkte Devendra knapp. Alesso verstand und beschäftigte sich nicht länger mit Helen, sondern ausschließlich mit den Toten.

Devendra blickte auf die Uhr. „Kommen Sie, Helen, wir müssen gehen."

„Wir?" Helen bückte sich nach ihrer Tasche. „Was ist mit den vier übrigen Zuschauern? Sterben die jetzt?" Sie spürte Devendras Hand im Rücken, wie sie zum Ausgang geschoben wurde.

Devendra schien es eilig zu haben, denn sie beschleunigte ihren Schritt.

„An welcher Garderobe haben Sie Ihre Jacke abgegeben?"

„Gleich hier", zeigte Helen auf einen Treppenabgang. Gleichzeitig holte sie den Zettel aus der Tasche.

Die lockere Gelassenheit war wie weggeblasen. Devendra zerrte Helen an der Hand die Treppe hinunter. „Elvia?" Niemand rührte sich. „Elvia? Bist du hier?" Devendra wartete nicht lange. „Offenbar nicht." Sie trat hinter die Theke und ihre Augen flogen über die wenigen besetzten Haken. „Diese hier?", zeigte sie auf den grünen Wollmantel. „Hier, Helen, ziehen Sie Ihre Jacke an und gehen Sie. Sofort." Sie schaute sie eindringlich an. „Vergessen Sie, was heute war."

„Das wird schlecht möglich sein." Helen schloss die großen dunkelgrünen Knöpfe. Sie bemerkte hinter dem Tresen zwei Füße am Boden. Natürlich reckte sie den Hals und schaute. Es war der Vater mit seiner kleinen Tochter, der am Anfang der Vorstellung zu fliehen versucht hatte. Dem Einschussloch in seiner Stirn nach war er nicht weit gekommen. Sein kleines Mädchen hatte ein gewaltiges Loch im Rücken und das Blut bedeckte ihren gesamten Oberkörper. Sie lag tot im Arm ihres Vaters. Leider hatten sie es nicht geschafft.

Devendra kam nahe zu ihr und richtete ihren Kragen. „Andernfalls könnte ich Sie nicht gehen lassen. Helen, Sie sind eine wundervolle Frau. Sie haben erlebt, wie schnell alle gewaltigen Probleme hinter bloße Existenzangst zurückfallen. Leben Sie, Helen. Leben Sie wohl."

Sie zeigte die Treppe hinauf. „Hoch und geradeaus zum Ausgang. Das Chaos ist so groß, niemand wird Sie aufhalten. Gehen Sie, Helen, beeilen Sie sich."

„Wie Sie es sagen, machen Sie mir Angst."

Ein Lächeln huschte über ihre Lippen. „Gut so." Sie beugte sich zu Helen und gab ihr einen Kuss auf die Wange. „Adieu."

Helen setzte sich in Bewegung. Mit schnellen Schritten erklomm sie die Treppe und überquerte den Gang, der rund um die Manege und die Zuschauerplätze führte. Sie bemerkte zwei Requisiteure, die sich in Windeseile ihre Jacken aufknöpften und sie in die Ecke warfen. Die Mützen landeten einige Schritte weiter am Boden. Die beiden schienen es genauso eilig zu haben.

Als Helen die Ausgangstür zum Vorplatz aufstemmte und ihr die eiskalte Luft um die Füße schwappte, interessierte es niemanden. Hinter ihr fiel die Tür zu.

Es war dunkel und nur wenige Lampen erleuchteten den Platz, wo einige Aufsteller interessierte Leute über den Zirkus informierten. Links von Helen warteten die Verkaufsstellen, niemand saß hinter der Scheibe und erwartete Gäste. Helen zog ihr Smartphone hervor und sah nach der Uhrzeit. Halb sechs. Es begann nach einer Verbindung ins Internet zu suchen.

Sie setzte sich in Bewegung, machte schnelle Schritte und überlegte, ob sie die Polizei rufen sollte, schließlich war sie Zeugin vielfachen Mordes geworden. Der Dompteur, die Seilkünstler, der Zauberer... Sie schaute über die Schulter zurück und schauderte. Ihr Smartphone summte; es hatte ein Netz gefunden und sich eingewählt.

„Hey!", rief plötzlich eine dunkle Stimme von der Straße her. „Helen!"

Sie erschrak heftig, fuhr herum und sah Bernhard einige Meter entfernt an einer Fußgängerampel stehen. Die Beleuchtung der Straßenlaterne erreichte ihn nicht, vom Licht des Zirkus' ganz zu schweigen. Seine große Silhouette stand im Dunkeln.

Helen entfernte sich weiter vom Eingang und ging zu ihm. Sie ließ das Smartphone in die Tasche zurückgleiten. „Woher wusstest du, wo ich bin?"

Er zeigte die Straße entlang. „Ich dachte, du würdest in das Café gehen. Wo du die letzten dreimal auch warst, als wir uns gestritten haben." Er nickte in die Richtung, wo jenes Café lag, in dem sie einander kennengelernt hatten. „Mir ist der Zirkus eingefallen, an dem ich vorbeigegangen bin. Ich dachte, vielleicht hast du dir eine Karte für die Vorstellung gekauft, um der Kälte zu entkommen." Er zupfte am Kragen ihres Mantels. „Schließlich hängt deine warme Winterjacke daheim. Du bist viel zu kalt angezogen, mein Herz."

„Genauso war es", begann Helen zu lächeln. „Genauso ist es. Ich friere fürchterlich."

„Eine Minute musst du aushalten", seufzte Bernhard. „Der Idiotentrottel hat nachgedacht. Pheme hat ihren Teil dazu beigetragen, glaube mir. Sie hat mir ordentlich den Kopf zurechtgerückt und mich auf den Boden der Tatsachen geholt. Die letzten Jahre habe ich damit verbracht, mich mit Projekten zu beschäftigen, die mich beruflich weiterbringen. Das Geld ist super und vor mir liegt eine beeindruckende Karriere. Glücklicher war ich, als ich normale Versicherungen an durchschnittliche Leute verkauft habe. Wenn ich ehrlich zu mir selbst bin, reicht es meinem Ego völlig, wenn ich der Oma von nebenan mit ihrer Hausrat helfen kann oder dem Fahranfänger mit einer Kasko. Ich will mir nicht länger den Buckel krumm arbeiten für einen Chef, der sich meinen Namen nicht merken kann. Dein Chef hingegen ist ein toller Kerl, der dein Potenzial erkannt hat. Deshalb hat er dir Südamerika angeboten und du solltest es annehmen."

„Vielleicht werde ich acht Wochen weg sein", sagte Helen. „In dieser Hinsicht hast nämlich du recht. Es dauert immer länger und meistens muss man wieder hin. Es stimmt, ich werde weniger zu Hause sein."

„Egal." Bernhard fasste sie an den Schultern. „In finanzieller Hinsicht werde ich dir nie das Wasser reichen können. Du wirst immer sehr viel mehr verdienen, was kein Problem für mich sein sollte. Ich werde mich bemühen, nicht mehr mit langem Gesicht auf unseren Kontoauszug zu starren. Wir müssen als Familie wieder zusammenwachsen. Ich werde mich um Pheme kümmern, wenn du in Südamerika bist, egal wie viele Wochen es dauert. Ich liebe dich. Ich liebe dich über alles."

Diese Worte hatte sie tatsächlich lange nicht mehr von ihm gehört. Sie spürte den Druck seiner Hände durch den Mantel hindurch und die Wärme seiner Handflächen. Langsam wurde ihr richtig kalt.

„Wie willst du dich um Pheme kümmern", fragte Helen, „wenn du in Amsterdam bist oder rund um die Uhr am Laptop hängst?"

Bernhard rieb über ihre Oberarme. „Bevor ich auf die Suche nach dir gegangen bin, habe ich mit Georg telefoniert. Erinnerst du dich an Georg Endstetten?"

„Natürlich", sagte Helen. „Du hast in seiner Agentur gearbeitet, als wir uns kennengelernt haben."

„Die Agentur hat mittlerweile sein Sohn übernommen und er sucht dringend einen Mitarbeiter." Bernhard legte seinen Arm um Helen und marschierte langsam mit ihr los. „Er kann mir fünfundzwanzig Stunden die Woche bieten, das ist nur die Hälfte von dem, was ich jetzt arbeite. Bestimmt tut es mir nach dem Stress der letzten Jahre gut, wenn ich kürzertrete, und meine Kräfte in meine Leidenschaft fürs Brotbacken stecke."

„Du hast seit Monaten kein Brot mehr gebacken." In einiger Entfernung hörte Helen eine schwere Tür zufallen. Schritte wurden laut, die schnell näherkamen. Ein Mann und eine Frau hasteten an ihnen vorbei. Der Mann trug ein Kind auf dem Arm, das längst groß genug war, um selbst zu laufen.

„Ich werde mir die Zeit nehmen", sagte Bernhard, „und das beste Kürbisbrot backen."

„Danke, Bernhard", flüsterte Helen. „Das bedeutet mir wirklich viel. Nicht das Brot, sondern dieses Ende. Amsterdam hat dich kaputtgemacht."

Er schien mit einer Handbewegung diesen Teil der Vergangenheit wegzuwischen. „Ich bin gespannt, was du in Südamerika erlebst. Vielleicht nimmst du Pheme und mich in den Ferien mal mit? Ich lasse das Handy auch daheim, versprochen."

„Gerne." Helen drückte sich an ihren Mann und schob ihre eiskalte Hand in seine Jackentasche. „Darf ich dich auf einen Kaffee einladen?"

„Ein andermal", lehnte er ab. „Pheme erwartet uns mit gefüllten Pfannkuchen."

Im Geiste sah Helen die Küche in großem Chaos versinken. Pfannkuchenteig, der über den Herd quoll und am Fußboden fest wurde, Kokosfüllung, die in der Pfanne anbrannte, Sirup, der sämtliche Oberflächen verklebte. Sie hörte Fräulein Roswithas Gezeter, wie man beim Kochen nur solche Unordnung machen konnte und sie für diesen Job mehr Geld verlangen sollte.

Helen nahm sich fest vor, daheim die Heizung ein Stück höher zu drehen. Ihr war durch und durch kalt. Sie drückte an der Fußgängerampel den Knopf. Leider hatten sie die vorige Grünphase nicht geschafft, bei der das Paar mit dem Kind über die Straße gegangen war.

Plötzlich fegte es sie von den Füßen. Helen spürte einen gewaltigen

Schlag in den Rücken, der ihr die Luft aus den Lungen presste. Sie wurde nach vorn geschleudert und schlug hart auf. Ihre Handflächen schrammten über den Asphalt und den Rollsplit, der gegen das Glatteis aufgebracht war. Sie spürte einen Schlag gegen das Kinn und einen Tritt gegen die Seite. Die Knie taten ihr weh, die Hüfte und der Nacken. Sie rollte sich auf den Rücken und setzte sich auf.

Neben ihr lag Bernhard am Boden und stöhnte. „Was war das denn? Schatz, geht es dir gut?" Er packte sie am Arm und zerrte sie von der Mitte der Straße an den Rand.

Helen brauchte etwas Zeit, bis sie sich orientiert hatte, bis sie den lauten Knall zuordnen konnte und bis sie kapierte, woher der Rauch und der Gestank kamen, das prasselnde Geräusch. Sie bewegte vorsichtig die Finger über die aufgeschürften Handflächen und zupfte zwei Steinchen aus den Wunden.

Vor ihr blähte sich ein riesiger Feuerball in den Himmel. Grellrote Flammen züngelten meterhoch empor, der beißende Geruch von verbranntem Plastik stieg ihr in die Nase, durchzogen vom Gestank verbrannter Haare und Haut. Sie hustete. Von überall ertönten die Alarmanlagen von Autos, die entlang der Straße geparkt waren. Fensterscheiben waren zu Bruch gegangen. Die Menschen reckten die Köpfe aus den Häusern und suchten nach der Ursache.

„Meine Güte!", stieß Bernhard aus. „Meine Güte!" Er kniete im gefrorenen Matsch des Gehweges und rüttelte Helen an den Schultern. „Bist du in Ordnung? Tut dir was weh?"

„Nicht der Rede wert." Sie schüttelte den Kopf. „Nur der Mantel ist zerrissen."

„Ich pfeife auf den Mantel." Bernhard ließ sie nicht los. „Stell dir vor, du hättest zufällig die Vorstellung nicht früher verlassen. Stell dir vor, du wärst geblieben. Helen, du wärst mitsamt dem Zirkus in die Luft geflogen." Er atmete hektisch. „Das war der Zirkus, der in die Luft geflogen ist. Meine Güte, wie hat das passieren können?"

Langsam stand Helen auf und klopfte sich das Eis von der Kleidung. Ihre rechte Handfläche schmerzte mächtig, ebenso das rechte Knie. Entweder war es aufgeschürft oder heftig verdreht. Helen bückte sich und suchte an der Jeans nach einem Blutfleck. Hatte Devendra nicht gesagt, Helen solle gehen? War es nicht die letzte Vorstellung des Großen Ultors gewesen? Einige Zirkusleute hatten die Flucht ergriffen, das war Helen klar. Sie sah die übrigen vor ihrem inneren Auge im Kreis um den Großen Ultor stehen oder sitzen, sah sie scherzen und lachen und sah sie weinen. Die letzte Vorstellung.

Der kleine James trug einen Namen, der ihm außerhalb des Zirkus' keine Scherereien machte. Devendra und ihr Mann waren mit ihm geflohen und würden nun... „Wie hoch ist die Chance", überlegte Helen, „einer Explosion im Zirkus?"

„Wenn es ein Anschlag war..." Bernhard schnaubte. „Wie kannst du nur an deine Arbeit denken, Helen? Du bist mit knapper Not dem Tod entkommen. Du hättest sterben können!"

Sie hatte genug Eis von sich geklopft und den Riss im Mantel ohne weiteren aufwallenden Ärger zur Kenntnis genommen. „Mit einer Chance von 1:800."

„1:800?" Bernhard runzelte die Stirn. „Na, das ist dein Fachgebiet, da wirst du richtig liegen." In der Ferne hörte man Martinshörner von näherkommenden Einsatzfahrzeugen. Sie schienen aus vielen verschiedenen Richtungen zu kommen. „Meinst du, die Polizei wird dich befragen wollen?"

„Wohl kaum." Devendras vertraute Stimme klang aus der Dunkelheit. Etwa dreißig Metern entfernt stand Norman mit James an der Hand. Devendra kam näher und machte eine Geste zu ihm hin; es würde nicht lange dauern. „Die Gasheizungsanlage war seit langem defekt. Es waren oft Fachleute da, die sich mit dem Problem beschäftigten. Offenbar haben sie keine Lösung gefunden."

„Die Gasheizung." Bernhard fasste sich an den Kopf. „Ja, wenn die in die Luft fliegt... Himmel, was für eine Tragödie."

„In der Tat." Devendra rieb sich über die Augen. „In der Tat."

„Hoffentlich", fuhr Bernhard fort, „ist der Zirkus gut versichert. Das wird Schadensersatzforderungen in Millionenhöhe geben. Die Angehörigen der Toten werden ihren Anteil fordern."

Helen stupste ihn leicht in die Seite. „Hey, fang nicht gleich zu rechnen an. Der Zirkus ist nicht bei dir versichert."

„Zum Glück." Bernhard begann Devendra interessiert zu betrachten. „Gehören Sie zu den Zirkusleuten oder woher wissen Sie das alles?"

„Mein Vater war der Zirkusdirektor." Devendra schluckte hart. „Diese gewaltige Explosion wird kaum jemand überlebt haben."

„Eher nicht", sagte Bernhard. „Die Hitze des Feuers ist bis hierher zu spüren und das sind bestimmt zweihundert Meter."

„Hundertzehn", schraubte Helen diese Schätzung herunter. „Mehr nicht."

Bernhard verfolgte mit den Augen ein Feuerwehrauto, das an ihnen vorbeiflitzte und vor dem Zirkus scharf bremste. Sofort sprangen Feuerwehrleute auf die Straße. „Man wird Ihre Aussage brauchen. Alle werden viele Fragen an Sie haben. Sie sollten hingehen, dort kommt die Polizei." Bernhard zog aus seiner Jackentasche ein Päckchen Taschentücher und bot es Norman an, der mit James auf dem Arm nähergekommen war.

Norman stellte James auf den Boden und nahm sich ein Taschentuch. Er schnäuzte sich die Nase.

„Möchten Sie mit zu uns kommen?", bot Bernhard an. „Damit Ihre Frau das Nötige klären kann."

„Danke", lehnte Devendra ab. „Mein Mann und ich haben schon lange mit dem Zirkus abgeschlossen. Wir wohnen in der Nähe und haben hier auch Freunde, die uns beistehen. Es wird eine Zeitlang dauern, bis mit dem Nachlass und den Versicherungen alles geklärt ist." Ihr Blick richtete sich auf Helen. „Gehen Sie ruhig nach Hause. Es hat mich gefreut Ihre Bekanntschaft zu machen. Es hat mich sehr gefreut."

Helen und Bernhard schauten ihr nach, wie sie in Richtung des Unglücksortes davonging. Norman und James blieben stehen. Helen wurde die Kälte dieser Nacht erneut bewusst und sie fröstelte.

„Mhm", machte Bernhard und er klopfte wieder gegen seine Ärmel. „Angesichts dieser Tragödie macht sie einen erstaunlich gefassten und klaren Eindruck. Eine sympathische Frau, findest du nicht auch? Sehr glaubwürdig und verlässlich."

„Ja." Helen schaute Devendra nach, bis ihre hochgewachsene, schlanke Gestalt hinter den zerborstenen Infowänden verschwunden war. Sie würde sich um Fragen kümmern, würde von der Gasheizung erzählen und die Handwerker als Zeugen benennen, die sich mit dem Defekt beschäftigt hatten. In der Explosion waren Menschen ums Leben gekommen und Ideen gestorben. Kein Verdacht würde Devendras Geschichte zweifelhaft scheinen lassen. Der Große Ultor und sie selbst hatten an alles gedacht. „Ja", flüsterte Helen heiser, „eine ausgesprochen sympathische Frau. Lass uns nach Hause gehen, Bernhard."